九重暗码诡秘事件

异度社◎著

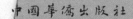
中国华侨出版社

图书在版编目（CIP）数据

九重暗码诡秘事件/异度社著.—北京：中国华侨出版社，2011.4

ISBN 978-7-5113-0971-6

Ⅰ.九… Ⅱ.异… Ⅲ.推理小说—中国—当代
Ⅳ.I247.5

中国版本图书馆CIP数据核字（2011）第023604号

九重暗码诡秘事件
JIUCHONGANMA GUIMI SHIJIAN

著　　者 /	异度社
责任编辑 /	文　心
封面设计 /	八牛设计
经　　销 /	新华书店
开　　本 /	787×1092　16开　印张 / 16　字数 / 243千
印　　刷 /	北京高岭印刷有限公司
版　　次 /	2011年4月第1版　2011年4月第1次印刷
书　　号 /	ISBN 978-7-5113-0971-6
定　　价 /	26.80元

中国华侨出版社　北京市朝阳区静安里26号通成达大厦3层　　邮编：100028
法律顾问：陈鹰律师事务所
编辑部：（010）64443056　　　传真：（010）64439708
发行部：（010）64443051
网　址：www.oveaschin.com
E-mail：oveaschin@sina.com

► 目录 ┆ 九重暗码诡秘事件

人的习惯一旦养成了，就很难改变。就像游泳一样，只要学会了，就一辈子也不会忘记。

庄秦

Chapter 01　陈栩的故事

【1】

在小饭馆里，喝得半醉的老高耷拉着眼皮，一如往常，开始含含糊糊地对人生发表感慨："其实啊，人的习惯一旦养成了，就很难改变。就像游泳一样，只要学会了，就一辈子也不会忘记。"

我知道，此刻他又想起了自己的烦心事。

老高比我大五岁，是我在单位里的前辈，但我们平级。每周起码有三天，他都会约我到同一家小饭馆里喝酒，但他却跟他妻子说，自己正与客户应酬。他不肯回家是有原因的，因为他妻子有一个习惯——不信任老高。

每天，老高的妻子都会盘问丈夫做了什么事，和谁一起说过话，查他每分钱用在什么地方，连车票的票根都要留待查验。偶尔她还会跟踪老高，看他下班后究竟去了哪里。

老高有一笔未划入工资卡的额外收入，也就是所谓的私房钱。存在卡里，他怕银行卡被妻子发现，无论藏在哪里都提心吊胆，最后干脆决定拿到钱后就把钱花光。所以他才会每礼拜约我喝三次酒。当然，他把钱放在了我这里。

不久前，她妻子跟踪到了小饭馆，老高做戏一般立刻站起身来，先是向我不断鞠躬道歉，再是狠狠给了妻子一耳光，大叫："男人在外面办事应酬，你来捣什么乱？"言下之意，老高让我在他妻子面前扮演所谓客户的角色，但他那记耳光肯定是结结实实打下去的，长期淤积下来的愤懑在突然间爆发，还是很有力度的。

在小饭馆里，老高之所以会突然提到"习惯"，是因为他在一周前已经顺利离婚，妻子变成了前妻。那笔额外收入本来可以安安心心存进自己的银行卡里，可他今天一拿到款项，便习惯成自然地交给了我，又约我来到这家小饭馆。

话题到了这里，我也如往常一般，拍了拍他的肩膀，说："你的前妻以前这样对待你，其实也是太在乎你了。只不过，她在乎的方式有点偏激，过于不信任你了，就像……"我喝得也有点多了，一时半会儿竟然找不到一个合适的词语来接下一句。

"洁癖！是心理上的洁癖！"我的身后传来了一个声音。

回过头去，我看到了一个身着西装的男人，他戴着一副考究的金丝眼镜，手里端着酒杯，酒杯里斟满鲜艳如血的红酒。

身后这个戴眼镜的男人，大概在我们来小饭馆之前，就已经坐在那个座位了。

我和老高吃饭的时候，他一直唠叨着和前妻之间的那点破事儿，嗓门又挺大的，我估计除了身后这个男人之外，整个小饭馆的食客都早已经从他的言语里，猜出了他为什么会和我在这里吃饭喝酒的前因后果。

也正因为如此，当这个男人说出"洁癖"这两个字后，满屋的食客都露出表示同意的神情。我可无意与老高再在小饭馆里成为别人评头论足的对象，于是赶紧结账走人。

在饭馆外的人行道上，我替已经分不清东南西北的老高招了一辆出租车。上车前，老高醉眼惺忪地对我说："陈栩啊，我真羡慕你，有一个温柔的老婆，家里所有事都替你安排得舒舒服服的，什么事都不用你操心。"

大概是他不胜酒力，说完这么一长段话后，张开嘴，"哗"的一声，刚在小饭馆里吃的东西，全都吐在了面前的出租车引擎盖上。

【2】

说实话，我也想吐，但我忍住了。

赔给出租车司机洗车费后，总算把老高送走了。我另外招了一辆出租车，于午夜时分回到了自己的家里。

我从来没请单位同事到我家里来玩儿过，这是有原因的，因为……

我用钥匙打开房门，玄关和别人家不一样，放的不是鞋柜，而是一间长宽均八十公分的小屋子，恰能让一个成人直立站着。头顶上，是一盏紫光灯，紫色的光芒从脑袋上方照射下来，带有微微的热气，还有一丝像烤焦了那般的气味。

这是苏雅婷的设计。她是我的妻子，曾经做过护士，和我结婚后辞职做了家庭主妇。

买了新房后，苏雅婷执意要在进门的玄关处修一间带紫光灯的消毒室。她对我说："陈栩，你知道吗？现在环境恶化，室外到处都漂浮着危害人体健康的可吸入颗粒，你无时不刻接触着数不清的细菌，水体污染、酸雨、烟尘，已经达到无法容忍的地步了。虽然我们无法改变外界，但起码我们可以改变自己屋里的状况。"

那时我被盲目的爱情搞昏了头脑，所以答应了她的要求。

在紫光灯下照射三分钟后，消毒室靠近室内的一侧，一扇门自动打开了。

和消毒室紧连着的是家里的浴室。这同样是苏雅婷的设计，当初装修新房，她的要求让装修工人改变下水道时吃尽了苦头。

我脱下所有的衣物，扔进了浴室一隅的全自动洗衣机里，然后在莲蓬花洒头下洗了整整十分钟，才结束淋浴，穿上苏雅婷事先为我准备好的经过高温消毒的睡衣。

出了浴室，我终于看到了我家里的客厅。

苏雅婷坐在沙发上看着电视，她戴着一副白色医用手套，戴着手套的手里拿着的，是电视遥控板。她看到我后，立刻扔掉遥控板，脱掉手套，张开双臂朝我跑过来，小鸟依人般与我拥抱。我抱了抱她，顺势朝她面颊吻了一下。

"啊——"苏雅婷发出一声凄厉尖叫，"陈栩，你不知道唾沫中含有大量细菌呀？"说完后，她便抛开我，冲进了浴室。然后我听到浴室里传来淋浴的声音，我知道，这次她起码会洗半小时才会作罢。

好了，诸位应该知道我为什么在小酒馆里听到有人说"洁癖"两个字后，会立刻结账走人了吧？也应该知道为什么听到老高说羡慕我的婚姻生活后，会产生呕吐的欲望了吧？

没错，苏雅婷有洁癖，而且是非常严重的洁癖。

我也上网查过相关的资料，洁癖是一种心理疾病，而洁癖者多半都是完美主义者。苏雅婷就是个典型的完美主义者，决不容忍家里出现一点细菌，近乎病态，偏执。

我也无法忍受了，但我却不能离婚。

【3】

我是个即将面临升迁的公务员，有一点点小小的权力，能帮人办点事。但是在政府单位，与我平级的每个人都可能成为升迁的对手，谁也不知道未来会发生什么变化。当然，可以肯定的是，如果能朝上走一步，我的发展就会更好。

单位里的每个人，都抱着和我一样的心思，都想朝上走。按照升迁规律，如果比不了后台，就比业务；比不了业务，就比喝酒；比不了喝酒，就比私生活。平心而论，在单位里，我各方面都还算中规中矩，但如果执意与苏雅婷离婚，那么单位里肯定会传出各种流言蜚语，搞得波澜壮阔的。考核升迁的人，也是完美主义者，决不允许候选人出现任何差池。

老高离婚，是他实在是受不了前妻的折磨，宁愿放弃升迁，也要追求自由。可惜，我做不到他那么洒脱。

在升迁的节骨眼上，我可不能让家庭拖了后腿，所以只能默默忍受苏雅婷的种种怪癖。

当我神思游移的时候，苏雅婷总算出了浴室。她一边擦着头发，一边问我："今天又和老高喝酒了？"

我点了点头。

"明天还要喝？"

我继续点头，答道："当然喽，一周四次，都成规律了。你知道，和我喝酒已经成了老高的习惯，就像游泳一样，一旦学会了，一辈子也不会忘记。"

苏雅婷给我端来一杯浓茶，说："陈栩，你还是少喝点酒。酒不是什么好东西，身体健康最要紧！"

呵，工作需要吗！

苏雅婷不再与我纠缠喝酒的问题了，时间也不早了，她关了电视，径直回了自己的卧室。哦，对了，自从婚后我就一直与苏雅婷分房睡，因为她总觉得和另一个人躺在一张床上，是一件很不卫生的事。

至于夫妻生活，呵，我已经记不清上次是什么时候了。三个月前？半年前？不记得了……

对了，我和老高每周会喝三次酒，但我却一直跟苏雅婷说，我们会喝四次酒。

多出的那一天晚上，对于我来说，是一个秘密。

【4】

翌日，我正常上班。下班后，老高独自回了家，而按照我给苏雅婷的说法，今天我还得在外与老高喝酒，直到午夜时分才会回家。

我乘一辆公共汽车，来到城郊。这是个老城区，到处都是破旧不堪等待拆迁的老式筒子楼。我拿出一张纸片，看了看上面写着的地址，然后选定了一幢筒子楼，走入门洞，沿楼道上了四楼。在一扇防盗门前，我敲了敲门，里面传来了一个女人的声音："谁呀？"

"我是三天前在网上和你联系的那个人。"我答道。

"吱呀"一声，门开了，里面站着一个浓妆艳抹的女人，年约二十出头，穿着甚是清凉性感。

她伸出一只手，摊开手掌，冷冷说："先给钱，再进屋。"

我摸出两张百元大钞，女人立刻露出笑脸，挽着我的手，把我迎进了屋里。

三天前，我在一个网络聊天室里认识了这个女人。当时，她不断在公屏里寻找男人私聊，留下她的电话号码和价码——现在各位应该知道了吧，她是一个靠出卖身体为职业的女人。

苏雅婷嫌夫妻生活很肮脏，不愿意与我同房，好吧，那我就另外想办法解决生理需要。每周都有这么一次，我假托与老高喝酒，其实却与另一个女人躺在床上。

二十分钟后，我解决完问题。女人穿好衣服，送我出门，我却说先上趟厕所。和我预想的一样，老式筒子楼的厕所与厨房是连在一起的。出了厕所，我顺手从厨房的案板上抄起一把沉甸甸的菜刀，藏在身后。

那个女人背对着我，我缓缓扬起手中的菜刀，然后狠狠砍了下去。

唉，苏雅婷除了有洁癖，还与老高的前妻一样，严格监管着家里的财政大权，我也得每天向她汇报每天把钱用在了哪里。如果我不杀死眼前这个女人，我将有两百块钱说不出使用的下落，如此一来，天知道在苏雅婷那里会惹来什么麻烦。

当然，我也不是每次都会为了两百块钱而杀人。以前老高把他的私房钱放在我这里，我也有些额外收入，但昨天喝完酒，我把存有老高私房钱的银行卡还给了他，而我自己的私房钱也恰好在上周花光了。我本来今天不想到城郊来的，可正如老高所说的那样，有些事一旦成为习惯，就无法改变了。

Chapter 02 苏雅婷的故事

【1】

我想吐，我真的想吐。

我知道我有洁癖，而且是超出常规近乎病态的洁癖。我也知道陈栩很讨厌我的洁癖，但我就是无法控制自己。我像是得了强迫症一般，每天不停洗澡，又不停地用洗手液洗手，连新装修的房子，也特意设计了一间消毒室。

其实，我也去看过心理门诊，想要改变自己，可惜效果甚微。一个月前，一位医生为我开了一点据说是治疗强迫症的药。我服用之后，只觉浑身没有气力，只能躺在床上昏睡。

药效过去之后，我在陈栩回家之前苏醒。醒来后，我依然没有气力起来，如往常一般先去浴室淋浴十分钟。躺在床上，虽然使不出劲来，但我却感觉灵台清澈，思维特别活跃。我开始回忆与陈栩在一起生活的点点滴滴。与他相识的片段，与他热恋的片段，与他结婚的片段……但当我回忆到与他躺在床上的片段时，便忍不住想呕吐。

另一个身体进入我这干净的身体，是一件多么肮脏的事呀！

接下来的一段时间，我每天都服用医生开的药物，然后每天下午都躺在床上胡思乱想。有一天，我忽然想，如果自己是陈栩，会如何看待身边这个有严重洁癖的女人呢？猜都猜得到，他一定极端厌恶我，但却因为面临升迁，不能招来单位里的闲话，所以只能继续与我一起生活，委曲求全。

我又想到，陈栩会如何解决自己的生理需求呢？如果我是他，一定会找个理由，定期出去解决需要。我不禁想到他每周都有四天时间在外与老高喝酒，说不定其中有一天，他并没和老高喝酒，而是去找了其他女人。

我不敢再想下去了，虽然我严格控制着陈栩身上的钱，他根本没办法在外寻花问柳，但既然老高有额外收入作私房钱，也难保陈栩没有其他收入。

我越想越难受，我是完美主义者，如果陈栩出轨，我肯定无法忍受。我不好过，他也别想好过。离婚，可以让他无法升迁，这绝对是个最理想的报复方案。而且他是过错方，离婚分拆财产时，我也能得到最大程度的保障。

可是，怎么才能找到他出轨的证据呢？

我不想找私家侦探来调查陈栩，完美主义者，在处于猜疑阶段的时候，通常都会依靠自己来解决问题。

于是从这周起，我每天都穿着一身可以裹住手臂的黑色长袖长裙，戴上手套，又戴了一顶阴影能遮住脸的时装帽，下午等在陈栩公司外。他下班后，我就远远跟在后面，看他在干什么。

前三次，正如他所说的那样，他在一家小酒馆里与老高共饮。那时我都开始怀疑自己是不是太多疑，胡乱冤枉了陈栩。

可是今天，陈栩下班后，却并没和老高一起去小酒馆，而是上了一辆开往城郊的公共汽车。我招了一辆出租车，跟在公共汽车后。出租车里难闻的气味令我十分难受，坐在无数人曾经坐过的车厢坐垫上，也令我浑身不自在，但为了追查真相，我不得不忍。

我看到陈栩下车后，拿出一张纸片看了看，然后走进一幢老式筒子楼。

我走到门洞外，仔细听着陈栩的脚步声，从脚步声的数目来看，他上了四楼。从附近一个卖冰水的老太太那里，我得知筒子楼四楼住着一个独居女人。老太太还八卦地对我说，那独居女人多半是个出卖身体的贱货。

半小时后，陈栩一脸轻松地下了楼。

我心乱如麻，陈栩真的背叛了我。虽然已经设想了多次，但真证实了这一切后，我却忍不住思维混乱了。

我也不知道自己是怎么上到了四楼，使劲敲着那个下贱女人的房门。但无论如何，都没有人开门。而从微微变形的房门内，似乎传来了某种奇怪的气味。

我在婚前曾经做过护士，这股气味令我异常熟悉——血腥味。

陈栩杀死了屋里的那个独居女人！

我吐了，我真的忍不住吐了。

【2】

离开筒子楼，我漫无目的地在马路上行走着。不知不觉，我走到一家小酒吧外。我看了一眼招牌，然后使劲咬了咬牙，走进了酒吧。

虽然我有洁癖，从来都不愿意去嘈杂人多的地方，但现在我却真的想喝点酒，让自己麻木一下。

真糟糕，陈栩居然杀了人。就算杀的是个下贱的婊子，但他也终归到底是个不折不扣的杀人犯。他不是个心思缜密的人，他杀了人，注定有一天会被警察抓起来。

我思维混乱地喝着一杯五颜六色的鸡尾酒，设想着有一天陈栩被警察逮捕时的情形。

到时候，每个人都会指着陈栩说："他是个杀人犯，他杀了一个出卖身体的贱货，他比出卖身体的贱货还要下贱！"然后，每个人又会指着我说："她是杀人犯的妻子，对于她男人来说，一个出卖身体的贱货，都比她更有吸引力。"

我没钱另外去买套房子，这注定了我只能每天生活在别人充满恶意的口水之中。

如果陈栩在被逮捕前的某一天，遭遇车祸死掉了，那就好了。

这样一来，就不会有人知道陈栩曾经杀过人，而且他死于车祸，在别人看来我也是受害者。要知道，有一套房子的年轻寡妇，向来都是抢手货。

我是个完美主义者，这样的结局才是最完美的。

【3】

我一杯接一杯地朝喉咙里灌鸡尾酒，或许是最近一直在服用镇静剂，喝了这么多酒，我一点也不觉得头晕，但脸上很烫，想必脸应该一定很红吧。

一个打扮得油头粉面的男人，手握一杯红酒，故作姿态般慢悠悠走到我面前，优雅地问我："美女，我能请你喝杯酒吗？"

也不知道是什么力量驱使着我，我竟然脱口大声说道："如果你能开车撞死陈栩，今晚我就属于你，你想干什么都可以！"

这个油头粉面的男人显然被吓坏了，他骂了一声"神经病"，转身就跑。

我不禁哈哈大笑了起来。

而这时，我听到身后传来一个阴鸷的声音："陈栩是谁？"

回过头，我看到一个脸色阴沉沉的男人，年约三十。他在昏暗的酒吧里，居然还戴着一副可以遮住半张脸的墨镜，脸上的皮肤很粗糙，额头下似乎还有道明显的伤疤。

尽管这个人让人一眼看上去就知道绝非善类，但我还是大胆地回应道："他是我丈夫，怎么，你有胆量开车撞死他吗？如果你真有胆，你杀了他后，我就任你摆布。"

脸上有道刀疤的男人摘下墨镜，瞄了我一眼后，轻描淡写地说："美女，我对你没兴趣。杀一个人，五万块。拿人钱财，替人消灾。你要是愿意的话，把你丈夫的照片给我看一眼。不用给预付金，只要让我记住你的面孔就行了。呵，干我们这一行的人，信誉第一，但你也决不要试图免费利用我杀人。"

我的天，在酒吧里喝酒，居然能遇到传说中的职业杀手？

我的脑子开始快速转动了起来。

五万块，对于我来说，是一笔拿得出来的数字。结婚之后，陈栩的银行卡一直放在我手中，支付这笔钱还是够的。再说了，这个人又不需要预付，给他看看陈栩的照片又有何妨，哪怕只是搭讪者开的玩笑，也无关紧要。如果他真是杀手，下手时被警察抓住了，我也可以说只是想开个玩笑，谁知道他是不是真正的职业杀手？

于是我摸出手机，调出了储存卡里一张我和陈栩的合影。

刀疤男人凝视手机屏幕片刻之后，又让我说出陈栩工作的地方。

我说完之后，他又抬起头看着我，从我的头顶一直看到我的脚背。他的目光犀利，令我感觉毛骨悚然不寒而栗。

刀疤男人眨了眨眼睛，然后冷冷说："美女，不要以为我在开玩笑。我给你一个礼拜的考虑期，如果你反悔了，一个礼拜后你到这家酒吧来，告诉我不用杀他。如果你没来，就说明你同意杀你丈夫了，我才会动手。"

他动真格的了，怎么看上去都不像是在开玩笑。他似乎也在考虑，万一失手，我会不会以开玩笑为由，开脱罪名，所以才给了我一个为期一周的考虑期。看来他心思缜密，说不定也和我一样，是个完美主义者。完美主义者当杀手，应该不会失手吧？

我犹豫片刻，问："请问，你怎么称呼呀？"

刀疤男人瞪了我一眼，答道："你管我叫黑旗就行了。"

Chapter 03　黑旗的故事

【1】

在这家酒吧里，我绝对是个被人看不起的窝囊废。

每天我带着为数不多的钞票，在角落找一张桌子坐下，要一杯最便宜的啤酒，慢慢喝，喝一晚上。凌晨两点就要打烊的时候，我才离开酒吧，步行回女朋友家。只有在那个时候，女朋友结束一天生意，我才能回她的房间里好好睡上一觉。而第二天中午，我起床后，女朋友又会给我几十块钱，让我再到酒吧里混上一天日子。

我是个吃软饭的，这让我很是难受。这不是我想要的生活。

虽然女友说过，等她赚足了三十万，就和我一起回老家，开家小卖部，但我们在城里待了那么多年，却始终没存到这个数。

我忍不住摸了摸额头上的那道伤疤，不禁悲从心来。

三年前，我从乡村来到这座城市，当时女友说她在一家餐馆里端盘子。还记得那天是女友的生日，我想给她一个意外惊喜，并没说自己会来，只是提前找她要来详细的地址，说要让快递公司给她寄一份生日礼物。

我那天来到女友给的地址，站在防盗门外敲了敲门，门内响起女友的声音，问是谁敲门。我回答，说是快递公司的。女友却在门内大声说，让我过半小时再来。

我猜，大概女友得在屋内换好衣服化好妆再开门吧，于是我坐在楼道里，足足等了半个小时，终于等到女友打开了防盗门。

我正要站起来，却看到门内走出一个男人。女友站在那个男人身后，手臂挽着手臂。

我当时就气坏了，冲上去想揍那个男人。女友也看到了我，她吓得满脸煞白，却闪身站在那个男人身前。我放下了紧握的拳头，而那男人却使劲朝我推了一下，然后拔腿就跑。我在楼梯上滚了几圈，额头正好砸在楼道旁的铁扶手上，绽出一条长长的血缝。我满脸是血，站起来想追那个男人，但他早已跑得不知所踪。

我要女友给我一个解释，她向我坦白，原来她在城里没有一技之长，找不到工作，最后只好沦入风尘，靠出卖自己的身体赚取金钱。刚才那个男人是她的熟客，所以她看到我后，会情不自禁站到那男人身前。不过，那个男人以后再也不会来了，他看到我抢着拳头上来，一定以为我和女友是串通起来玩儿"仙人跳"的陷阱。

我劝女友不要再做这下贱生意了，她却冷笑着说，让我先试试能不能在城里找到一份工作来养活她。

我第二天就去了人才市场，可我没文凭没学历，没有一技之长。我去应聘保安，人家看到我额头下那刚结痂的伤疤，说我会吓着业主。我去建筑工地，别人又说我力气不够大。在城市里徘徊了整整一个礼拜，我花光了所有钱。女友早就猜到了这个结局，她扔给我一千块钱，这是我在找工作时，她轻轻松松赚到的钱。

在酒吧里，她为我点了一杯酒，说："黑旗，靠卖力气赚钱买的酒，与出卖身体赚钱买的酒，味道是一样的。"

我把那杯酒一饮而尽。

那天，我喝醉了。

【2】

后来我渐渐习惯了吃软饭的角色，每天女友开工的时候，我就躲到小酒馆里消磨时间，直到她收工了，我才回到她租住的老式筒子楼里。我担心有人认出我来，所以每次都会戴着一副能遮住半张脸的墨镜。

我很憋屈，却没人知道我的痛苦。我想让女友早点结束生意，回到老家，开个简陋的小卖部，总能养活我们两人。可是，她却总说还没存够开小卖部的钱。

上个礼拜，女友还把存折摊在她做生意的双人床上，说还差五万呢。

所以，今天在酒吧里听到那个半醉的女人说，想找个人撞死她丈夫时，我不禁接过了话题，问她是不是认真的？我想从她手里挣到五万块钱，然后带着女友离开这座没有给我任何希望的城市。

我看过不少香港警匪片，杀个人，在镜头里似乎也不是一件太难的事。

但我还是有点胆小，我担心自己下不了手。所以我给了她一周的考虑期，这一周的考虑期，其实也是给我自己的。

目送她离开酒吧后，我记下了那个男人的名字，他叫陈栩，一个即将升迁的公务员。

然后我看了一下时间，又要了一杯啤酒。

约莫凌晨两点的时候，酒吧该打烊了。可奇怪的是，女友一直没给我打电话。平时她担心我回屋时撞到客人，所以她收工后给我打过电话，我才能回屋。难道今天她的生意特别好吗？憋屈感再次涌上心头。

我走出酒吧，在路上踟蹰了半个多小时，女友依旧没有打电话过来。

我走到了女友租住的那幢老式筒子楼楼下，抬头望了一眼。女友的那间屋，灯关着。

有点不对劲，平时就算做生意的时候，女友也会把灯开着。难道她收工后忘记了给我打电话，径直上床睡觉了？

我心中隐隐有些不爽，但还是上了楼，拿钥匙打开了防盗门。

就在门开的一瞬间，我嗅到一股血腥味扑面而来。

【3】

女友躺在出租屋凹凸不平的水泥地板上，早已停止了呼吸。一柄菜刀斜插在她的脑后，白花花的脑浆都被砍得流了出来。她双眼圆睁，似乎死不瞑目。

我本来情不自禁想要扑在她的尸体上痛哭，但理智却让我不要那么做。

这附近的人，都知道女友是做什么生意的，也常看到我出入其间，还很可能曾经听到过我与女友吵架。如果警察接到报案，来到这里，最先会怀疑谁呢？当然是我！发生命案后，警察通常都会第一个怀疑与死者关系最密切的人。虽然我一晚上都在酒吧里喝酒，但我坐在最偏僻的角落，还戴了能遮住半张脸的墨镜。

没人能记得我，除了那个曾经与我谈过杀人生意的女人。

我席地坐在女友的尸体旁，在血腥气息与尸臭的包围中，静静想了很久。

如果报案，就算警察洗清了我的嫌疑，女友在外做这肮脏营生的秘密，肯定会被曝露在光天化日之下，就连老家都会知道。

在我来到城市之前，女友一直说自己在饭店里端盘子。我来到城市之后，女友则跟老家的人说，我们一起在做服装生意。我们不时会寄钱回老家去，在老家亲戚的眼中，我们是被羡慕的对象。如果一旦让人知道女友在做什么，我们的父母都会沦为别人的笑柄，一辈子也抬不起头来。

一个小时后，我站起身，开始行动了起来。

我先从屋里翻出女友的存折和银行卡，我们常一起去取钱，所以我也知道密码。看了看余额，早就超过了她订的三十万的计划。看到数字，我不禁有些郁闷。女友根本就没考虑过和我一起回老家开小卖部的事，她在城市里已经爱上了这行出卖身体的买卖。

既然如此，我接下来要做的事，就没那么有罪恶感了。

我把自己脱得精光，然后把女友的尸体拖进浴室里。我用斧头劈开了她的尸体……

我花了整整两瓶厕所洁净剂，才完全消灭掉一地的狼藉。

当窗外露出鱼肚白的时候，我终于结束了分尸的工作。

我瘫坐在浴室的地板上，长长吁出一口气。

等我把一切痕迹消除后，我会取出她的钱，然后前往另一个城市。

在城市里，要让一个人消失，是很容易的。我会继续以女友的名义给家里寄钱，同时模仿她的笔迹，以她的口吻给家里写信，说与我分手了。而我也会以我自己的笔迹和口吻，给自己的父母写信，说与她分手了。

信件会慢慢减少，反正我们已经几年没回家了，再几年不回老家，也没什么关系。

很完美，我突然发现，自己不知不觉间成了一个完美主义者。

【4】

天亮后，我并没有急着去护城河边的小树林扔掉黑色的塑胶袋，而是美美地倒在床上睡了一觉。分尸，简直就是一桩体力活，我耗尽了所有的体力。

再醒来的时候，已经是晚上了。

睡觉的时候，我想到一个新的问题。以后决不能坐吃山空，再多的钱都有用完的时候，更何况女友留给我的钱，还根本不足以令我衣食无忧。我为什么就不能当个职业杀手呢？来钱快，只要手脚干净一点，力求完美，就总有办法逃过警察的追捕。

第一笔生意，就从陈栩开始做起吧。

我决定暂且不管给那个叫苏雅婷的女人一周的考虑期，先杀了陈栩再说。

不过，在正式做杀手之前，我得先练练胆量才行，不然真到了动手的时候，心慈手软临场脱逃，可就坏大事了。

要怎么练胆量呢？我看着客厅里放着的黑塑胶袋，我不禁寻思，一会儿趁着天黑去护城河边的小树林扔骨渣，顺便把刀也带上。如果在树林里能碰到露宿的流浪汉，就用刀杀死那个流浪汉，以此来练胆量。

只要杀过一个人，突破了心理底线，再杀第二个人就容易了。

半小时后，我拎着黑色塑胶袋离开了女友租住的那幢筒子楼。

我没有乘坐出租车，而是步行。走了大约四十分钟，我来到了护城河旁的小树林边。分开草丛，我钻进了小树林里，约莫到了深处，我把黑色塑胶袋里的骨渣和毛发分散着倒进了四周的草丛当中。然后站起身来，一动不动，静静聆听小树林里的动静。

也别说，我还真听到有人走过树林，脚踩断树枝时所发出的窸窸窣窣的细碎声响。

我默默地拔出了一柄锋利的匕首，放轻脚步，缓缓向细碎声响传来的地方靠了过去。我双眼圆睁，很快就看到在小树林深处的一片难得的空地上，有一道剪影。是个女人，身材不高不矮，不胖也不瘦。是流浪汉，还是精神病人？呵，无论是什么人，都不重要。

现在，我要取她的命了！

我握紧匕首，手指里渗出丝丝汗液。

令人兴奋的一幕即将来临。

我能感受到肾上腺素分泌时，身体不由自主产生的细微颤栗。

我慢慢走到了那个女人的身后，然后扬起手臂，准备狠狠刺下去。

可就在这时，我的脑袋"嗡"的一下，然后一阵尖锐的疼痛自后脑传来。在我倒下昏迷之前，我朝后望了一眼，但却也只看到一道黑魆魆的剪影，应该是个拎着铁棒的男人吧。

Chapter 04　老高的故事

【1】

两天前，在小酒馆里和陈栩喝酒的时候，我曾经对他说过，人的习惯一旦养成了，就很难改变。就像游泳一样，只要学会了，就一辈子也不会忘记。

确实如此，对于我的妻子周蝶来说，千方百计控制我，已经成为了她的习惯。还好，她现在不再是我的妻子，而是前妻。不过，等她离开后，我才很悲哀地发现，自己已经习惯了被周蝶控制。

拿到一笔外快后，我会情不自禁把银行卡交到陈栩手中，这就是很明显的一点证明。

离开小酒馆，我回到空荡荡的家里，听不到周蝶的河东狮吼，我连饭也吃不下，电视也看不进去，觉也睡不着。

靠，连受虐也成为习惯，我真是贱！

好吧，要贱，就贱到底吧。

所以我等酒醒之后，三更半夜拨通了周蝶的电话。

周蝶回到家里，首先就对我一阵脱口大骂，我却听得喜滋滋的。她骂累了，我还主动端来一杯凉茶，请她润润喉咙，还顺便把自己的工资卡交到了她的手里。

我们很快就和解了，决定第二天就去民政局复婚。躺在床上，周蝶点了一根烟，板着一张脸，对我说："我们离婚才一周不到，就重新复婚，到时候你单位里会不会有什么闲言碎语呀？"

我笑着说："单位里除了陈栩之外，根本没人知道我离了婚。他是我兄弟，口风很严，而且也有把柄在我手里，绝对不会把我离婚的事说出去。"

周蝶并不知道陈栩是谁，虽然她见过一次，但当时我让她误以为陈栩是我招待的客户。而且在小酒馆里，我还借机狠狠给了周蝶一耳光，并因此与她离了婚。

至于陈栩的把柄，我更是清楚得很。他家里有个那么贤惠的老婆，居然还在外面拈花惹草。每周他都会抽出一天，跟他老婆说他与我在一起喝酒，其实却去城郊寻花问柳。他害怕他老婆向我求证穿帮，所以让我知道了这个秘密。

不过，周蝶却很严肃地说："你们最近就要调整机构了，每个人都面临能否升迁的问题。陈栩那个人，你要小心一点，知人知面不知心啊。万一升迁时正好遇到你与他正面PK，他在背后捅你一刀，随便放点流言，你就惨了。"

"那……怎么办呀？"我嗫嚅着问。

周蝶正色道："很简单，要让一个人保持沉默，有一个最好的办法！"她盯着我的眼睛，她的眸子里，闪过了一道寒芒，我禁不住浑身哆嗦了一下，腋下渗出一层细细密密的汗液。

【2】

第二天到了单位，一整天陈栩看上去都很兴奋。我私下找到他，邀请他当晚再去小酒馆喝酒。但他却回绝了。我想起，今天应该是他去城郊老城区寻花问柳的日子，自然不会与我一起去喝酒。

昨天夜里，本来我向周蝶建议，还是不要杀陈栩，不如当他在城郊筒子楼里寻花问柳的时候，打电话报警，让警察抓他个现行，令他身败名裂就行了。可周蝶却认为，这更有可能让陈栩破罐子破摔，索性在单位里散播我离婚又复婚的事，破坏我的升迁前途。

所以，周蝶还是觉得只有想办法杀死陈栩，才能一劳永逸。

说实话，我觉得为了这么一个理由而杀人，简直太可笑了。我本来就不很看重升职，否则我也不会与周蝶离婚。毕竟就算陈栩能为我保密，纸也始终包不了火的。

但在我家里，周蝶是个完美主义者，只要她决定了的事，就不可更改。她说要杀陈栩，陈栩就必须死！

又过了一天，这天上班的时候，陈栩的心情就显得很低落了。我没和他说太多话，自顾自地做着自己的事。周蝶说过，今天上班的时候一定要装作若无其事，别让陈栩看出我会对他不利。我相信周蝶的安排，她是完美主义者，绝对不会出差错。

下班后，我来到了城区的护城河边。天黑的时候，周蝶与我会合。她见到我后，对我说："你准备好了吗？"我点点头，然后从身侧的小树林草丛中抄出了一截铁棒，这是我早些时候在某个建筑工地里捡来的。

在周蝶的授意下，我拨通了陈栩的手机。

电话接通后，我低声对陈栩说："在家里？方便说话吗？"

陈栩回答："方便，老高，有什么事吗？"

我说道："陈栩，这会儿我在城区护城河边的小树林旁，你知道这个地方吧？"

"知道。"

"陈栩，咱们兄弟一场，我知道你喜欢什么，所以特地给你打来了这个电话。就刚才，我看到一个漂亮女人钻进了小树林里。而在更早之前，我看到这个女人一边哭着打电话，一边在一家药店里买了一整瓶安眠药。"

"呃……"我听到电话对面的陈栩正使劲喘着气。

我知道他开始有点沉不住气了，赶紧又趁热打铁道："陈栩，这可是英雄救美的好机会哦，千载难逢。你要是搞定这个女人，以后就不用每周都花两百块去城郊筒子楼了。"

然后，我听到电话那头传来陈栩朝着另一个方向说话的声音："老婆，你知道老高离婚了吧？他这会儿正喝闷酒，快醉了。我是他在单位里的唯一朋友，我得去陪陪他。"

"去吧，去吧，别喝太多了，酒不是什么好东西！"那是他老婆苏雅婷的声音。

挂断电话，我朝周蝶做了个 OK 的手势。

【3】

在小树林里，有一片小空地，过去我与周蝶谈恋爱的时候，常到这块空地来卿卿我我。

天已经黑尽了，我们来到了空地上。我握着铁棒，躲在一棵粗壮的树后，而周蝶则站在空地上，刻意摆出几个性感而又撩人的动作。虽然今晚的月光还算不错，但从平行地视线望过去，还是看不到周蝶的相貌，只能看到一道充满魅惑的剪影。

过了半个小时，我听到小树林边缘传来窸窸窣窣的细碎声响，有人正缓慢走入小树林里，脚踩到地上的枯枝，枯枝爆裂时发出阵阵脆响。

应该是陈栩来了吧，可我却听到脚步声始终在小树林里草丛最茂盛的一带游走，并没走向这块空地。又过了一会儿，脚步声似乎停止了。我赶紧朝周蝶做了个手势，她会意地立刻在空地上踱起步，脚下发出噼噼啪啪的枯枝爆裂声。

果然，草丛那边的脚步声开始缓缓向空地这边走了过来。陈栩走得很慢很慢，他一定不想惊动空地里寻死的女人吧。我无声地冷笑了一下，抄起了铁棒，躲在通往空地的必经之路旁。

脚步声越来越近，我终于看到一道男人的剪影缓慢走过我身前。我抡起铁棒，就狠狠朝他的后脑砸了下去。我听到"啊——"的一声短促尖叫，然后眼前这个男人倒在了地上，鲜血汩汩地从后脑里流涌了出来。

与此同时，我还听到"当"的一声脆响，男人的手中似乎有什么东西落到了地上。我打开电筒，照了一下，看到那是一柄锋利的匕首。

我再握着电筒朝这男人的脸照了一下。

我的天，刚才我砸倒的男人，根本就不是陈栩，而是一个我不认识的年轻男人。在这个男人的额头上，有一道长长的刀疤，看上去绝非善类。

周蝶跑了过来，得知我砸倒的并非陈栩后，也慌了神。但她很快就镇定了下来，对我说："这个人手里拿着匕首，肯定不是什么好人。你再朝他后脑补几棒，然后再把他拖到路边的树林里去，别挡住陈栩过来的路。"

我只好遵命，抡起铁棒朝这陌生男人的后脑重重砸了几下，他的脑袋都快被我砸扁了。我拖着他的尸体，想要扔进路边的草丛里。可我以前从来没想到，人死了之后竟然会变得那么沉，我搞了好一会儿，才把尸体拖到了路边。就在我把尸体扔进草丛中的时候，我忽然听到身后传来一个男人的声音。

"幸好我堵车来晚了一点点，不然被你拿铁棒砸死的人，一定是我了。"

说话的人，是陈栩。

天知道他什么时候走到了我的身边。

我留意到，在他的脚底，缠着厚厚的布条，难怪走过来的时候，一点脚步声都没发出来。

不是你死，就是我亡！

我发疯似的抡起铁棒，可他毕竟比我小几岁，身强力壮，抢先上前几步，冲到我面前。他扬起手臂，一道寒芒从他手掌心里泄出——那是一把菜刀！

Chapter 05　陈栩的故事 Ⅱ

【1】

呵，我并不是因为堵车，才来晚了。我只是在路上耽误了一点时间——走到半路时，我让出租车司机停下车，然后在路边的五金店里买了一柄新菜刀。

上次在筒子楼里砍死了那个下贱女人后，我才发现杀人竟是一件那么刺激的事。从某种意义来说，看到鲜血从女人的后脑飞溅出来，比看到她的裸体更能令人兴奋。所以杀死那个女人后，我食髓知味，一直在盘算着，什么时候有机会能再杀一个女人。

我正在培养一个可怕的习惯。如果一旦这个习惯定型了，那么我将成为这个城市有史以来最可怕的连环杀手。

今天晚上我接到了老高打来的电话，对于他所说的寻死女人，虽然我感觉有点古怪，但实在忍受不了内心渴望杀人的煎熬，于是随便找了个理由骗过苏雅婷，出门招了一辆出租车。

我知道护城河旁的那片小树林，平时人迹罕至，因为蚊虫太多，据说还有蛇，所以连谈恋爱的恋人都不愿意到树林里去幽会。

我在半路买了菜刀，到了树林边缘，我担心走入树林时，踩到枯枝会发出声响，令寻死自杀的女人心生警惕，于是我撕下袖子，缠成布条裹在了自己的鞋子上。

就这么耽误了一点工夫之后，我在树林里看到了老高举起铁棒杀死一个陌生男人的一幕。没想到平时看起来蔫得像杯温吞水的老高，杀人时竟然连眼睛都没眨一下，我真是看走眼了。随后，我又听到一个女人说，让老高把尸体拖进草丛里，不要挡住我来的路。我顿时就明白了，老高想杀的人，其实是我。

我不知道他为什么要杀我，如果一定要找个理由，或许是目前只有我知道他离婚的事，担心我把这件事说出来后，会影响他的升职。

可是就算杀了我又能怎样？毕竟纸包不住火，哪怕我死了，他离婚的事迟早也会被单位里的人知道，除非他在消息传出来之前赶紧和他老婆复婚。

【2】

我抡起菜刀，刀刃狠狠砍在了老高的脸上。一蓬鲜血飞洒在半空中，我感到了一阵阵快意，肾上腺素开始迅猛滋生。老高倒在地上后，我听到空地上传来一个女人的尖叫。

我抬起头，也认出了那个女人是老高的老婆，我曾在小酒馆里，看到老高给过她狠狠一耳光。如果我没记错，她应该叫周蝶吧？看来他们果然准备复婚了。

周蝶还在尖叫，她的尖叫令我更加兴奋。我抄着菜刀，朝她快步走了过去。

"不要……不要杀我……"周蝶高声求饶。

但我可不想饶过她。

狠狠把她推倒在地上，我解开了皮带——既然马上就要杀死她了，她在成为尸体之前，对于我来说还是有点利用价值的。

哼，周蝶平日里对老高颐指气使的时候，可没想到会有这么一天吧？我不禁兴奋地大笑了起来。

几分钟后，我离开了周蝶的身体，然后拾起扔在一旁的菜刀，扬起手臂，狠狠砍在她的咽喉上。

做好这一切后，我准备站起身离开这里。

可就在我半蹲在地上的时候，突然听到耳旁传来"砰"的一声，接着我的后脑传来尖锐的疼痛。

然后，我倒在地上，陷入昏迷之中。

Chapter 06　苏雅婷的故事 II

【1】

陈栩接到那个老高打来的电话，我就觉得有点不对劲。

他借故离家之后，我穿上能够遮住手臂的长袖长裙，又戴上手套，跟着也出了门。

我招了一辆出租车，远远跟在陈栩乘坐的那辆出租车之后。我看到他停车在路边买了一把菜刀后，来到了护城河边的小树林。他一定准备再次动手杀人了，我不禁感到了一阵阵心悸。我在酒吧里不该答应那个职业杀手所说的一周考虑期，应该让他马上杀死陈栩，这样今天晚上就不会又有人成为陈栩手下的冤魂了。

当我后悔的时候，我看到陈栩撕下袖子，缠成布条裹在鞋子上。他这是想避免进入树林时，踩到枯枝发出声响。我也如法炮制，撕下了长裙的袖子，缠在自己的鞋子上。虽然这会令我的手臂裸露在肮脏不堪的空气中，但我也顾不了那么多了。

我对这片小树林一点也不熟悉，这么肮脏的地方，以前我当然绝不可能涉足其间。

摸索了很久，我才凭借嗅到的血腥气息，找到了那片藏在树林里的空地。

我首先看到了趴在一个女人身体上的陈栩，他的身体还在一上一下地抽动着，而在他与那个女人身前，则躺着一个中年男人的尸体——我跟踪过陈栩，所以认出了这个中年男人是常与陈栩喝酒的老高。

　　我担心陈栩会发现我，所以不敢出面制止他的恶行。我只好躲进空地旁的草丛里，可刚踏入草丛，我就发现自己的脚底踩到了什么软绵绵的东西。低头一看，又是一具尸体，脑袋都扁了。尽管如此，我还是从这具尸体扭曲变形的面孔上，认出他就是我曾经在酒吧里见过的那个职业杀手。我还记得，他的名字叫黑旗。

　　在黑旗身边，还有一根铁棒。

　　我赶紧拾起了铁棒，有了这根铁棒，我顿感胆量大增。

　　再扭过头，我看到陈栩已经离开了地上那个女人的身体，弯腰从身畔拾起了一柄闪烁着寒芒的菜刀。

　　天哪，他又要杀人了。

　　我得制止这一切！

　　我不顾一切地抡着铁棒，从草丛里冲了出来。

　　大概是陈栩过于兴奋，根本没留意到我从他身后冲了过去。

　　可惜我还是晚了一步，我眼睁睁看到他抡起菜刀，砍在了那个女人的咽喉上。

　　我的铁棒落下后，也砸在了陈栩的后脑上，他立刻晕了过去。我又抡起铁棒，再次狠狠朝他的脑袋砸了下去，他的脑袋顿时出现了一个明显的凹坑。

　　我确信在小树林里躺着的四个人，全都变成了尸体之后，便坐在空地边上的一块石头上，思索接下来应该怎么做。

【2】

　　快天亮的时候，我站了起来。

　　我从陈栩手中拽出那柄菜刀，擦去指纹，然后塞进老高的手里。

　　那根铁棒，我擦掉所有指纹，塞在那个职业杀手的手里。

　　在地上，我还捡到一柄锋利的匕首，应该是职业杀手的。我擦去匕首上的指纹，放进自己的衣兜里。这柄匕首，在以后的故事里不会有任何作用，所以还是不要让它出现。

我又解开自己鞋底的布条，缠在了那个职业杀手的鞋底。

至于陈栩鞋底的布条，我解下来之后，与那柄没用的匕首放在一起。为了防止被人猜到陈栩的袖子被撕下来做了缠鞋的布条，我索性用匕首割开他身上的衣物，让他赤膊躺在了地上。

最后，我把四具尸体身上的钱包都取了出来。

离开小树林后，我把那柄匕首扔进了护城河里。

而陈栩破碎的衣物与袖子，则被我带回家，连同我自己那件缺少长袖的黑色长裙，还有四个人的钱包、证件，一起焚烧成了一团灰烬。

【3】

四十八小时后，我向警方报案，称自己的丈夫陈栩失踪了。我告诉警察，陈栩是接到老高的电话，然后离家出走的。随后，警方调查人员告诉我，老高和他的前妻周蝶都同时失踪了。

如果我没猜错，树林里那个被陈栩杀死的女人，应该就是周蝶。

七十二小时之后，环卫工人嗅到小树林里散发出来的恶臭，找到了空地上的四具尸体。

警方根据树林里找到的一柄菜刀，还有一根铁棒，验出指纹后，得出了一个结论。

应该是老高和前妻周蝶为了复婚的事，约在小树林里进行交谈。有证据显示，他们两人热恋时，就常在这片空地里幽会。或许是因为商谈得不够顺利，所以老高打电话请我的丈夫陈栩前去协助。这一点，由我的证词，以及电信公司提供的通话记录可以证明。

但老高和前妻还是商谈得不成功，恼羞成怒的老高，摸出准备已久的菜刀，狠狠砍向了妻子的咽喉。

与此同时，两个鞋底缠着布条的劫匪，也鬼使神差手持铁棒出现在那片空地上。

劫匪用铁棒袭击了老高和陈栩，抢走钱包后，还杀人灭口。

不过，也许是因为分赃不匀，所以两个劫匪发生了内讧。最终，一个男性劫匪死于了同伙手中的铁棒下。后经调查摸排，这个男性劫匪名叫黑旗，终日在城郊某个酒吧里厮混。

值得注意的是，黑旗的同伙极有可能是一个姓名不详，以出卖身体为业的女人。那个女人，是黑旗的女友，据说黑旗一直靠吃软饭为生。

事发之后，黑旗的女友至今下落不明。而在树林里发现黑旗的尸体时，他的脚底缠着的黑色布条，明显属于女式长裙的一部分，这也更加令警方相信，他的女友与此桩血案有着莫大的关联。

我也跟随警察一起来到黑旗与女友租住的那幢筒子楼，竟惊讶地发现那里是我第一次发现陈栩杀人的现场。

我猜，当时陈栩杀死的女人，就是黑旗的女友吧。

可是，天知道那下贱女人的尸体被藏到哪里去了。

不过这样也好，就让警察去追查一个已经变作死尸的嫌疑人吧。

作为一个完美主义者，我非常喜欢这样的结局，简直是太完美了。

哦，对了，还有一件事值得一提。

自从那天夜里我在小树林里接触了这么多肮脏的东西之后，我的洁癖竟然不药而愈了。我不再每天不断洗手洗澡，家里的消毒室，我也请装修工人砸掉了。

陈栩因为劝说同事，不幸死于劫匪手中，这令周围的人都无限同情我。而他所有的遗产都留给了我。我说过，有一套房子的年轻寡妇，向来都是抢手货。

你说，一个年轻女孩的生命更值
钱，还是一个瞎子的生命更值钱？

快　刀

【1】

林易浩站在街道拐角处，手里夹着一支燃了一半的香烟，静静地望着前面不远处的红绿灯。

随着人行红灯变成绿灯，站在路边的人群一窝蜂冲上了斑马线，他们就像移动的蚁群般，匆匆忙忙地涌向公路对面，只剩下一个人依旧一动也不动地站在原地，看上去显得特别突兀。

那人戴着一副墨镜，手里还拄着一根细细的导盲棍，原来他是个盲人。

林易浩扔掉手里的烟头，快步走到那个盲人身边，在他耳边说道："绿灯了，可以走了。要不要我扶你过去？"

"谢谢，不用了，我自己可以的。"那盲人冲着林易浩笑了笑，一边伸出导盲棍在地上频频点着，一边举步踏上了斑马线，朝着公路对面走去。林易浩看着他的背影，嘴角不自觉地露出了一丝若有若无的微笑。

那个盲人还没有来得及走完斑马线，人行绿灯便闪了几下，变成了红灯。不过片刻工夫，滚滚的车流就已经将他围困在公路中央。

林易浩透过车流的间隙，看见站在公路中央的盲人一幅慌乱的模样，不由地皱了皱眉头，朝着过往的车辆使劲地挥动着双手。但是，没有一辆车注意到他，滚滚的车流依旧在那盲人身旁飞驰而过。林易浩无奈地垂下手臂，继续木立在路边，远远望着路中央的盲人。

突然，一辆来不及减速的小车猛地撞到了那个盲人！顿时，他的身体在巨大的冲击力下飞向了空中。

当盲人重重跌落到地上时，大部分车都已经停了下来，路上一片混乱。林易浩看见，躺在血泊中的盲人，脸上没有什么痛苦的表情，他的墨镜不知道掉在什么地方去了，裸露出了一双完全没有了生气的眼睛。

可是，林易浩却发现，那双只有眼白的眼睛，竟然一直都死死地盯着自己！他屏住呼吸，和那双眼睛对视了一会儿，心里突然觉得很不舒服，赶紧转过身去，悄悄地离开了。

林易浩走过了两条街，在一幢大厦前停下了脚步，他跨进大厅，走到右边角落里的楼层分布图前，仔细地看了一阵，然后举步朝电梯走去。

林易浩按下了18楼的按键，电梯平稳而快速地上升着。电梯升到6楼时停了下来，电梯门打开之后，一个年轻女孩抱着一摞高高的文件夹走了进来，她对林易浩笑了笑，说道："麻烦你，15楼。"

电梯门关上了，电梯继续上升，林易浩却一动也没有动，那女孩见状，赶紧说道："我腾不出手来，麻烦你帮我按一下15楼。"

林易浩像是根本就没有听到那女孩的话，依旧纹丝不动。这时，电梯已经升到12楼了。那女孩急了，赶紧把手里的文件夹往地上一放，准备自己去按键，谁知道文件夹没有放平，"哗"的一声散落了一地。

等那女孩将散落的文件夹归整好之后，电梯已经到了18楼，看到林易浩走出了电梯，那女孩冲着他的背影嘟哝了一句："有病，这点小忙都不肯帮！"

林易浩的身形顿了一顿，他缓缓地回过头去，看着慢慢合拢的电梯门，脸上的神情渐渐变得有些凝重，嘴里喃喃自语道："你如果知道帮助别人的人，现在变成了什么样子，就会知道我为什么不肯帮你了。"

【2】

林易浩一直走到18楼的尽头，在一间挂着"仁格心理咨询室"牌子的房门前停了下来。这时，他脸上凝重的神情消失了，取而代之的是一片迷茫。他在紧闭的房门前站了一会儿，伸手敲了敲门。

"请进。"门内传来一个十分好听的女声，林易浩推门走了进去，一进屋，他就愣住了，怀疑自己是不是走错了地方。

这是一个不大的房间，房间里摆着一大一小两个沙发，大沙发十分宽大，面前还铺了一张色调温馨的小地毯，看上去就能感觉到，坐在上面一定很舒适。而小沙发则摆在大沙发的侧面，和大沙发形成了一个 V 字的空隙，在 V 字空隙间，有一个样式很简单的玻璃茶几，茶几上放着一个浅蓝色的玻璃花瓶，配上瓶里淡雅的插花，很是赏心悦目。

这间屋子里的摆设，和林易浩想象中的大相径庭，感觉就像是一个家里的休闲厅，而不是什么心理咨询室。

"你是林易浩吧？"一个很漂亮的女子合上腿上的笔记本电脑，从小沙发上站起身来，笑着问道。

林易浩机械地点了点头，说道："我找萧医生。"

那女子将手里的笔记本电脑随手放到了茶几上，看着林易浩说道："我就是萧蔷，你可以直接叫我名字，或者跟我朋友一起叫我小蔷也行，但最好别叫我萧医生，行吗？"

萧蔷听上去很啰嗦的自我介绍，让林易浩紧张的情绪一下就放松了，他讪讪地说："我朋友没给我说你是女的……"

他的话还没说完，萧蔷自己便忍不住笑了起来："蔷是蔷薇的蔷，不是坚强的强，很多人光听我名字都以为我是男的。"笑完之后，她又说道："对了，听说您最近被一些事情所困扰，是些什么事儿？能讲给我听听吗？"

林易浩点了点头，在萧蔷的示意下在大沙发上坐下来，他望了萧蔷一眼，却没有开口，反而低头思量起来，似乎在斟酌该怎么表达才好。过了好一会儿，他像是下了决心似的，终于抬起头来，对着萧蔷讲述起来。

"我是一个很内向的人，不太擅长与人打交道。平时，我最爱把自己关在家里，用一个比较时髦的词来说，我是一个典型的宅男。我想，如果后来没有遇到晓怡的话，我这辈子肯定会浑浑噩噩地过完的。

我第一次见到晓怡，也是在我家里，那天我叫了一份外卖，来送外卖的正是她。当时我根本就没有注意到她。谁知道当天下午她又敲开了我家的门，说中午送外卖时多补给我了钱，把 50 元当作 10 元补给我了，问我是不是记得。其实中午她补钱时我根本没有注意到她到底补了我多少，在这些方面我一般都不太注意，我记得当时接过她补的钱就随手揣进了兜里。我把兜里的钱摸出来看了看，里面有一张 50 元的钞票和一些零钱，我原本只有一张 50 元的钞票，中午付钱时应该已经用掉了，既然现在 50 元的钞票还在，那么只能是她多补给我的，于是我就把那张 50 元的钞票还给了她。"

说到这里，林易浩停了下来，他看着萧蔷问道："我这样说是不是太啰嗦了点儿。"

"没关系，你说得越详细越好。"萧蔷笑着鼓励林易浩，然后起身走到窗旁的饮水机前，接了一杯水，递给他后说道："先喝点水，再慢慢说吧。"

【3】

林易浩接过水杯，抿了一口，放回茶几上后继续说道："我原本以为这事儿就这么结束了，可我没想到的是，傍晚时她又来了。这次她是专程上门来感谢我的，我当然不能将一个漂亮的女孩子拒之门外，何况这个女孩还带来了不少好吃的东西，而我正好还没有吃晚饭。"

在林易浩讲述他的故事时，萧蔷一直目不转睛地看着他。她发现，林易浩提到那个名叫晓怡的女孩时，脸上洋溢着幸福的表情，而眼神里，也不自觉地流露出异样的光彩。

"那天晚上，我们一边吃着她带来的东西，一边很随意地聊着天。我们聊得非常投机，不知道为什么，平时不太善于和人交往的我，和她在一起却特别地轻松。那天之后，晓怡便经常来我家坐坐，每一次我们都聊得很开心。再后来，我们便开始交往了。"

"和晓怡交往之后，我在她的影响下，性格慢慢起了变化，不再像原来那样，总把自己关在家里，而是经常陪她走出家门，感受外面的世界。跟她在一起，我学会了很多东西，她是个十分热情的女孩，特别喜欢帮助人，只要看见别人有困难，无论是认识的还是不认识的，她都会倾力相助。她常常告诉我，能够帮助别人，对她来说是一种莫大的快乐。在她的感染下，我也开始学着帮助别人，而当我开始帮助别人之后，我才发现，原来帮助别人真的是件很快乐的事，因为我帮助了别人，别人就会感激我，对我也越来越好……"

说到这儿，林易浩突然停了下来，脸上的表情变得有些痴迷，随后便艰难地咽了一口口水，猛地从沙发上站了起来，十分焦躁地在屋里来回踱步。

萧蔷依旧坐在小沙发上，一言不发看着林易浩。此时，她心里已经有了几分把握，林易浩在讲述自己和晓怡的往事时，条理分明、细节清晰，语言十分正常，不存在任何一点认知障碍，但是他的行为又具有很明显的异常特征，表现出了性格偏执的特征，这样的状态与强迫症的表现十分吻合。

过了一会儿，萧蔷见林易浩的步子慢了下来，这才端起茶几上的水杯，走到他身边，轻声说道："坐下歇会儿，喝点水吧。"

林易浩猛地颤抖了一下，停住了脚步。他像是突然从一场噩梦中惊醒过来一样，怔怔地盯着萧蔷看了一阵，长长地呼出一口大气，然后才步履缓慢地走到大沙发边，重新坐了下去。

萧蔷十分平静地看着林易浩，待他的情绪完全稳定之后，才鼓励地点了点头。林易浩一口喝干了杯子里的水，继续开口说道："时间一长，我就发现自己已经变得和晓怡一样，把帮助人当作了自己的习惯。假如某一天，我没能帮助别人，心里就会觉得空落落的，好像少了点什么。"

"我原本以为，我帮助别人越多，别人就会对我越好。可是后来我发现，事实并非如此，起码我身边的那些人，对我始终和从前一样，总是爱理不理的。我开始怀疑是不是自己帮助别人帮得不够多，就更加热情地去帮助他们。可奇怪的是，我表现得越热情，别人却离我越来越远，有时候，他们甚至像躲瘟疫一样躲着我。"

萧蔷听到这里，突然开口打断了林易浩的话，问道："你是怎样去帮助别人的？"

林易浩一下被萧蔷问住了，他皱着眉头想了片刻之后，无奈地摇了摇头，回答道："我记不起来了。"

【4】

萧蔷微微一笑，对林易浩说道："没关系，我们聊点别的，这事儿以后再说。"

林易浩点了点头，问道："那我们聊什么呢？"

"我们聊聊晓怡吧。"萧蔷想将话题引到晓怡身上，因为她感觉到，只要聊起晓怡，林易浩就会不由自主地流露出良好的情绪和精神状态。

事实上，萧蔷马上就发现自己的判断出现了偏差，因为当她向林易浩提出聊聊晓怡之后，他的眼睛里掠过一丝掩饰不住的悲伤，随后就用双手抱住了后脑勺，拼命地摇起头来，一边摇，一边用压抑的声音重复着一句话：

"晓怡死了！晓怡死了！晓怡已经死了……"

这突如其来的变数，差点把萧蔷搞得不知所措，甚至让她的自信心都有些动摇了，开始怀疑自己对林易浩病情的判断是否有些失误。

萧蔷在脑子里考虑了片刻，还是觉得不能让林易浩回避有关晓怡的事情。也许那些事情，恰恰就是造成他心理创伤的最终根源，而她只有找准了根源，才能确定有效的治疗办法。

做出了决定之后，萧蔷便直视着林易浩，用命令的口吻对他说道："你抬起头来，看着我。"她的话音不高，语调却十分坚定，容不得林易浩有半点反驳的余地。

林易浩抬起头来，定定地看着萧蔷，他的表情看上去虽然没有太大的异常，但眼神却闪烁不定，流露出迷乱与浮躁。

"林易浩，"萧蔷很轻声地叫着林易浩的名字，语速缓慢而轻柔地说道，"你的心里一直被什么事情所困扰，所以你才会来找我。你既然来了，就表明你对我是信任的，是吗？"

林易浩木然地点了点头，萧蔷便继续说道："既然你信任我，那么请你不要把自己当作一个病人，也不要把我当作医生，只把我当作一个可以倾诉心事的好朋友，这样行吗？"

林易浩又点了点头。

"其实，现在的人工作和生活压力很大，每个人的肩上都承担着各种各样的责任和重担，所以心理上偶尔出现一些不适，是一种很正常的现象。只要我们找到症结所在，再加以适当地开解，大部分心理疾病都可以不治而愈的，我觉得你正是这样的情况。"

萧蔷顿了一顿，又说道："人的大脑，有一种自我保护机制，当人突然遭遇某种意外，而那种意外又给人带来了恐惧或者创伤时，大脑里的自我保护机制就会启动，让人忘掉那些给心理造成恐惧和创伤的细节，就像你现在的这种情况一样，这也就是我们常说的选择性失忆。"

林易浩皱着眉头思索了片刻，似乎理解了萧蔷的话，他直勾勾地盯着萧蔷，眼神里闪过一线希冀。

"你现在有两个选择，一是彻底忘掉以前的一切，永远也不要再去想它，重新开始新的生活。还有就是通过催眠，记起你曾经经历过的那些事情，然后我会帮助你面对那些事情，最终战胜你心里的恐惧和不安。"萧蔷继续平静地说道。

林易浩有些犹疑地望着萧蔷，问道："您觉得我该怎么选择呢？"

"选择必须得你自己来做，不过你放心，无论你做出什么样的选择，我都会帮你的。"萧蔷说话的声音越来越轻柔，听上去犹如天籁。

"如果那些事情和晓怡的死有关，就算对我的伤害再大，我也不想忘记！"林易浩只考虑了短短片刻时间，便斩钉截铁地说出一句话来。

【5】

萧蔷以前也曾经给病人做过很多次催眠，但不知道为什么，当她准备开始对林易浩实施催眠时，心里突然涌起了几分忐忑不安之感。她隐隐约约地觉得，自己即将要进行的，是一件十分危险的事，而结果更是无法预料。

萧蔷不知道这种莫名其妙的危机感从何而来，她只知道，这感觉来得突兀而强烈，甚至强烈到让她产生了放弃这次催眠的想法。可是，当她看到坐在沙发上的林易浩那充满了信任和期待的眼神时，便打消了放弃的念头。

催眠开始了，林易浩的表现十分配合，而且他似乎属于很容易接受心理暗示的那一类型人。萧蔷几乎没费什么太大的劲儿就让他进入了浅睡状态。在这个状态下，萧蔷先试着和林易浩进行了一些十分简单的对话，逐渐消除了他精神上的抗拒状态，让他的心理慢慢地完全放松下来。

之后，萧蔷持续地深化着对林易浩的催眠，当她觉察到林易浩在自己的催眠下已经进入到深睡状态之后，便试探着带领他去触摸一些对他来说比较敏感的禁区。

"你说你在晓怡的影响下，变得喜欢帮助别人了，你回忆一下，自己是怎么样去帮助别人的？"萧蔷凑近林易浩耳边，用平缓而轻柔的声音问道。

林易浩在萧蔷的引导下，逐渐回忆起一些事情来，但他回忆起的那些事情，十分琐碎，无外乎是在公车上给老人让座、在公司帮助同事跑腿买饭之类的小事。从这些事里，萧蔷找不出任何足以导致他心理受创的蛛丝马迹。

"帮助别人原本是件好事，可你说你身边的人到了后来却不再愿意接受你的帮助，你对他们越热情，他们反而躲得越远，你能记起这种情况是从什么时候开始的吗？"萧蔷继续往深处引导着林易浩。

而就在这时，一件让萧蔷意想不到的事情发生了。靠在沙发上的林易浩猛地睁开了眼睛，他直勾勾地瞪着萧蔷，一字一句地从嘴里蹦出一句话来："我不知道！我真的不知道，她让我帮忙买安眠药，是用来自杀的！"他在说完这句话之后，立刻又闭上了眼睛，脸上的表情也恢复了平静，呼吸也渐渐地均匀起来。

林易浩的异常表现让萧蔷有点意外，但更让她吃惊的却是他说的那句话。难道不管什么事，他都会不问青红皂白帮助别人，就连人家自杀，他都会帮着买药？

如果按照常规的做法，在催眠过程中出现如此异常的情况，萧蔷会立即停止催眠并唤醒被催眠的对象，这样才能有效地防止意外的发生。可此时此刻，她心中的好奇让她无法停止下来，她决定继续对林易浩催眠，让他说出事情的真相。

萧蔷仍然用平缓而柔和的声音在林易浩耳边说道："你并不知道她会用你买来的安眠药自杀，所以她的死与你无关，你无需自责。现在让我们来回忆一下当时的情形，这样你就可以更清楚地确定这一点。在听到我数一、二、三之后，你就开始回忆当时的情形，然后说出来。一、二、三……"

【6】

靠在沙发上的林易浩，在听到萧蔷发出的暗示指令之后，不自觉地皱起了眉头，脸上的表情也愈发的困惑了，他似乎正在努力地回忆着往事。过了好半天，他的眉头才渐渐舒展开来，开口说起了当时的情形。

"那一段时间，我发现晓怡的精神状态不是很好，似乎有什么心事。我就问她是不是出了什么事，如果有什么需要帮忙的，尽管告诉我。但她好像不太领情，还说自己能够照顾好自己，用不着我多管闲事。"

"有一天，我去晓怡家找她，看见她家的门虚掩着，门里传出她的咳嗽声，我急忙冲了进去，当时她靠在床上不停地咳着，咳得上气不接下气的，一张脸也涨得通红。我赶紧给她倒了一杯温开水，一边轻轻地拍着她的背一边喂她喝。喝完水之后，她总算好了一些，咳得不像先前那么厉害了。等她喘过气儿来，我问她是什么时候生病的，为什么不告诉我。她轻描淡写地说是老毛病，慢性支气管炎，遇到天气转凉就会复发，没什么大不了的。最后，她还反过来安慰我说，这病除了咳嗽厉害一点外，其他也没什么影响。"

"我问她需要吃些什么药，我去给她买。她想了想，告诉我说她最近每天晚上都咳嗽得很厉害，整宿整宿地睡不着觉，她想让我去帮她买几颗安眠药，吃了药快点睡着就不会咳得那么厉害了。"

"买安眠药需要身份证，但我找晓怡要身份证时，她的脸色突然变了，随即又猛烈地咳嗽起来，好在这次没咳多久就止住了。等她好转之后，我才出门去，用我的身份证帮她买了几颗安眠药回来。"

"那天晚上，我本来想留下来照顾她的，可是她说什么都不同意，硬要赶我走。我走的时候，问她还需要些什么，我明天一起给她带来，她先是摇了摇头，后来又让我过来时再带几颗安眠药给她。"

说到这里，双眼紧闭的林易浩又一次皱紧了眉头，他的思维似乎突然陷入了某种纠结的状态之中，好半天都没有继续往下说。

"后来呢？"萧蔷为了继续引导林易浩，轻声问道。

　　"晓怡的咳嗽一直没好利索，断断续续地拖了一个多月，我每天都叫她去看医生，可不知道为什么，她怎么也不肯去。后来有一天，公司突然派我去外地出差，由于事儿很急，我甚至没有来得及跟晓怡当面告别，只是给她打了个电话，告诉她我要离开几天，让她注意身体，好好照顾自己，等我一回来就去看她。"

　　"因为公司的事儿比较棘手，我大概用了一个星期时间才完成任务。中途我给晓怡打过几次电话，可除了最早的两次她接了，后面的全部没有接，这让我十分担心。所以我回来之后，连公司都没有去，就直接去了晓怡家里。"

　　"到了晓怡家，我敲了半天门也没人答应。后来有个人从旁边经过，我便拉住他问，知不知道晓怡去了哪儿？谁知那人竟然捏着鼻子，嗡声嗡气地说不认识什么晓怡。我问他为什么要捏着鼻子说话，他说这里很臭啊，都臭了有几天了，不知道是不是有只耗子死了，藏在什么隐蔽的地方腐烂了。听他这样一说，我这才注意到空气里确实弥漫着一股子臭味，那臭味像是肉类腐烂了的味道。我朝着远处走了几步，又走回来仔细闻了闻，发现离晓怡家越近，臭味越浓。一种不祥的预感涌上了我的心头，我再也顾不上许多，就在那个路人惊诧的目光中撞开了晓怡家的房门。"

　　"晓怡果然已经死了，她的尸体就躺在床上，已经开始微微地腐烂了。而就在她腐烂的尸体旁边，散落着一些白色的药片，我一眼就认了出来，那些药片正是我帮她买回来的安眠药！"

　　林易浩说到这里，情绪又开始波动起来，只见他双肩抽搐，身体也微微地发起抖来。他一边颤抖，嘴里一边嘶声喊道："我不知道！我真的不知道，她让我帮忙买安眠药，是用来自杀的！"

　　这一次，林易浩的情绪显得太过激动了，连萧蔷也不敢再持续深入催眠下去，她集中精神，按部就班地将林易浩从催眠状态之中慢慢唤醒过来。

　　在等待林易浩醒过来的间隙，萧蔷心里既有遗憾，又有几分欣慰。遗憾的是，对林易浩的催眠还没有完全完成，就不得不唤醒他，从某种意义上来说，这也意味着这次催眠失败了。而值得欣慰的是，她已经找到了造成林易浩心理障碍的原因，那就是晓怡的自杀，显然现在他仍然对此事不能释怀，但萧蔷相信，下一次，自己一定会有办法帮他解开这个纠缠已久的心结。

【7】

林易浩被唤醒之后，精神状态明显有些萎靡，他紧皱着眉头，一言不发地用双手抱着脑袋，脸上的表情痛苦不堪。

萧蔷静静地观察着林易浩，越观察心里越忐忑。虽然这次催眠并不成功，没能将他心理上的阴影和障碍消除，但在唤醒之后，他的精神状态应该和没有催眠前区别不大，而不是像现在这样异常。

难道自己有什么地方疏漏了！这个念头从萧蔷脑子里冒出来后，她的心里一惊，急忙细细地回想刚才催眠林易浩的每一个细节。

这一细想，萧蔷果然发现了问题，原来疏漏出现在催眠最后的唤醒阶段。当林易浩在催眠中记起了帮晓怡买安眠药，而晓怡竟然用他买回来的安眠药自杀了时，他的情绪出现了异常反应。在这个时候，萧蔷唯一的选择只能是立刻终止催眠，并将他唤醒，而当时萧蔷的确也是这样做的。

可是，她在唤醒林易浩之前，却并没有引导他将这段记忆重新暂时忘掉。

其实，这也不能怪她，以往给其他患者的催眠治疗中，她在找到造成患者心理障碍的记忆之后，就会立刻针对这段记忆，用适当的方式引导患者，修复其心理障碍，在达到一定的效果之后，再唤醒患者。这样做的目的，简单点说就是让患者能够用正常的心理去看待那段给自己造成创伤的记忆，并坦然面对，自然就没有必要再让患者忘掉那段记忆了。

但在给林易浩的催眠中，刚找回他的记忆，他便出现了异常，萧蔷根本来不及对他做出任何引导或者抚慰，便直接唤醒了他。那段给林易浩造成心理创伤的记忆，原本已经被他的大脑自我保护机制封闭起来了，现在却又被萧蔷唤醒，重新赤裸裸地出现在他的大脑里。

这样的情形，不啻于给林易浩造成了第二次严重的心理创伤，所以他才会表现得如此痛苦。

找到了问题的症结所在，萧蔷心里并没有感到半点轻松，反而愈加沉重起来。因为她作为一个心理医生，十分清楚地知道，自己这个疏漏的后果，是多么的严重。现在唯一的补救办法，是再次对林易浩进行催眠，然后通过引导修复他的心理创伤，假如一时无法修复，就暂时封闭他的这段记忆。

可此时的林易浩，无论是体力还是精神状态，很显然都不适合继续催眠。而等他的体力和精神状态恢复之后再次催眠他，至少还得等上一到两天。而在这个时间段里，林易浩的心理状态可以说是处于一个极其危险的临界边缘，只要有任何一点外界刺激伤害到他的心理，便足以让他的整个心理全面崩溃。

萧蕾考虑再三，还是觉得从现在开始到下次催眠的这段时间，不能让林易浩离开自己的视线。但怎样才能做到这一点呢？她一时之间也想不出一个妥帖的办法来。

而此时林易浩已经坐不住了，他从沙发上站了起来，准备向萧蕾告辞。萧蕾见状，不敢再继续犹豫下去，她抢在林易浩告辞之前对他说道："你能不能让我去你家里拜访一下，我想了解一下你的生活环境。"

林易浩愣了一下，他显然对萧蕾的这一要求有些不解。不过他犹豫了片刻之后，终于还是点头答应了。

【8】

林易浩的家里略显凌乱，这对于一个单身男性来说，是再正常不过的事了。进屋之后，林易浩没有理会萧蕾，自己在沙发上找了一个角落蜷缩起来，他看上去很疲惫，精神状态没有半点恢复的迹象。

萧蕾见屋角放着一个懒人沙发，便顺手拎了过来，在林易浩的对面坐了下来。她一边一言不发地默默观察着林易浩，一边在脑子里思考着该和他说些什么。一时间，屋里的气氛显得沉闷而尴尬。

两人枯坐了一阵，萧蕾见窗外的天色已经变黑了，这才想起还没有吃晚饭，便对林易浩说道："该吃晚饭了，要不我叫两份外卖吧。"谁知林易浩一听她的话，"腾"地一下从沙发上弹了起来，冲着她喊道："不许叫外卖！"

萧蕾吃了一惊，茫然失措地望着林易浩。林易浩看到萧蕾无辜的样子，大概也意识到了自己的失态，他张了张嘴，似乎想要说什么，最终却什么也没说，只是颓然地坐回到沙发上。

过了好半天，林易浩的情绪恢复了一些，他抬头对萧蔷说道："我们出去吃吧，晓怡死了之后，我就没叫过外卖了。"萧蔷点了点头。

两人在林易浩家附近找了一家小餐馆，萧蔷随意点了几个菜。在等着上菜的间隙，萧蔷注意到，林易浩的精神状态比先前好了许多。她正想着说点什么来分散林易浩的注意力，以免他一直沉浸在自己的回忆里无法自拔，没想到林易浩却先开了口："萧医生，谢谢你帮我回忆起了晓怡是怎么死的，虽然这件事是我最不愿意面对的，但是我却不应该忘记。"

萧蔷脸上露出了一丝苦笑，说道："你别谢我，我到现在都还不知道，帮你唤醒了那段记忆，到底是做对了，还是做错了。"

"你没有做错，真正错的，一直都是我。"林易浩抬头环顾了一圈，语调变得十分伤感，"以前，我经常和晓怡来这家餐馆吃饭，晓怡常说，叫外卖虽然方便，但饭菜的味道始终比不上餐馆里做的。"

"晓怡一定是个很好的女孩子，你无法忘记她是正常的。不过，有些事情，忘记要比记住更好。"萧蔷试探着劝说林易浩。

林易浩沉默了一会儿，突然把目光投向餐馆外面的街道上，脸上又一次露出了困惑的表情。过了好半天，他才回过头来，对萧蔷说道："今天你催眠我时，除了帮我记起了晓怡是怎么死的，还让我记起了一些别的事情。"

萧蔷听了林易浩的话，不由得有些惊喜，她急忙问道："你还记起了什么？"

林易浩直勾勾地盯着萧蔷，先前还浮现在他脸上的困惑表情却慢慢地消失了，逐渐变得越来越怪异，那表情很复杂，似乎是恐惧中夹杂着几分绝望、几分不解。

"你到底还想起了什么？快说啊！"萧蔷没有注意到林易浩脸上表情的变化，急切地催促道。

林易浩又犹豫了片刻，终于说道："我想起了他们不愿意接受我帮助的原因。"

"什么原因？"

"晓怡死后，我一直都学着像她那样去努力帮助别人。但是后来我却发现，我能给别人的帮助很单一。"

"你能给别人的帮助很单一？这话是什么意思？"萧蔷对林易浩的话有些不太理解。

"我只会帮助别人……"林易浩打住话头，语气突然变得冷冰冰的，随后就一字一顿地从嘴里吐出了两个字："去死！"

【9】

萧蔷点的饭菜已经端了上来，但她却没有一点胃口，她的心思全放到了林易浩说的话上了。林易浩说他只会帮助别人去死，这句话到底是什么意思？难道是晓怡用他帮忙买回来的安眠药自杀这件事给他的心理留下了很严重的阴影，以至于使他心理变态，下意识地专门去帮助别人自杀？

林易浩仿佛看穿了萧蔷的心里在想什么，说道："我并不想帮人去送死，只不过每次我帮助了别人，那个被我帮助的人，都会在接受我的帮助之后不久死去。这听起来很荒谬，但却是事实。他们的死法千奇百怪，大多数都是意外，有出车祸死的、有一氧化碳中毒死的，最离谱的一个，是被一块鸡骨掉进气管里活活卡死的，而他死之前吃的那只烤鸡，就是我帮他买回来的。这种情形屡屡发生，就好像死神藏在我的身边，只要我帮助了谁，它就会带走谁。所以我身边的人，没有谁再愿意接受我的帮助。他们都说我肯定是中了什么魔咒，以别人的生命为代价的魔咒。"

林易浩所说的情形，听起来实在太过匪夷所思，萧蔷不由皱紧了眉头，一直盯着他看。可她看了半天，却一点也没有看出来林易浩像是在编故事。

如果林易浩说的全部都是真的，那也太可怕了吧！想到这儿，萧蔷忍不住打了个寒噤。

时间一分一秒地过去了，林易浩和萧蔷两个人面前的饭菜都没怎么动。林易浩看了看时间，已经很晚了，便叫来服务员把账结了。

两人一前一后地走出餐馆，林易浩突然回过头来，似笑非笑地盯着萧蔷，问道："你还去我家吗？"

自从听了林易浩在餐馆里说的那番话后，萧蔷对他更加放心不下了，她此时心里正想着找个什么理由继续留在林易浩的身边，谁曾想林易浩却主动问了起来。这样一来，萧蔷反倒觉得有点不好意思了，她红着脸说道："太晚了，我该回去了。你自己回家好好休息一下，明天再到我咨询室来吧。"

目送着林易浩的背影消失在他家楼下的单元门口之后，萧蔷便抬起头来，目不转睛地望着林易浩家的窗户。看着那扇黑漆漆的窗户，她突然有了一种很不祥的预感，总觉得今天晚上会出什么事儿。

林易浩家的窗户就那样黑着，许久都没有灯光亮起，这让萧蔷心里愈发地忐忑起来。她又犹豫了一阵，终于还是按捺不住，拔腿朝林易浩家走去。

当萧蔷快要走到林易浩家楼下时，脚步却渐渐慢了下来。突然之间，她对自己的行为有几分不解，自己这是怎么了，对林易浩如此紧张？连她自己也搞不明白，自己紧张的到底是他这个人还是发生在他身上的那些事。其实对自己来说，林易浩只是一个心理上出了点小问题的普通病人，就连他说的话，哪些是真、哪些是假都还没有证实，自己根本就犯不着这样吧？

正当萧蔷对自己的行为迷惑不解，脑子里乱成一团糨糊时，她眼角的余光却忽然瞟到有一个人影从前面的单元门口冲了出来。

是林易浩！萧蔷心里一惊，下意识地闪到路旁的一棵树后，把自己藏了起来。

【10】

萧蔷远远地看见，林易浩沿着公路走去，脚步显得有些慌乱。她担心林易浩独自一人会出什么事，便悄悄地跟在他的身后。跟着跟着，萧蔷发现他时不时地会回头张望一下，她担心他发现自己，只得放慢了脚步，远远地跟着。

又跟了一段路之后，萧蔷发现自己的担心完全是多余的，林易浩在前面越走越快，到后来甚至小跑起来，就像是身后有什么东西在追他似的。但跟在他身后的萧蔷却明明白白地看到，他身后一直空无一人。

林易浩跑得越来越快，萧蔷毕竟是个女的，跟到后来越来越吃力，终于在林易浩拐进公路对面的一条小巷之后，再也没有力气追上去了，她只好靠在路边的一个广告灯箱上，大口大口地喘着粗气。

"那坟前开满鲜花，是你多么可爱的美啊……"就在这时，一阵音乐声毫无预兆地响了起来。萧蔷先是被吓了一跳，随即便醒悟过来，那是自己的手机铃声，她急忙掏出手机，朝屏幕上看去。

是一个陌生的手机号码！萧墙看着那个陌生的号码，犹豫着要不要接。

"那坟前开满鲜花，是你多么可爱的美啊……"打电话的人比较执著，唐磊的《丁香花》一遍又一遍地响着，在这夜深人静的路上，显得有几分阴森诡异。这首旋律优美的歌，萧蔷一直都很喜欢，所以才会用来做手机铃声，但此时此刻，她却突然觉得这首歌有些深邃，深邃得让人毛骨悚然。

终于，萧蔷鼓起勇气把手机举到了耳边，摁下了接听键。

"萧医生，你现在在哪儿啊？"手机里传出来的竟然是林易浩的声音。

萧蔷对林易浩的来电有些意外，难道他发现了自己在跟踪他，所以才打来电话询问？萧蔷迟疑了片刻，还是硬着头皮撒了个谎："我已经回家了。"

"哦，那我就放心了。对了，萧医生，我刚才在家里睡觉，做了一个梦，我很害怕。"电话里，林易浩的声音明显有些颤抖。

"你说什么？你刚才在家里睡觉？"萧蔷忍不住问道。

"嗯，刚才从餐馆里出来之后，我就回家睡了，一直睡到被那个梦吓醒。"

萧蔷明知道林易浩说的是假话，却忍不住问道："你做了什么梦？能说给我听听吗？"

"我梦见自己又回到送晓怡去火葬场火化的那天了。"林易浩的声音缓慢而低沉，萧蔷听在耳中，感觉很不舒服，但她没有打断他，而是继续听他说下去。"在梦中，我和一群不认识的人坐在火化直播室里，从录像里看着晓怡火化……"

"一群你不认识的人，你确定他们不是晓怡的亲人吗？"萧蔷插嘴问道。

"晓怡是个孤儿，她没有亲人。我是她唯一的亲人，如果我算的话。"林易浩回答完萧蔷的问题后，继续说道："我们看着晓怡躺在那张停尸床上，滑进了火化炉，然后火化炉里的火就燃了起来……"说到这儿，林易浩突然停住不说了，萧蔷只听到电话里传出他沉重的呼吸声。

过了好半天，林易浩还是没有说话，萧蔷终于忍不住开口问道："后来呢？"

电话里，林易浩的呼吸变得越来越急促，然后，他缓缓地说道："我们看见，火化炉里的烈火喷到晓怡身上时，她猛地坐了起来！"

"晓怡拼命挣扎着，想要爬出火化炉，可是烈火太猛了！很快就把她全身都烧着了。火化直播室里的人全都惊叫起来，他们全都喊着三个字——她没死！她没死！而当时的我，已经完全傻了，我眼睁睁地看着晓怡在火化炉中徒劳地挣扎，最后被一点点地烧成灰烬。我看得十分清楚，晓怡的衣服、皮肉很快就被熊熊的烈火吞噬掉了，她整个人被烧成了一副骨架，当火焰吞没骨架时，最后只剩下一个骷髅头，骷髅头上，那原本应该是眼睛的两个黑洞，好像一直在看着我……"

【11】

林易浩在述说梦中看到晓怡被火化的情形时，语速很快，语气也十分惊惶。即使隔着电话，萧蔷也能很明显地感觉到他那种发自内心的恐惧。

"那只是你的梦，并不是真实的。"斟酌了半天，萧蔷终于说了一句话。但是，就连她自己也没有信心，这句话会不会对林易浩有所帮助。

"不！这不是梦！这是真的！"林易浩在电话里大声喊了起来，"晓怡回家来找我了，我被吓坏了，我冲出了家门，想要躲开她，可是她却一直跟着我，我怎么也甩不掉她！我跑啊跑啊，一直跑到石古路的一条小巷子里躲了起来……"

林易浩的话让萧蔷的心里泛起了一阵寒意，她尽力稳住自己的心神，对林易浩说道："你不要激动，刚才你告诉我，你在家睡觉，做了一个梦。现在你已经醒过来了，梦中的一切都是假的，你别害怕……"

"那不是假的，全都是真的！我现在都还能看见晓怡，她就站在我藏身的小巷对面，靠在路边的一个广告灯箱旁……"

听了林易浩的话，萧蔷下意识地朝自己倚靠的灯箱另一边瞟了一眼。这一瞟，她的头皮猛地炸了，全身的血液也仿佛在一瞬间完全凝结，停止了流动。

灯箱的另一边，竟然真的站着一个人！萧蔷看不清楚那个人的样子，只能看见那是一个女人，一个身穿黑色连衣长裙的女人！

林易浩依旧在电话里歇斯底里地喊着。不过，无论他喊些什么，萧蔷已经一句都听不进去了。她的脑子里一片空白，只知道傻傻地看着那个黑衣女人，她甚至已经分不清楚，到底是林易浩在做梦，还是自己在做梦……

第二天，萧蔷醒过来的时候，发现自己躺在仁格心理咨询室的大沙发上，脑子里昏昏沉沉的，好像灌了铅一般。她埋着头，使劲地回忆着，却只想起昨晚自己好像做了一个很可怕的噩梦，但噩梦的具体内容，她怎么也记不起来了。

为什么昨晚自己没有回家，而是在咨询室里睡了一夜呢？萧蔷有些不解，继续努力回忆着。回忆了半天，终于想起了昨天下午，有一个叫林易浩的病人来找她看病，她对林易浩进行了催眠治疗，似乎也找到了他心理疾病的诱因。不过后来又发生了些什么，她却一点儿也想不起来了，就连对林易浩进行催眠治疗的过程和效果，脑子里也没有一丁点儿印象。

既然想不起来，就暂时别想了，萧蔷给自己下了命令，随后起身去了一趟卫生间，草草地洗漱了一下，觉得脑子清醒多了，再不像先前那样昏昏沉沉的了。

回到咨询室后，萧蔷坐在小沙发上，刚刚打开笔记本电脑，就听到了敲门声。

"请进。"萧蔷朝着门口喊道。

一个身材高大的中年男子推门走了进来，他脸上带着腼腆的笑容，讪讪地看着萧蔷。萧蔷对那男子没什么印象，问道："请问您找谁？"

那男子听了萧蔷的问话，脸上露出疑惑的表情，说道："萧医生，我是林易浩啊。昨天下午您给我做了一次催眠治疗，效果很好，走的时候您约我今天再来做一次巩固治疗的。"

萧蔷呆住了，她怔怔地望着陌生的林易浩，脑子里有点犯晕，她突然觉得，自己是不是也病了，不然为什么会感觉有些分不清自己是在现实里，还是在做梦？

【12】

"对不起，我今天有些不舒服，不能给你进行催眠治疗，要不改天吧？"作为一个心理医生，萧蔷很清楚自己现在的精神和心理状态，都不适宜给病人做催眠治疗。

林易浩脸上露出了为难的神态，小声问道："可是，您昨天和我约好的啊，我专门请假来了，您为什么又不能做了？"

林易浩的话让萧蔷的心里动了一下，她抬头看着他，问道："我昨天真的约了您今天来吗？"

林易浩点了点头，用疑惑的目光看着萧蔷，问道："怎么？您不记得了？"

萧蔷急忙摇了摇头，说道："我怎么会不记得。好吧，既然我昨天和您约好了，那么我们还是做吧。"

林易浩盯着萧蔷，眼神里流露出几分怀疑，他试探着问道："萧医生，您行吗？如果实在不行就算了，改天也一样。"

萧蔷微笑着看着林易浩，问道："我是心理医生，还是您是心理医生？"

林易浩老老实实地回答道："您是。"

"既然我是，那就听我的吧。"这时的萧蔷，感觉自己的状态已经恢复了许多，话语也变得轻松起来。

准备工作就绪之后，萧蔷便开始对林易浩实施催眠。其实，萧蔷之所以在自己心理和精神状态都不佳的情况下，坚持为林易浩做催眠治疗，除了因为林易浩说昨天就和她约好了之外，还有另外一个重要的原因——她觉得自己有些不大对劲儿！

萧蔷记得自己给林易浩做催眠治疗这件事，但是对具体的治疗过程和治疗效果却完全没有印象。更过分的是，她居然连林易浩的样子都忘记了，以至于林易浩进来时，她以为他是一个陌生人。

从症状上来说，自己的这种状况属于选择性失忆，选择性失忆不会无缘无故地产生，昨天肯定发生了什么事，才会造成自己的选择性失忆。萧蔷虽然一点都想不起昨天到底发生了什么，但是她知道，这事肯定和林易浩有关，所以她想在对林易浩进行催眠的过程中，让他讲出昨天发生的事情，同时自己也好从他的讲述里找回丢失的记忆。

对林易浩的催眠进行得很顺利，萧蔷很快就引导他进入了浅睡状态，在这个状态，萧蔷问了他一些简单的问题后，便继续引导他进入深睡状态。

待林易浩进入深睡状态之后，萧蔷便问他："昨天我催眠你时，你想起了什么事？"

"我想起了晓怡的死因。"

听了林易浩的回答，萧蔷脑里也随即想起了昨天下午催眠他时的部分细节，她记得当时林易浩说，晓怡是因为无法忍受病痛的折磨，用他帮她买回来的安眠药自杀的。

在催眠林易浩的同时，果然找回了自己丢失的记忆，这让萧蔷有些兴奋，她继续问道："晓怡是怎么死的？"

让萧蔷没有想到的是，她的问题刚一问出口，靠在沙发里的林易浩突然有了十分激烈的反应，在他原本平静的脸上，露出了极其痛苦的表情。

"如果你想起了什么，用不着自责，她并不是你害死的，而是忍受不了病痛的折磨，自杀身亡的。对她而言，死了也许比活着更好，她死了就不用忍受病痛的折磨，彻底解脱了。"萧蔷急忙轻声地安慰着林易浩。不过，她的安慰似乎并没有起到什么作用，林易浩的身体猛烈地抖动起来，面部肌肉也开始扭曲。

这样的情况是萧蔷从来没有遇到过的，她愣愣地看着林易浩在沙发上挣扎，一时也不知该如何处理。

突然，林易浩猛地睁开了眼睛，他脸上的表情变得格外狰狞，眼神直勾勾的，看上去没有一丝生气，却又恶狠狠地瞪着萧蔷。

萧蔷完全呆住了，她还没有来得及做出任何反应，便听到林易浩嘴里咬牙切齿地挤出一句话来："我不是自杀的，我是被烧死的！"

那声音，根本就不是林易浩的声音，而是一个尖细的女声。

【13】

萧蔷不知道在林易浩身上，到底发生了什么事，但残存的理智告诉她，此时唯一的办法就是唤醒被催眠的林易浩。可是当她想要这样去做时，却发现自己的精力怎么也集中不起来。

与此同时，那尖细的女声突然变得十分平静轻柔："你现在很累了，你可以靠在沙发上休息一下，你什么都不用想，只要想着自己在海边度假。你现在眼里看见的，是蓝天白云，你耳中听到的，是海浪拍打礁石的声音，那声音就像小时候妈妈唱的催眠曲一样，听上去很温柔、很舒服，听着那种声音，你就会慢慢地进入梦乡……"

在那声音的引导下，萧蔷的眼神渐渐地变得涣散起来，她整个人都放松了下来，进入了一种昏昏欲睡的状态。

"好，现在我会和你一起进入你的睡梦中，陪着你一起回忆一些我们共同经历过的事情。你记得我是谁吗？"

萧蔷闭着眼睛点了点头，又摇了摇头。

"我是你的第一个病人，我很爱笑，你当时还对我说过，我笑起来很好看，会迷倒很多男人的，你现在应该想起我是谁了吧。"

"你是范晓怡。"

"对，我就是范晓怡。你还记得我们最后一次见面是什么时候吗？"

这一次，萧蔷过了好一会儿才回答："是一年前。"

"在什么地方。"

"急救医院。"

"对了，你说得很正确，现在你仔细回忆一下当时的情形。那天，在急救医院里发生了一些什么事情，请你一字不漏地告诉我。"

"那天，我男朋友出了车祸，在急救医院里抢救。当我赶到医院时，医生告诉我，他失血过多，急需输血。不过他的血型是罕见的 RH 阴性 AB 型血，医院里没有这类血浆，如果不能及时找到血浆，他就会死。"

"就在我急得不知道怎么办时，突然看见了你。因为以前我给你看过病，所以我知道你的血型是 RH 阴性 AB 型血，正巧和我男朋友的血型相符。于是，我就跑上去求你救救我的男朋友，你当即就点头答应了。"

"你输了 600 毫升血给我男朋友之后，仍然不能救活他。但医生说再也不能抽你的血了，再抽的话你就会有生命危险，还让我扶你去休息室里休息。"

"那么，你还记得在休息室里，你对我做了什么吗？"

这时，萧蔷突然闭嘴不说了，她的表情变得很复杂，看上去格外难过，又带着几分懊悔。

"说吧，这件事一直是你的心病，说出来之后，你才能真正地解开心结。"

"我催眠了你。"

"你为什么要催眠我？"

"因为我突然想起了你以前的病，你属于偏执性人格障碍，患有轻微的强迫症，你喜欢助人为乐，但是又有着困惑，觉得自己如果不帮助他人，就没有人会喜欢你。而你在帮助他人、给予他人的时候，常常都忽略了考虑自己需要什么。你来找我治疗了两次之后，不知道为什么再没有来了，所以我并不知道你的病最后治愈了没有。但是我知道，我能够通过催眠来唤醒原来的你，让你在醒过来之后，会主动找到医生，继续输血，救活我的男朋友。"

萧蔷说完这一大段话之后，仿佛卸下了心里的一块大石，她整个人如同虚脱了一般，瘫在了小沙发里。与此同时，坐在大沙发上的林易浩睁开双眼，面带悲愤地望着萧蔷，眼神里写满了说不出的忧伤。

【14】

"你知道晓怡为什么后来没有再去找你看病了吗？因为他遇到了我，一个比你更好的心理医生。我治好了她的心理疾病，同时爱上了她，可你却为了救活你的男朋友，通过催眠来重新唤醒了她的心病。你知道吗？晓怡后来死在了那家急救医院里，她是孤儿，没有亲人，医院联系不到家属，就直接把她送去火化了。"林易浩整个人看上去十分憔悴，但他说这番话的时候，已经恢复了自己本来的声音。

为了找出晓怡死亡的真相，林易浩觉得，自己付出再多，也是值得的。

一年前，林易浩爱上了自己的一个病人，这个病人就是范晓怡。他在治好了她心病的同时，也爱上了这个美丽而单纯的女孩。不过，因为她是他的病人，所以他一直不敢把这份感情公开说出口。而范晓怡，虽然感受到了林易浩对自己和对别的病人不太一样，却觉得两人的身份地位太过悬殊，也一直不敢往那方面想。

直到后来，林易浩要去国外深造，在离开之前，他终于鼓起勇气向晓怡表白了，而晓怡也早就喜欢他了。于是他们约定，等林易浩学成回国之后，两人就举行婚礼。

但是，当林易浩回国之后，等待他的，却是晓怡的骨灰！

林易浩悄悄调查了晓怡的死因，却发现其中疑点很多。为了找出晓怡死亡的真相，林易浩做了许多的努力，他应聘去了晓怡死亡的那家急救医院，好不容易打听到了那位给晓怡抽血的医生是谁。后来，他花了不少的精力，终于让那个医生把他当作了朋友，在一次酒后，他在那个医生面前有意无意地提起了那场车祸。

那个医生回忆了一下当时的情形，他说他觉得很奇怪，那个献血的女孩明知道自己的身体根本就受不了抽那么多的血，却疯了似的硬要他抽血输给那位车祸伤者。结果，她用自己的生命换回了那个车祸伤者的生命，而那个伤者虽然活了下来，两只眼睛却都失明了。

最后，那医生醉醺醺地问林易浩："你说，一个年轻女孩的生命更值钱，还是一个瞎子的生命更值钱？"

根据那个医生的话，林易浩最后查到了接受晓怡输血的那个男人，当他发现那个男人的女朋友竟然是在自己之前给晓怡做过治疗的心理医生时，一个可怕的推测从他脑海里浮了出来。

为了证实自己的推测，他决定假装病人接近萧蕾，然后用深度逆向催眠的办法让她亲口说出晓怡死亡的真相。

不过，深度逆向催眠是一件十分困难的事，因为催眠的对象也同样是一位心理医生。

为了引萧蔷上套，林易浩做了充分的准备。当萧蔷把他当作病人，对他实施催眠治疗时，他讲述了一些事先编造好的故事，并在那些故事里，很隐蔽地掺入了许多和晓怡有着千丝万缕联系的细节。这些细节再加上他编造的那些超越常理、匪夷所思的经历，果然勾起了萧蔷强烈的好奇心，让她一步步走入自己设计好的套里。

而就在萧蔷催眠林易浩的同时，林易浩也在暗中对她进行了逆向催眠。由于萧蔷认为被催眠的林易浩不可能说假话，所以她的潜意识里也接受了那些虚幻的怪异事件。在这个基础上，萧蔷对虚幻和真实的判别能力便自然而然地变弱了，她的精神和心理状态都进入了一种恍惚状态中，极容易接受暗示与引导。

第二天，当萧蔷再次催眠林易浩时，林易浩抓住时机，反客为主地逆向催眠了萧蔷，并引导她的记忆回到晓怡出事的那一天，终于让她亲口把当时的真相说了出来。

催眠与逆向催眠，其实就是一场精神与意志的直接对抗，假如在对抗的过程中，林易浩稍微有一点偏差的话，那么被控制的人就不会是萧蔷，而是他自己了。

林易浩略微休息了一会儿，从沙发上站了起来，嘴里发出一声长长的叹息，随后就定定地看着依旧处于催眠状态中的萧蔷。看了一会儿，他缓缓地将目光移到了紧紧关闭着的窗户上，嘴角不自觉地牵动了一下，露出一丝若有若无的诡异微笑。

他走到窗前，将窗户大大地打开，然后又走回萧蔷身边，凑近萧蔷的耳边，用一种十分温柔而平缓的声音，慢慢地说道：“你们都会受到惩罚的！给晓怡抽血的医生被一块鸡骨头卡死了；你那位在车祸中双目失明的男朋友，也已经去了他一年前就该去的地方，现在该轮到你这个罪魁祸首了。在我离开之后，你就会听到自己的手机铃声响起来，那是你男朋友在叫你去陪他。你好好地去陪他吧，他就在窗外等着你。”

说完之后，林易浩便慢条斯理地离开了“仁格心理咨询室”，乘电梯下楼，走出大厦，径直走到街边。

林易浩站在街边，他掏出手机，一边拨着号码，一边招手拦下了一辆出租车。当出租车在他面前停下来时，他合上手机，拉开车门钻了进去。

出租车司机刚要回头询问林易浩去哪儿，却看见街上的人纷纷朝旁边的大厦涌了过去，不由得好奇地问道："那儿出什么事了，这么多人跑去看热闹？"

"没什么大事儿，就是一女白领跳楼自杀了。莲花公墓，谢谢。"林易浩坐进车里，轻描淡写地说道。

"哎，现在的白领活得可真不容易啊，工作压力太大了，动不动就自杀。好像只有死了，才什么压力都没有了似的。"出租车司机一边感慨着，一边发动了车子。

莲花公墓，林易浩静静地站在一个墓碑前。

他伸出手指，顺着墓碑上的字一笔一划地划着：爱妻范晓怡之幕。

"晓怡，你安息吧。我知道，你最喜欢的事就是帮助别人，就算是那些对不起你的人，你同样会帮助他们的。不过，有些人永远也不懂该怎样去帮助别人，所以我把他们送到你那儿去，你可以亲自教他们学会该怎样去帮助别人。"

这时候，天空中突然飘起了细细密密的毛毛雨，雨点纷纷扬扬地洒到了大地上，也洒到了伫立在范晓怡墓碑前的林易浩身上。

林易浩的头发被雨水淋湿了，雨水顺着他的发梢滑过脸颊。一时间，连他自己也分不清楚，模糊自己视线的，到底是雨水，还是泪水？

STORY 故事三 香木邪令

　　这是一个神秘的地方，如果你能来到这里，客栈的主人将会满足你任何愿望。

风雨如书

楔 子

这是最长的一夜。

李四躲在厕所的角落，冷汗涔涔，他的两只手紧紧推着厕所的门，耳朵贴在上面听着外面的一举一动。

惨叫声依然在继续，即使不看他也能想象出现场的恐怖画面。四个同伴此刻一定已经全部被杀了，他想起了那个老人说的话，他终于明白了终极的意思。他很后悔自己做的决定，可是这一切已经无法回头，恶魔已经被释放出来，死亡的气息正在一点一点将他包围，他能感觉到那个恶魔正在一步一步向厕所走来。

李四吸了口气，额头上的汗流到眼睛里，一片酸辣，他用力挤了挤眼睛，两只手丝毫没有放松对门的阻挡。

时间一点一滴地过去了，外面没有了一丝声音，整个世界似乎都安静下来。李四不敢动，他知道那个恶魔就在外面，他潜藏在黑暗里，用血红的目光盯着厕所，只待他一出去便会扑过来。

心，渐渐平复起来，李四把身体往前挪了挪，靠在了门上，紧张的身体稍稍松弛了一下，他感觉自己很累，连日来的奔波在此刻仿佛全部宣泄出来，他从口袋里拿出一根烟，火柴擦了几下终于亮了起来。

这个时候，通过光亮他看见自己左边有一个影子，从那个影子投射的方向望去，李四看见了一张脸。

恶魔的脸，他竟然坐在厕所的上面，死死地盯着李四。

李四就那样呆滞着，他感觉自己浑身冰冷，头皮发麻，直到手里的火柴烧到手他才回过神，拉开门疯了一样向前跑去……

Chapter 01　前奏

【1】

秦歌说了声下课，先前台下昏昏沉沉的学生们顿时变得精神抖擞起来，有的甚至哼起了歌曲。

"这些学生。"秦歌摇了摇头，把教科书收起来，习惯性地望了一下教室窗边一个角落，林雪还在看着课本，耳朵里塞着一个耳机，对于身边开始离开的同学无动于衷。

秦歌来这个学校认识的第一个人就是林雪，那时候林雪还以为秦歌是学校的研究生，笑嘻嘻的和他开着玩笑，直到秦歌走进来走到讲台上，林雪才张大了嘴巴，满目惊讶地看着台上这个和自己年龄相仿的老师。

林雪长得很漂亮，白皙的皮肤，眼睛又圆又大，特别是笑起来露出两个酒窝的时候，她的样子让秦歌想起一个人，那个曾经是秦歌心里最爱的女孩，可惜因为一些事情，那个女孩只能消失在秦歌的世界里，现在只剩下一些幸福的回忆。

此刻，教室里面已经没有几个学生，秦歌走下讲台刚准备向林雪走去，门口有人喊起了他的名字。

"秦老师，下面有你的快递。"

秦歌应了声，只得向教室外面走去。

从教室走到楼下，秦歌一直在疑惑，谁会给自己寄快递呢？秦歌从小家庭变故，父亲在他很小的时候就失踪了，后来母亲认识了别的男人，移民国外，从此杳无音讯。自从三年前奶奶去世后，秦歌彻底成了一个孤家寡人。每当过节放假的时候，别人都回家团圆，他只能待在宿舍。

快递员看见秦歌走过来，急不可耐地把一个包裹递给他，然后拿出一支笔让他签收。秦歌看了一眼上面的地址，竟然是来自外省。

"快点吧，我还有好多快递要送呢？"快递员催促了一句。

秦歌签下自己的名字，拿起了包裹，包裹有些分量，里面会是什么呢？秦歌满腹疑惑地拆开了包裹，然后他看见一个黑色的塑料盒子，盒子上面贴着一个纸签，纸签上面写着四个字：白夜客栈。

看着这个黑色的盒子和上面的字秦歌越发疑惑了，然后坐到旁边打开了盒子，盒子里面有一个老式日记本，旁边还有一把钥匙。秦歌翻了翻日记本，里面一片空白，什么都没有。在盒子的最下面还有一个黑色的 MP4，秦歌想了想，然后站起来向宿舍走去。

打开电脑，秦歌把那个 MP4 插到了 USB 接口上，几秒后，屏幕上出现了 MP4 的文件。秦歌打开一看，里面有一个视频文件，没有多想，秦歌点开了它。

画面一开始是雪花，大约过了两分钟，雪花中间隐约出现一个黑影，黑影越来越明显，最后清晰地出现在眼前。这个黑影是一个男人，因为拍摄的缘故看不清样子，只见他伸着右手在搓着什么，嘴里似乎在喃喃说着什么话。这样的动作大约维持了两分钟，画面忽然变得亮起来，男人的样子也变得清楚起来，这是一个大约三十多岁的男人，他的眼睛闪着敏锐的光芒，胡子拉碴，整个面容看起来很憔悴。

"救救我。"男人的话此刻也清晰地传进了秦歌的耳朵里。

就在秦歌疑惑不解的时候，画面突然一片漆黑。

求救视频，秦歌的额头突然颤了两下，刚才那个男人的话还在耳边回响。秦歌不知道这个视频是谁发给自己的，但是那个男人的眼神和话让他有种莫名的感觉。那个男人在什么地方，白夜客栈吗？他为什么会发个包裹给自己？白夜客栈在什么地方？一连串的疑问窜进秦歌的脑子里。

半个小时过去了，秦歌的思绪还停留在刚才那个视频画面里面。桌子上放着那个日记本还有钥匙，秦歌拿起日记本翻了几下，忽然他发现日记本的边缘好像有字，他把日记本压起来，上面有一些黑色的迹象，像是无意中被人涂上去的一样。

秦歌盯着日记本，几分钟后，他忽然明白了什么，拿起日记本重叠到一起，然后捏着日记本的下角用力撇了几下，只见日记本边缘上面的黑色迹象组成了几个字，林城四街巷 23 号 201。

这是一个地址，秦歌愣愣地看着上面的字，这个地址应该就是白夜客栈的地址，同样，那个钥匙似乎就是 201 房间的钥匙。

那个男人是谁？他的求救视频怎么会发给自己？林城距离这里不过十公里，那个地方也不难找，既然自己发现了对方留给自己的秘密，也许应该过去。可是，这会是一个陷阱吗？

秦歌陷入了两难的困境中。

【2】

凌晨一点，秦歌被一阵急促的电话铃声惊醒。他拿起电话，睡眼惺忪地放到耳边，电话里却没有人说话，只有一个轻微的喘气声。

呼哧。

呼哧。

秦歌的睡意顿时全无，他冲着那个喘气声问了一句："谁？是谁？"

"上路吧。"电话里传来一个鬼气森森的声音，跟着咔啦一下挂断了。

秦歌愣了几秒，翻看了一下那个电话号码，他试着回拨过去，但是电话却已经无法接通。

诡异的电话如同一个炸弹响在秦歌的脑子里，他躺倒在床上却再也睡不着，那个电话里的人说的话让他有种毛骨悚然的恐惧感。一直到凌晨五点多，秦歌才迷迷糊糊地睡着了，但是没过多久，他便又一次被电话铃声惊醒了，并且号码是同一个。

"妈的，你到底是谁？"秦歌冲着手机大声骂了起来。

"这里是南明大学实验楼，这个手机的主人跳楼自杀了，他在死前最后一个联系的人是你，你能过来一下吗？"电话里传来一个肃穆的声音，带着说不出的威严。

"你，你是谁？"秦歌的声音软了下来。

"我是负责这个事情的警察，雷鸣。"那个人说道。

十分钟后，秦歌来到了实验楼前面，实验楼门口围满了人，几名警察正在勘察现场。其中一名学生看见秦歌不禁冲他招了招手。

"你就是秦歌？"一个警察走了过来。

"是，你是雷鸣吧？"秦歌听出了眼前这个人的声音正是电话里的那个警察的声音。

"是，你跟我过来一下。"雷鸣点了点头，一脸沉重地说道。

经过询问，秦歌知道了跳楼自杀的是一个叫刘文的男生，他是经管系大二的学生。秦歌以前带过经管系的课，但是并不认识刘文。所以对于雷鸣的询问，几乎都是摇头，一直到最后谈到电话的时候，他讲起了刘文的电话内容。

"只有这三个字？"雷鸣皱紧了眉头。

"是，就是这三个字，我以为是谁无聊呢，没想到真出事了。"秦歌说着叹了口气。

刘文的死在学校闹得沸沸扬扬，这个以前默默无闻的学生此刻成为了众所周知的名学生。

秦歌走进教室的时候，里面一片喧哗，隐约可以听见他们在讨论刘文的死。秦歌拍了一下手，然后开始讲课。台下的学生似乎对于秦歌的拍手没有反应，依然小声地议论着。

"大家不要再讨论了，如果有什么消息警察会告诉我们的。"秦歌说道。

"秦老师，听说刘文死前向你求救，是真的吗？"一个学生小心地问了一句。

"谁说的？没有，没有的事。"秦歌一愣，慌忙摆了摆手。

"到底是不是真的呀，秦老师，我们听说刘文死前还接到了一个快递呢，那个快递里面似乎是个什么文件，他一个人看了一整个晚上，后来便跳楼自杀了。我老乡和他一个宿舍，这个绝对是真的。"另一个学生也说话了。

"你说刘文死前收到一个快递？"秦歌的心突然跳了一下。

"是啊，听说是一个神秘的黑盒子，具体是什么，也许只有刘文清楚了。"那个学生说道。

这一节课，秦歌讲得糊里糊涂，他的脑子里一直闪烁着那个黑盒子。难道刘文也收到了白夜客栈的求救视频，可是他为什么会死？

好不容易熬到下课，秦歌收拾起书本刚准备离开，有人喊住了他。

"秦老师，等一下。"

回过头，秦歌看见林雪站在他的身后，目光有些犹豫。

"什么事呀！"秦歌问道。

"我们能谈谈吗？"林雪犹豫了半天，吐出了一句话。

【3】

林雪一直低着头，这种沉默让秦歌有些不安。操场上人不多，偶尔有几个学生经过。走到篮球架下面的时候，林雪忽然说话了："刘文是我的老乡，他的死不是自杀。"

"什么？"秦歌愣了一下。

"一周前我的表姐也收到一个快递，里面有一个 MP4 和一把钥匙，MP4 里面有一个文件，上面是一段求救视频。后来，表姐便失踪了。这件事情一直埋在我心里，直到昨天我接到刘文的电话，他告诉我他也收到了同样的东西，并且告诉我他发现了白夜客栈的秘密。"

"白夜客栈的秘密？"秦歌不禁脱口说道。

"是的，他只告诉我姐姐可能去了白夜客栈。听到这个消息，我很吃惊，我没想到世界上真的有白夜客栈，如果姐姐真的去了那里，她一定是凶多吉少。"林雪一脸惊恐地说道。

"这个白夜客栈到底是什么地方，你知道吗？"秦歌问道。

"白夜客栈建立于明朝末年，最开始只是一个普通的客栈，后来变成了一家停尸客栈，不过它和其他停尸客栈不一样，它接纳的都是一些活人。无论外面的人做过什么事情，一旦他们来到白夜客栈，官府都不会再来找他们。当然，那些来到白夜客栈的人也将永远不能离开那里。关于白夜客栈其实一直都是传说，并没有真实的记载，可是没想到竟然是真的。所以刘文怀疑我姐姐去了白夜客栈，本来他准备今天给我一些详细资料的，可是没想到却出事了。"林雪有些难过地说道。

"所以你说刘文不是自杀，他是被人谋杀的。"这个时候秦歌顿时恍然大悟，既然刘文和林雪约好今天一起讨论白夜客栈的事情，他又为什么会自杀呢？

"不错，昨天刘文还跟我提了一下，说秦老师你也收到了来自白夜客栈的快递，所以我才来找你。"

"可是，我从来没听过这个白夜客栈，恐怕我帮不了你。"秦歌的眼前浮现出了那个求救视频里男人的样子，再加上早上刘文的死，他觉得那个诡异的白夜客栈真不是什么好地方。

林雪努了努嘴，似乎想说什么，最终没有说出来。

回到宿舍，秦歌的心情有些低落。他不知道为什么要拒绝林雪，他为自己的决定感到愧疚。不过他对那个白夜客栈真的没什么兴趣，他知道那里一定不是什么吉祥之地。秦歌的这种警惕来自于他的童年，小时候他经常被人欺负，奶奶告诉他要尽量少惹事，对于一些危险的东西能躲开就躲开。

重新打开电脑，秦歌再次打开了那个视频，他看着画面上那个男人的求救，然后不自觉地把声音调大了，同时他仔细地端详起那个男人的样子来：男人的胡子如果刮掉，脸再胖些，似乎有些熟悉。这种发现让秦歌开始变得饶有兴趣，终于他看清这个男人为什么看起来有些熟悉，他和刘文的样子很像。

怎么会这样？秦歌吸了口冷气，这个男人似乎和刘文有什么关系，可是为什么求救视频会发给自己了呢？

"滴滴，滴滴。"这个时候，QQ上突然传来一个消息声，可能是对眼前的画面太过投入，这个突然来临的消息让秦歌吓了一大跳。他看了一下QQ，消息是林雪发来的，是一个接受文件，随之发过来的还有一句话，看到那句话的内容，秦歌的心揪到了极点。

秦老师，我刚刚看到刘文发给我的离线文件，就是他收到的那个 MP4 里面的视频，里面的人很像你，你自己看看。

文件接受完毕，秦歌迅速点开了它，画面开头和那个男人的求救视频一样，停了一段时间后，上面出现了一个女人，女人大约三十多岁，头发束在一起，面色憔悴，虽然画面有些昏暗，秦歌还是一眼认了出来，他是自己的姑姑秦雪玲。

【4】

秦歌最后一次见到姑姑那年他十九岁，如今算来已经有五年之余，曾经他以为这辈子都见不到姑姑了，即使奶奶死的时候都念叨着希望秦歌将来可以找到姑姑，因为秦歌在这个世界上唯一的亲人也就只剩下姑姑了。

姑姑是为了寻找秦歌的父亲才离开家的，从此以后也杳无音讯，让秦歌没想到的是今天突然就看到了姑姑，并且是在一个诡异的求救视频上。现在看来，刘文收到的求救视频是秦歌的姑姑，而秦歌收到的求救视频上的人一定和刘文有某种关系，看来一定是寄发快递的人把两个东西搞混了。

如果姑姑在白夜客栈，秦歌恐怕再也没有理由不去救她，因为她是秦歌唯一的亲人，并且她的身上背负着父亲失踪的秘密。

"她是你的亲人吧，我看和你挺像的。"林雪又发过来了一个消息。

"是的，我想我要去趟白夜客栈。你呢？要一起去吗？"秦歌回复她。

"当然，我姐姐也许也在那里。可是，我没有通行证。"

"什么通行证？"秦歌有些疑惑。

林雪停了几秒，发过来一个网站链接。秦歌点开了那个链接，然后看到了一个帖子，上面的内容就是关于白夜客栈的历史，除了白夜客栈的最初来历，上面还详细地写着白夜客栈的形成与特点。白夜客栈每年都会往外面发送五个邀请函，然后受到邀请的人便可以来白夜客栈旅游，来到白夜客栈的人除了可以免费得到一些礼品外，还可以参见白夜客栈举行的一些活动，这个活动内容非常丰富，如果赢了的话便可以获得一大笔钱，同样，输了的话便要遵照客栈的约定留在白夜客栈三年，直到下一个人来接替你。

看到这里，秦歌顿时明白了过来，林雪说的通行证其实就是自己和刘文收到的快递。看来当初姑姑一定是因为什么原因所以进入了白夜客栈，现在她给自己发求救视频，希望自己能去那里。同样，自己收到的快递里面的视频，一定是刘文的某个亲人发给他的。这就是邀请函，也是去白夜客栈的通行证。但是现在刘文死了，想到这里，秦歌忽然想到了一个办法。

"你可以利用刘文的身份跟我一起进去，反正白夜客栈的人根本不知道刘文是男是女。"秦歌把自己收到的那个视频上面的人和对刘文的猜测讲了一下。

"可以吗？要是被刘文的那个亲人发现了呢？"林雪似乎依然有些不放心。

"他一定希望刘文能把他救出来，所以即使发现了也不会说破。我们现在唯一要做的是找出视频上男人和刘文的关系。你们不是老乡吗，我想你应该有办法吧。"

"嗯，这个没问题，我马上找人查查。"林雪回复道。

关掉电脑后，秦歌的脑子里出现了姑姑的样子，奶奶说过父亲当年是因为背负了一个重大的秘密所以才和母亲离婚，可是后来父亲便失踪了，姑姑为了找父亲，也离开了家。难道现在姑姑已经发现了父亲的秘密，所以她才来找自己？

秦歌突然很期待早点到白夜客栈，他想快点见到姑姑。

Chapter 02 白夜行

【1】

那个男人叫刘浩德，是刘文的叔叔。让秦歌意外的是，刘文的叔叔竟然也失踪了好多年，所以林雪没有费多大工夫便了解到了他们之间的关系。

现在是下午三点，还有两分钟火车就要开了。林雪坐在秦歌的对面，她穿着一身深色的运动服，还戴了一顶黑色的棒球帽，她的目光一直望着车窗外，偶尔转头看看秦歌。秦歌则一直低着头看着一张照片，那是他和姑姑的合影。照片上姑姑长发宣泄，笑容清秀，和之前在视频里面看到的样子简直是两个人。

两分钟后，列车缓缓开启了。秦歌收起了照片，他看着对面的林雪，神情不自觉有些茫然。林雪的样子像极了记忆里的那个女孩，她的名字叫清荷，她就像是一阵迷离的风，在秦歌的世界转了一个圈，便悄然离去。

清荷是学考古的，这样的专业注定了他们之间的结局。秦歌喜欢安定，清荷正好相反，于是他们在毕业后分手，从此再无任何联系。如此算来，已经有两年时间。

"怎么了？"林雪转过头看见秦歌看着自己。

"哦，没什么，想起了一些东西。"秦歌慌忙移开了目光，面色有些尴尬。

"秦老师，我听说你以前是学历史的，为什么却选择教心理学啊？"林雪似乎并不介意，于是她问了一个问题。

"在大学你学的专业，出来不一定从事这种职业的。其实历史和心理学比较起来，我更喜欢心理学。因为社会的发展会产生各种各样的心理特征，心理学正好可以让我们正视这个问题。如果说历史是对以前的总结，那么心理学则是以后的方向。"说到专业，秦歌顿时滔滔不绝。

"是呀，我听说现在警察局都有专门为警队服务的心理犯罪指导师，据说很多案子他们可以根据现场分析出罪犯的心理特征，不费一兵一卒便能抓到罪犯。"林雪说道。

"那只是电视里演的，真正的心理分析师没那么厉害的。"秦歌笑了起来，自从美国的一部犯罪心理电视出现后，很多人把心理学和犯罪学当成了神术。如果把电视转移到现实中，怎么可能有那么神的事情。

车子缓缓前行，半个小时后，停在了林城站。秦歌和林雪下了火车，根据那个视频上留下来的地址，他们拦了一辆出租车，可是每个司机一听是去白夜客栈，纷纷拒载。在他们的再三追问下，一个好心的司机告诉他们那里根本不是活人去的地方，如果真的想去，沿着前面一条街，走二十分钟便可以到四街巷的指示路标。

无奈之下，两人只好按照那个司机的指向，向前走去。这个时候，天已经渐渐黑了下来，两边的街道冷冷清清，偶尔有一辆车从旁边掠过。走了十几分钟后，他们终于在路边看到了一个歪歪扭扭的路标，上面写着一行字——四街巷。

路标前面是一条阴暗的小巷，整个夜幕仿佛瞬间被隔开了一样。秦歌和林雪一前一后向巷子里面走去，刚走进巷子口，秦歌便看见前面闪过一个白影，仿佛有什么东西藏到了前面，他的心顿时揪紧了。

"谁，谁在那里？"秦歌警惕地喊了一句。

前面静悄悄的，仿佛没有人一样，但是秦歌清晰地听见那里传来一个粗重的喘气声，仿佛一个潜伏在黑暗里的魔鬼，等待着靠近它的人。

【2】

啪！身后的林雪突然打开了手电筒，前面的白影顿时出现在眼前，原来是一只大白猫，看见灯光，它叫了两声，夹着尾巴迅速跳到了前面的墙头上。

"我还以为是什么呢？"秦歌笑了起来，刚才的紧张一扫而光。

林雪没有说话，把手电照到前面，两人继续向前走去。

走出巷子口，他们看到了一个老宅出现在眼前，这是典型的徽式风格建筑，在夜幕下看起来有一种说不出的古风。老宅的大门紧闭，旁边还有两个石狮子，上面挂着两个白色的灯笼，中间写着四个龙飞凤舞的草体大字，白夜客栈。

这种建筑，秦歌以前在一些风景区见过。但是那些建筑都是一些仿古建筑，或者以前留下来的遗址。眼前这个古宅，让秦歌有一种莫名的激动，它仿佛一个时空隧道的入口，走进去后便离开了现代，穿越到了古代。

抚摸着深黑色的大门，秦歌竟然有一种恍惚感。这个时候，大门突然开了，里面露出一张恐怖狰狞的脸。秦歌仔细看了一下才发现这是一个老人的脸，他似乎受过一次烧伤，整个五官几乎要拧在一起，尤其是两个眼睛外翻，犹如地狱里面的恶鬼。他看了秦歌和林雪半天后，问了一句话：“你们是谁？”

秦歌和林雪从口袋里拿出那个快递，然后扬了扬里面的钥匙。

"就差你们两个了。"老人看也没看，拉开了门。

秦歌和林雪跟着老人向里面走去，院子很大，两边种满了各种植物，尤其是墙上爬满了蔓藤植物，除了爬山虎，还有一些说不出名字的东西，风一吹，沙沙作响，如同有什么东西在上面婆娑一样。

"我叫寿伯，是这里的伙计，现在老板在客堂等你们。"在路上，老人介绍了一下自己。

秦歌有些疑惑，看寿伯的年纪应该有六七十，他竟然是这里的伙计，想起白夜客栈的资料，他感觉这里真是怪异十足。

走到客堂，秦歌看见里面坐了四个人，中间坐着一个戴着面具的男人，他穿着一件中山服，应该就是这里的老板。两边还坐着三个人，一个是个三十多岁的女人，另一个是个七八岁大的小男孩，最后一个是个大约二十多岁的女孩。当秦歌看到她的样子后，整个身体顿时僵住了，一些记忆破空而来，最后定格到眼前这个女孩的脸上，她竟然是清荷。

显然，清荷也认出了秦歌，她的表情有些意外，不过很快一闪而过，只是冲着秦歌微微笑了一下。

"201，203，你们终于来了，其他人已经等了你们两天了。"中间的老板说话了。

"你怎么知道我们一定会来？"林雪提出了疑问。

"当然会来，每个接到邀请函的人一定会来。并且我可以保证你们绝对不会后悔来这里。我是白夜客栈的老板，你们可以叫我慕容。这一次我们客栈发出去五个邀请函，现在五个人都到齐了。现在我为大家揭开你们心里的疑惑。"慕容在每个人的脸上扫视了一下，继续说道："你们看到的视频是真实的，你们的亲人就在这里。现在给你们两个选择，第一，你们可以和他们见面，然后选择离开；第二，你们需要在这里参加白夜客栈举行的一个活动，胜利者不但可以带走亲人，同时还可以得到一个丰盛的奖品。"

"哦，我很好奇是什么奖品？"那个三十多岁的女人说话了。

"香木邪令。"慕容顿了一下，说道。

听到这个名字，所有人不禁心头一震。

香木邪令，以前也许很多人不知道这是个什么东西，但是最近在网上有一名考古学家发表了一篇关于秦始皇兵马俑的帖子，上面详细地介绍了当年秦始皇的兵马俑其实全部是真人真马，被一名巫师用诅咒变成了兵马俑。并且，那名巫师留下了一个香木邪令，只要念动咒语便可以调动阴兵。这个帖子的内容里除了考古学家的猜测与推论，更是随之附上一些资料图片，整个帖子真真假假，看起来诡异莫测。

"可是，这个香木邪令究竟是真是假？"清荷提出了所有人的疑问。

"我可以确定是真的，当然，香木邪令究竟有没有调动阴兵的作用，没有人知道。但是我们可以保证这个东西就是当年那个巫师留下的香木邪令。"慕容说道。

【3】

白夜客栈的确诡异莫测，秦歌可以肯定清荷一定是冲着香木邪令来的，几年不见，清荷更加成熟了，只是秦歌怎么也没想到竟然会在这种情况下和她相遇。

香木邪令显然吸引了其他人的目光，那个女人和清荷毫不犹豫地选择参加客栈的活动，那个小男孩也点头同意了。秦歌并没有什么意见，他来这里就是希望见到姑姑，所以对那个活动并没有兴趣。同样，林雪也是来这里找她姐姐的，她应该和秦歌同一立场。

"我参加。"可是，林雪却点头了。

秦歌不禁有些疑惑了，他想说什么，却发现其他人的目光都落在他身上。

"我能考虑一下吗？我想先见见我的亲人。"秦歌始终没有答应。

"当然可以，我们不会勉强任何人。只是其他人也要等你的答案，因为我们必须确定所有人的答案，才会告诉你们活动的内容是什么。"慕容爽快地答应了秦歌的要求。

接下来，慕容让寿伯带着其他人去了自己的房间，当然那些房间号就是他们收到快递里的钥匙号。秦歌留心看了一下，自己的房间号是 203，林雪的在 201，那个小男孩在 204，清荷在 205，剩下的那个女人则在 202。

慕容离开的时候告诉他们，为了方便，以后对他们的称呼就是他们的房间号，希望他们熟悉一下。

房间和外面的标准间一样，收拾的很干净，除了没有电脑和电话，其余设备应有尽有，秦歌四处打量了一下，最后确定这里并没有安装摄像头。就在他准备躺到床上歇会儿的时候，外面传来了一阵敲门声。

打开门，秦歌看到了林雪。

"秦老师。"林雪没有进来。

"你是不是想说服我留下来参加那个活动？"秦歌反问道。

林雪点点头，问了一句："可以吗？"

"你让她来跟我说吧。"秦歌顿了顿，看了看对面的 201 房间。

"你怎么知道？"林雪惊讶地看着他。

"你来这里找你的姐姐，也许只有你姐姐的决定才能改变你的做法。再加上，你和你的表姐长得很像，所以我猜到了。"秦歌面无表情地说道。

这个时候，对面 201 的门开了，清荷从里面走了过来，她笑着对秦歌说：

"秦歌，你的观察力依然那么敏锐，虽然你丢掉了历史专业，但是你的心思缜密依然没有丢掉。"

"你不也是，多年来从来没放弃自己对考古的追求。你这么做，为的就是希望可以在考古界出人头地，你现在已经很有名气了，为什么不学着放弃呢？"秦歌叹了口气说道。

"不，那些名气是我这些年来的努力得来的，如果我当初和你一样选择放弃，也许我现在根本就是一个默默无闻的人，可能你都会嫌弃我。"清荷否认了秦歌的说法。

"好了，我们进去吧，不要吵到别人。"林雪说着拉着清荷往房间里面走去。

秦歌没有再说话，关上了门。

看到秦歌的门关上，204的房门也悄无声息地关上了，小男孩的脸上浮现出一丝诡异的表情，他的手不停地按着手腕上一个东西，上面闪着莹蓝色的光，光亮渐渐清晰，可以看出那是一个可视电话，电话里出现一个男人。

"他上钩了。"小男孩对着屏幕上的男人说道。

"好的，一切按原计划进行。"男人点了点头露出了一口白森森的牙，显得狰狞恐怖。

【4】

寿伯走得很慢，但是步履稳健，秦歌跟着他穿过一条阴暗的走廊，来到了三楼。走了几分钟后，前面出现一个铁门，寿伯打开铁门，然后转过头示意秦歌走进去。

走进铁门，秦歌看见里面依然是一条走廊，只不过两边的房间比较多，一扇扇大门紧闭着，犹如一个个躺在棺材里的尸体，散发着鬼魅的气息。

秦歌看着旁边的房间，正在疑惑的时候，左边一个门突然开了，里面走出来一个人，她赫然就是秦歌的姑姑秦雪玲。

"你来了，进来吧。"对于秦歌的到来，姑姑显得很平静。

秦歌点点头，他满腹疑惑地跟着姑姑走进了房间里面。

姑姑住的房间和外面的有些区别，这里的摆设和装修有些陈旧，从地面和窗台上看，姑姑似乎在这里住了很久。秦歌看到桌子上放着一张合影照片，上面是奶奶、姑姑和父亲的合影。

这个时候，姑姑坐到了秦歌旁边，把一个东西塞到了秦歌手里："这是你父亲给你的东西，你收好。"

秦歌低头看了一下手里的东西，那是一个黑色的小铜人，他不知道父亲给自己这个东西是什么用意。

"秦歌，你拿着这个东西离开这里吧，慕容组织的活动不要参加了。"姑姑又说话了。

"为什么？"秦歌愣住了。

"没有人能胜出，当初我四处寻访你父亲的下落，后来接到了这里的邀请书，于是便来到了这里。为了救出你的父亲，我参加了活动，可是最终结果却是一败涂地，不但没有把你的父亲救出去，自己也搭了进来。"姑姑说起了事情的原委。

"好，我不参加这里的活动，我们一起离开这里。我不信这里的人可以随便囚禁别人。"秦歌说道。

"没用的，当初我们参加活动的时候，每个人都服了慕容提供的一种毒药，这种毒药在白夜客栈不会发作，但是离开的话很快会死去。所以被囚禁在这里的人，才安心地留在这里。他们最大的期望便是希望自己的求救视频能被慕容选中，然后让自己的亲人来救自己。"姑姑苦笑了一下说道。

"我们可以报警，我们可以想其他办法。"秦歌不甘心地摇着头。

"没用的，如果想救我离开，除非你能赢了慕容举行的比赛。但是那是不可能的，所以现在你最好的选择就是离开这里。"姑姑说道。

"不，我要救你出来，现在我唯一的亲人就是你，姑姑，我不能放弃你。"秦歌义无反顾地说道。

秦歌没有再多说什么便离开了，走出铁门的时候，他又回头看了一眼，身后的铁门缓缓地关上了，如同一座监牢一样。

寿伯依然走在前面，仿佛一个没有灵魂的尸体，除了呆板的几个指令外，根本没有一丝思想。

在这种地方，任何人都会变成行尸走肉的鬼，秦歌心道。穿过走廊，秦歌发现寿伯似乎并不是带着自己回房间，于是他开口问道："你要带我去哪里？"

"客堂，其他人都在等你。"寿伯冷冰冰地说道。

秦歌忽然明白了过来，自己既然已经见过了姑姑，那么慕容一定在等他的决定。不知道为什么，秦歌心里有一丝莫名的紧张。

Chapter 03　诡异斗

【1】

秦歌走到客堂的时候，其他人的目光顿时聚到了他身上，尤其是清荷和林雪，她们关切地看着他，似乎希望从他的表情看出他的决定。

慕容微笑着看着他说："秦先生，现在你可以做出你的决定了。"

"我留下来。"秦歌平静地说道。

"好。"慕容点了点头，然后站了起来，"现在我来宣布活动的规则，你们的房间号都已经清楚，一共五个人，你们之间可以自由组合，也可以单独活动。在白夜客栈，我藏了一副地图，通过那个地图你们便可以找到香木邪令，当然找到香木邪令者自然就是获胜者。"

"地方这么大，我们怎么找？"202的女人第一个提出了意见。

"问的好，我当然会给你们提示，那个地图就藏在你们某个人居住的房间里面，我可以明确地告诉你们，这个人是我们白夜客栈的人。如何把握就看你们自己，当然你们除了找到香木邪令，也得找到这个人，否则是不可能获胜的，因为他会阻止你们。最后，还有一点我要告诉你们，你们住的二楼可能会出现一些科学无法解释的现象，所以请不要惊讶。"

"我们能知道是什么现象吗？"秦歌问道。

"比如，幽灵。"慕容嘿嘿一笑。

"什么意思？"林雪似乎没有听懂慕容的意思，但是其他人都没有再说什么，因为他们都在考虑同一个问题。

谁是白夜客栈的人？

慕容的意思很明确，他把一个白夜客栈的人安排到五个人里面就是为了造成彼此不信任，让本来非常容易的事情变得复杂。同样，也许五个人里面根本没有白夜客栈的人，只不过是他在放烟雾弹。但是最后的一个提醒，让秦歌更疑惑，他说在白夜客栈二楼会有一些科学无法解释的现象出现，这个会是什么意思呢？

202的女人和205的小男孩已经离开了，清荷和林雪看着秦歌，似乎对于刚才慕容的话有很多疑问，显然在这里交谈不合适，她们示意秦歌回房间说。

关上门，清荷说话了："现在我们三个人可以组成一个团体，那么剩下的事情就很好办了。我已经想的很清楚了，我们一起找到香木邪令，你可以利用它救出你姑姑，然后把它给我。这样我们互不干扰，林雪她对香木邪令根本没兴趣。"

"我一直不知道，你是怎么来到这里的？既然你有邀请书，那么你一定也是收到了求救视频。"秦歌想了想说道。

"不错，是我的导师，他的求救视频。在你们来之前我已经见过他了，他已经病入膏肓，即使我把他救出去也无济于事。林雪是替别人来的，她不需要救人，只有你想救你的姑姑，所以我们在一起合作是合适的办法。"

秦歌点了点头，清荷说得很对，如果是这样的话，那么他既可以救出姑姑，也可以满足清荷的要求，秦歌知道那个神秘的香木邪令对清荷有着多么大的吸引力。同时，秦歌也想到了，202和205的两个人也许会达成同盟，即使那样，两个人的力量自然比不过三个人。

观点达成一致后，秦歌和林雪分别回到了他们各自的房间寻找慕容所说的地图，但是他们把房间的任何地方都找了个遍，也没有找到。

秦歌疑惑了，难道那个地图在另外两个人的房间里？

【2】

砰砰，门外响起一阵敲门声。

秦歌打开门，他看见外面站着一个女人，她是202的住客。

"我们可以谈谈吗？"女人露出一个小心翼翼的笑容。

秦歌拉开了门，把女人请了进来。女人身上散发着淡淡香味，成熟的魅力让秦歌的心莫名地跳了几下。

"地图在我房间，我找到了。不过我需要你帮忙。"女人开门见山，说出了自己的来意。

"你找到了，是吗？"听到这个消息，秦歌有些意外。

"是的，就是这个。不过地图上说必须要两个人才能找到香木邪令。"女人说着把一张地图放到了桌子上。

秦歌没有动，也没有问地图为什么需要两个人合作，他问出了另一个问题："我想知道，你为什么会来到这里？这里有你的亲人吗？"

"是的，是我老公。他一年前被困到这里。"女人诚实地说道。

"如果我和你合作，最后香木邪令会属于谁呢？"秦歌继续问道。

女人沉默了，秦歌的问题显然是她担心的，她犹豫了半天，最终没有再说话，默默地离开了。

"其实，你不应该来找我，你这样做是告诉其他人你拿到了地图，所以你应该万分小心。"秦歌又说话了。

"难道你会来抢我的地图？"女人反驳道。

"我不会，但是不能保证别人。"秦歌微微一笑。

女人愣了一下，然后推开门走了出去。

秦歌转过身，从口袋里拿出了一个微型高清摄像机，刚才在和女人说话的时候他已经打开了摄像机的开关。这个微型摄像机是他刚刚托国外一个朋友买过来的，这一次为了预防万一，特意带了过来，果然起到了关键性的作用。

找到刚才拍下来的照片，利用相机上的键盘调控，秦歌看到了那个地图的样子。因为地图放在桌子上的平面角度关系，上面一些字体看不清楚，但是下面的地图标示却很清楚，上面红色的点似乎就是香木邪令的所在地，它位于走廊左侧一个角落。

秦歌微微思索了几秒，他的脑子里出现了红点在走廊上的实际位置，应该就是走廊尽头铁门旁边的角落。

虽然香木邪令的位置已经清楚了，可是秦歌的心里还是有些疑惑，既然那个女人知道香木邪令的位置，为什么还要来找秦歌帮忙？她刚才说这个东西需要两个人合作才能完成，显然她之前曾经去过那里，但是没有成功，究竟是什么事情需要两个人才能取出香木邪令呢？

拉开门，秦歌走到了走廊，他望向了走廊那边，如果地图没错的话，香木邪令就在那里，可是这么短的距离究竟藏着什么秘密呢？秦歌不禁抬脚走了过去，越接近走廊边角，他的心越沉重。

走廊边角有一个铁门，门半开着条缝，这里就是隐藏香木邪令的地方。秦歌愣了一下，然后拉开铁门，他看见铁门里面站这一个女人，竟然是清荷。

"你怎么在这里？"秦歌问道。

清荷转过头看了秦歌一下，然后把身体侧了侧。前面窗台上吊着一个人，她的头发垂在前面，身体寂寂不动。虽然秦歌没有看见她的脸，但是还是清楚地认出来，她正是202那个女人。

【3】

"你怎么在这里？"更让秦歌好奇的不是女人的死，而是清荷的出现。

"也许你不信，就在刚才她来到我房间，告诉我她有地图，并且希望我跟她合作。我拒绝了她，然后我凭着刚才看到地图的画面找到了这里，但是却发现女人已经死了。"清荷说道。

"你说女人刚才找你了？你能确定是什么时候吗？"秦歌心里一沉。

"四点十三分，女人离开的时候我看了一下表。"清荷说道。

听到清荷的话，秦歌呆住了，先前他利用摄像机拍下女人手里地图的照片时，相机上的记录时间是四点十一分，也就是说这个女人在四点十一分到十三分竟然同时出现在秦歌和清荷的房间。这怎么可能？

想到这里，秦歌抓起清荷的手腕看了一下她的手表时间，四点二十八分。他又从自己口袋里拿出那个摄像机，打开里面的菜单，看了一下上面的时间，同样也是四点二十八分，也就是说相机上的时间和清荷手腕上的手表的时间是一样的。

秦歌顿时想起了慕容说的话，在二楼会发生一些科学无法解释的现象，比如幽灵。难道这个女人在死后，化作幽灵，然后去把秦歌和清荷骗了过来？

清荷似乎还不明白发生了什么事，秦歌简单和她说了一下，她的脸色顿时也变得刷白，如果真的是这样，他们现在应该马上离开。

转过身，秦歌傻眼了，刚才他们从身后进来的铁门，此刻竟然不见了。四下打量，这里竟然成了一个封闭的空间，根本没有入口和出口，秦歌和清荷看着眼前发生的一切，简直无法相信。

秦歌用力揉了揉眼睛，他无法相信世界上有这样诡异的事，他需要好好理理思绪。同时，清荷也提出了自己的看法。

"以前我跟着教授去参加考古的时候，有时候会因为一些环境和建筑的本身特点出现一些诡异的事情，比如迷宫转，或者鬼打墙。但是那些东西不过是利用我们的视觉盲区做出来的东西，并不是真正的鬼魂。"

秦歌清楚地记得自己的位置，他从走进这里后就没有移动过，所以出口应该就是在他的身后，可惜身后是一堵墙壁，无论他怎么推敲，都没有半点变化。

时间一点一滴地过去了，秦歌和清荷渐渐有些慌乱。为了能够找到事情的起因，他们已经排除了各种可能，用尽了各种办法，但是根本没有一丝作用。现在，秦歌的脑子里只剩下最后一种可能。

如果所有理论和猜测都没有用的话，那么这里发生的一切可能就是最不可能发生的一切，也是最简单的可能。

"那是什么？"清荷问道。

"有鬼。"秦歌缓缓地说出了两个字。之前慕容说过，在二楼可能出现一些诡异无法解释的现象。

秦歌说完，目光落到了身后的女人身上，这是一具早已经僵冷的尸体，如果说真的有鬼的话，应该就是她搞的鬼。

清荷似乎明白了秦歌的猜测，她走到了那个女人的尸体面前。多年的考古经验，让她对尸体的了解远远多于常人，她伸手触摸了一下尸体的手，脸上浮现出一个疑惑的表情。

"怎么了？"秦歌的话刚说出口，只见那个女人的尸体忽然动了动，跟着如同蜕皮一样，从里面钻出一个人来。

看清那个人的样子，秦歌不禁心头大骇，从尸体里面钻出来的人竟然是清荷。

眼前顿时出现了两个清荷，秦歌往后退了两步，他感觉自己陷入了一个巨大的迷团中，同样，两个清荷的脸上也浮现出了疑惑震惊的表情。

"你是谁？为什么冒充我？"

"你是谁？你才冒充我！"

两个清荷吵了起来，如同真假美猴王，外形声音，根本无法分辨。

"不要吵了，我问你们。我们第一次见面时，我穿的什么衣服？"秦歌问出了一个问题。

"卡其色的外套，米色的裤子。"从尸体里钻出来的清荷脱口说道。

另一个清荷没有回答，她的脸上露出了一个诡异的笑容，然后身体开始慢慢变化，最后消失不见了。

与此同时，前面的墙壁上出现了一道铁门。

【4】

似乎又恢复了之前的状态，秦歌看到铁门外面就是走廊，而之前清荷从尸体里面钻出来的那具尸体也不见了。空气中隐隐有一丝杏仁的味道，有些刺鼻，却带着一丝甜味。

清荷似乎还不明白发生了什么事，她说自己在房间寻找地图，后来听到有人开门，打开门后闻到一股香味，跟着便晕了过去。等她醒过来的时候，已经看见秦歌和另一个清荷站在一起。

秦歌把事情同她讲了一遍，最后把自己的猜测也说了一下："我感觉刚才的一切一定是有什么东西在搞鬼。"

清荷思索了几秒，忽然眉头一展："我明白是怎么回事了。202 的女人一定拿到了香木邪令，但是她被香木邪令迷惑了。我想慕容说的二楼可能发生的诡异事情，就是因为香木邪令。传说香木邪令是秦始皇派人从一个天香山找来的令木，这种木料可以发出一种淡淡的香味，如果心理脆弱的人闻到便会产生幻觉。"

"幻觉？"秦歌疑惑了，刚才在这里发生的一切难道是幻觉？

"不错，正因为这种能力，所以当时的巫师用咒语把香木邪令封了起来。但是现在有个疑问，既然那个女人找到了香木邪令，为什么不直接找慕容呢？"

"走，我们先离开这里。"秦歌没有再说什么，他拉着清荷走了出去。

从走廊里返回房间，经过 205 的时候，秦歌看见那里的门开了一条缝，他仔细看了一眼，忽然发现缝隙里竟然藏着一双眼睛，看见秦歌，那双眼睛迅速离开，并且门瞬间关上了。

秦歌感觉那双眼睛里闪着一丝诡谲，似乎是那个小男孩。

其实，五个人里面，让秦歌最疑惑的便是 205 的小男孩，他来这里做什么？看他的眼神根本不像一个孩子。

回到房间，秦歌的心总算落了地。他望着静谧的房间，有一种从地狱回到人间的感觉。这个时候，门忽然开了，林雪走了进来。

"你怎么不敲门？"秦歌有些生气地看着她。

"嘘，别出声，我给你看样东西。"林雪说着从口袋里拿出手机，然后从里面找到一个视频，递给了秦歌。

视频上的画面是清荷，从视频拍摄的位置来看，应该属于偷拍。上面的清荷坐在床边，抚弄着头发。

"什么意思？"秦歌看不出视频有什么问题。

"你看看她的影子。"林雪说道。

秦歌这才发现，视频上，清荷坐在床边，旁边亮着一个台灯，但是下面却没有影子。

"怎么会这样？"秦歌愣住了。

"不知道你感觉到了没，我觉得表姐和以前不一样，我甚至想她根本不是我表姐，而是另一个人。"林雪轻幽幽地说道。

　　林雪这样一说，秦歌也想起了一些细节。比如两个人当初分手是那么决裂，但是重逢后，清荷显得却很平常，这不符合她的性格。还有之前清荷提议大家一起联手，印象中，清荷的个性很强，她更喜欢依靠自己的能力得到东西，根本不愿意与别人一起做什么事情。

　　"我猜，她可能就是慕容的人。也许她根本不是表姐。"林雪说道。

　　秦歌没有说什么，他感觉浑身一片冰凉，他终于明白为什么姑姑会说让他不要参加这里的比赛。现在看来，诡异的事情，人心的猜测，这些常人根本无法把握。

　　难道清荷真的是慕容说的那个人？秦歌满腹疑惑。

Chapter 04 不夜轮回

【1】

砰砰……砰砰……

这时候，秦歌听见外面传来一阵急促的敲门声。秦歌看了看林雪，然后走到了门边，打开了门。

门外站着 205 的小男孩，他的脸上带着惊恐的表情，仿佛发生了什么恐怖的事情。

"怎么了？"秦歌问道。

"她，她死了。"小男孩哆嗦了一下说道。

"谁？"

"204 的女人。"小男孩轻声说道。

秦歌的心一下揪紧了，他一把抓住小男孩的肩膀。"在哪？"

"202。"

小男孩说得不错，202 房间里面的确躺着一个女人，她的心口处插着一把尖刀，嫣红的血染红了胸口前的衣服，她的确是清荷。不过此刻，她俨然是一具尸体。

不管之前林雪对清荷的猜测也好，疑问也好，此刻在秦歌的面前统统化为乌有，他看着清荷躺在地上，悲伤蔓过他的心底，他再也无法忍受内心的难过，放声哭了起来。

清荷是一个好胜心非常强的人，以前她和秦歌在一起的时候，总是太自我秦歌知道，这是她的性格，因为清荷从小生活环境太过贫困，所以造就了她这样的性格，如果不努力，不争取，那么什么都没有。这种性格让清荷在所有学生里面脱颖而出，成绩优异，也是这样的成绩让她被选中和导师一起外出考古，于是，她和秦歌的爱情走到了尽头。

　　林雪拉着那个小男孩走出了房间，她知道秦歌需要单独和表姐待一会儿。这样的事情总是让人难以承受的，本来林雪是来这里找表姐的，可是却陷入了一个困境里面，她之前的猜测现在也随着表姐的死荡然无存。那么，究竟是谁杀了表姐呢？想到这里，她把目光转到了旁边的小男孩身上。

　　小男孩似乎明白林雪眼里的疑惑，所以没有等她问便开口说话了："202的女人来找我，说她找到了地图，希望我能和她合作。但是被我拒绝了。后来我又后悔了，于是我便出来找她，希望能和她合作，但是我却看见204的女人走了进去。"

　　"你说什么？"林雪愣住了，小男孩的说辞让她有些意外。

　　"我想也许204的女人也想和202的女人合作吧，于是我便走到门边听了听，后来听见里面一阵争吵，接着便没了声音，然后我便推开门，结果看到204的女人躺在地上，已经死了。"

　　"你是说202的女人杀死了她，不，不对，那202的女人呢？"林雪忽然想到了一个问题，可是在她还没有反应过来的时候，旁边的小男孩突然照着她的太阳穴用力打了一拳，这一拳来得又猛又快，虽然小男孩的力道不大，但是林雪还是重重地挨了一下，眼前一黑，晕倒在地上了。

　　小男孩的脸上露出了开心的笑容，然后他从口袋里拿出一个剪刀，照着林雪的头发剪了一缕，跟着从口袋里拿出一个奇怪的长牌，他把林雪的头发塞进那个长牌的下面，然后站起来向202走去。

【2】

　　秦歌的情绪平复下来，随之疑问代替了悲伤。

　　从走廊那个铁门里走出来后，秦歌和清荷分别回到了自己的房间。那么是什么原因让清荷来到了202呢？毫无疑问，唯一的可能就是香木邪令。秦歌想起了在铁门里面的经历，那个诡异的画面现在想来都让秦歌毛骨悚然。

202的女人得到了香木邪令，她把清荷带到了自己的房间，然后杀死了她。这样的猜测显然有些羸弱。根据之前清荷对秦歌说的话，香木邪令可以让人产生幻觉。难道清荷是因为香木邪令，所以着了道。

猛地，秦歌忽然想了起来，慕容说过，除了找到香木邪令外，他们还需要找到慕容安排在这里的人，202的女人一定是用了一种最简单的方法来分辨谁是慕容的人，那就是杀人。她只要把其他人都杀了，那么慕容的人也就不会阻挡她。想到这里，秦歌忽然担心起林雪来，他站起来，刚准备出去。

门却开了，林雪走了进来。

"那个小男孩呢？"秦歌疑惑地看着她。

"他是慕容的人，被我打晕了。"林雪说道。

"你怎么知道？"秦歌问道。

"他说202那个女人找他合作，被他拒绝。后来他后悔了，结果发现表姐进了这里，然后他便跟了过来。他在说谎，因为202的女人一直都在我的房间里。"

"你说什么？"秦歌愣住了。

"我杀了202那个女人，因为我发现了她的秘密。地图在她房间，她找到了香木邪令，她想利用香木邪令找出慕容的人。"林雪的话没说完，突然身后的门开了，一个人冲了进来。

这下，秦歌愣住了，这次冲进来的人竟然是林雪。

诡异的画面再次出现，和铁门里面的情况一模一样，只不过这一次是两个林雪。

"她是那个小男孩，是假的。"冲进来的林雪一下冲过去和那另一个林雪纠打在一起，果然，那个林雪的身体开始起了变化，最后变成了小男孩的样子。

当啷，一个东西从小男孩的身上甩了出来，那是一个灰色的长牌，秦歌可以确定那就是他们一直在找的香木邪令。

林雪把小男孩往墙上用力撞了一下，小男孩顿时晕了过去。

秦歌拿起香木邪令看了起来，这是一个一尺大小的木板，表面平滑，看不出什么特别，但是上面散发着阵阵香味。在令牌的下面还有几缕头发。

"那是我的头发。他趁我不注意的时候把我打晕，然后剪走了我的头发，装到了那里面。"林雪看到那些头发说道。

秦歌顿时明白了过来，原来之前看到的诡异画面和刚才的画面都是来自这个香木邪令，只要把别人的头发塞到下面，那么就可以让别人产生幻觉。那个小男孩一定是先杀了202的女人，所以他幻化成女人的样子骗秦歌和清荷去了那个铁门里面，后来被秦歌发现后，他便再次出现，杀了清荷，然后把秦歌骗过去。这样的思维，根本不像一个七八岁小男孩想象出来的。

这个时候，林雪突然指着香木邪令下面一个地方说道："你看这里，这是什么？"

那个地方有一个缺口，似乎是一个小人的样子。秦歌看着那个缺口，心里一动，他从口袋里拿出之前姑姑给他的那个小铜人，然后塞了进去，小铜人正好补住了上面的缺口。旁边的令牌突然往外一裂，木刺刺破了秦歌的手指，他的血渗到令牌上，令牌彻底裂开了，里面出现了一张白面绢纸。

"这才是香木邪令真正的地图。"旁边的林雪突然冷笑了一下。

【3】

听见林雪的话，秦歌顿时抬起了头。林雪劈手夺过那张绢纸大声笑了起来，还没有等秦歌反应过来，她已经夺门而出。

秦歌追了出去，然后他看见林雪和慕容站在一起，慕容的手里赫然拿着那张绢纸。

"这到底是怎么回事？"秦歌看着他们疑惑地说道。

"所有的疑惑我现在告诉你。"慕容收起那张绢纸，用平静的语气讲了起来，"二十年前，五个盗墓贼无意中找到了当年秦始皇陵墓里封存的香木邪令，但是他们也打开了一个封印，沉睡千年的恶魔现身，四个人被全部杀死。唯一一个叫李四的盗墓贼躲避了恶魔的追杀，然后来到了白夜客栈。"

"二十年来，无数人为了香木邪令来到这里，有的情愿困在这里，希望能够找出香木邪令的秘密。可惜李四直到死都没有讲出香木邪令的秘密，不过他留下了一个假令牌，并且告诉别人，地图就在假令牌里面。"

"为了破解假令牌的机关，白夜客栈的人几乎用尽各种办法都没有得到任何收获。无奈之下，我们找到了李四的妹妹，骗她来到这里，可惜依然没有任何收获。"

"李四就是你的父亲，虽然我们得到了那个藏有地图的假令牌，但是却没有办法打开。于是我们只好把你找来。我们猜测解开地图的秘密就在你们家人身上，看来这是个正确的方向。"

"于是你们把所谓的邀请书发给我，为了让我相信这一切，你甚至找到了我以前的恋人清荷。我明白了，林雪既然是你的人，刘文自然是你杀的。"秦歌忽然明白了过来。

"不错，当时寄发给你的错误快递，所有的一切都是为了迷惑你，让你相信林雪，然后一起来到这里。我们之所以这样做，也是迫于无奈。希望你能理解。"慕容说道。

"既然现在地图你们拿到了，可以放我和姑姑走了吧。"秦歌说道。

"是的，不过你姑姑在三年前就已经死了。"慕容摇了摇头，有些遗憾地看着他。

"什么？不可能，我之前见过她的。"秦歌惊呆了。

"我没有骗你。你见到的是她的影像，我说过白夜客栈二楼会发生一些诡异的现象。因为客栈的二楼有一块可以让人产生幻觉的陨石，这是百年前白夜客栈偶然得到的。这种陨石可以保留人死前的影像。你的姑姑在死前留给了你一些话和一些东西，我们都没有动，因为你姑姑给你的任何东西或者留言都会是寻找地图的关键所在。"慕容解释了秦歌的疑惑。

"那好，我自己离开。不过我希望能够带走我父亲和姑姑的骨灰。"秦歌顿了顿说道。

"你的命运注定要背负这一切，既然你是打开地图的关键人物，那么寻找香木邪令的钥匙也在你的身上，你当然不能走。你觉得，我们这么煞费苦心地找到你，会轻易让你走吗？"

"看来你们真是煞费苦心啊！"秦歌的脸色变得开始难看起来，"你们知道不知道，从小到大，因为没有父亲，我什么事情都是争强好胜，在学校我不能落后，在家里我不能让奶奶失望。后来，我知道了父亲的事，我不愿意牵扯进去。为了能够避开这些东西，我不得不和清荷分开，我回到一所学校当一个心理学老师。为什么，我这么努力地做，努力做好一切，可是你们就是不肯放过我，命运就是不肯放过我？难道我注定就要和这些所谓的考古、尸体、奇怪的令牌纠结一生吗？我只想好好地过自己的生活。我真的累了，我真的累了。"秦歌的心彻底沉到极点。

【4】

"你确定要离开？"慕容看着秦歌说道。

"是的，我确定。"秦歌点点头。

"如果我告诉你，香木邪令不但可以调动阴兵，更能够让留在白夜客栈里的人起死回生，你还走吗？"

"你说什么？"秦歌愣住了。

"你知道为什么他们一直跟着我，林雪为什么能够听我们的话把你骗来吗？因为我们有一个共同的目标，那就是找到香木邪令，便可以让所有留在白夜客栈的人复活。这才是香木邪令的终极，也是你父亲为什么会来这里的原因。"慕容说完定定地看着秦歌。

秦歌沉默了，几秒后，他抬起了头："你说的是真的？"

"不错，我不会骗你。现在我带你去个地方。"慕容说着向前走去。

秦歌没有多想，跟着走了过去。

慕容带着秦歌来到了二楼那个铁门，然后拉开了门走了进去。铁门里的情景依然和上次秦歌见到的一样。一个挨一个的房间，姑姑的房间也在其中。

"你可以看看这些人，他们都已经死去，但是影像却留在了这里。我们可以说这是灵魂，也可以说是脑磁场影像。但是他们有一个共同点，那就是需要香木邪令的拯救。所以，你留下来不仅可以帮助我们，更主要的是可以让自己的姑姑和父亲复活。"慕容说道。

秦歌犹豫了，这个时候他看到了一个女人，她孤零零地坐在房间门口，她是清荷。显然，她的影像也留在了这里。

走出铁门，秦歌停了下来。

"怎么样？考虑清楚了吗？"慕容问道。

"已经清楚了。"秦歌忽然笑了起来，然后猛地冲向慕容，用力扼住了他的脖子，"你以为你真的可以骗到我？"

"看来，看来你已经明白了。"慕容的脸上浮现出一个奇怪的笑容。

"什么香木邪令，不过是你的迷惑手段。从我们住进这里，你就利用香木邪令的心理暗示，让我们以为真的有这种东西。你利用白夜客栈二楼特别的能力让我们出现诡异的幻想。最后死去。这就是白夜客栈的秘密吧？"秦歌厉声说道。

慕容推开了秦歌，然后拍起了手，微笑着说："恭喜你，秦先生。"

"恭喜什么？"秦歌警惕地看着他。

"香木邪令是真的，同样的确是我迷惑大家的手段，那是因为这和白夜客栈有关系。白夜客栈从古到今一直需要有人来维持它的存在，这里的主人不是世袭，是需要选择的。于是白夜客栈的主人便利用这种方法来对外选择下一代主人。

这是一个魔咒，被选中的人如果看透了客栈主人设下的迷雾，那么他将会成为这里的主人。我在这里等了五年，终于等到了你的出现。现在你是这里的主人，而我可以安全离开。所以我要谢谢你，当然我会告诉你白夜客栈的所有历史。"

"你说什么？"秦歌惊呆了，这个时候他感觉自己的身体似乎有些轻飘飘的，跟着眼前一片眩晕，恍惚中，他听见慕容的声音："最后我要告诉你，香木邪令和你父亲的故事是真的，因为如果没有真实的故事，人们不可能上钩。这是我的经验，祝你早日找到下一个主人。"

尾 声

　　这是一个关于寻人的网站，女孩已经是第七次发表帖子，她的弟弟于三个月前走失，现在都没有消息。

　　女孩发完帖子，目光落到了其中一个帖子上，帖子的题目是，白夜客栈，一个可以满足你任何愿望的地方。

　　女孩有些疑惑了，她不禁打开了帖子，帖子里面的内容很快出现在眼前：

　　这是一个神秘的地方，如果你能来到这里，客栈的主人将会满足你任何愿望。当然，你要做的第一件事是下载邀请书，然后往白夜客栈的邮箱发送一封资料介绍，我们会第一时间联系你……

STORY 故事四　怨念

　　我就是要送那些不知道自己该去
什么地方的人到他们该去的地方。

芙葉绿波

【1】

窗台上置着的那一只小盆，就那样静静地、静静地守在那里。小盆盆口是玫瑰形状的，粉红色的盆身，每一面都绘了好几朵粉色玫瑰花，有蓝的、白的、黄的、绿的，远远瞧着，雅致可爱。

而盆上就那样堆了一堆泥土，尽管芽还没出来，但看得出，主人是个有心思的人。她把泥土堆得很好，每天记着淋水施肥，在阳光好的时候放它出去晒太阳。它的主人叫小甜，是个长相甜美可爱的女孩子。

小甜的肤色很白，头发自然卷，蓬蓬松软地垂在肩上，像一个长不大的洋娃娃。小甜像是有许多的心事，她总是伏在窗台上，看着那一只小盆出神。直到有一天，小甜看着盆子的眼睛亮了起来。

那天的天气很好，阳光明媚，粉色的盆子晕在阳光下像一朵绒绒开着的粉色蒲公英，可爱极了。小甜一睁眼，便瞧见了窗台上的盆子里冒出了一朵嫩绿的翠芽。她没有太大的感情起伏，只穿着一袭雪白的连身纱裙，赤着脚下了床，朝窗台走去。

手抚上了那团柔柔的翠绿，那抹绿还那么一丁点小，就那么小小的一团，却翠绿得不可思议，仿佛满眼满眼的绿，全是一片一片的绿。它终于是苏醒了，出芽了。而自己的心呢，她也苏醒了吗？小甜把脸贴在小盆子冰凉的粉色面砖上，手触着盆子面砖上一朵一朵的多色玫瑰。

那是她在医院里，从一个病人手里得到的小盆景。记忆回到了那天，先是一道狭长的过道，过道很冷清，白色的墙壁，蓝色的墙砖和地板，全是一片模糊的冷色调。她慢慢看见了，看见了长廊上的病房，她终于又回到了那家医院。

过道里有一个披散着长发的女子，她脸色苍白，唇畔没有血色，眼神茫然，只在瞧见小甜时，停下了脚步，问她："你知道你要往哪里走吗？"小甜摇了摇头。"这世界真是奇怪，有些人知道自己要去哪里，有些却不知道。"女子自己说将起来。

"那你知道自己想到哪里吗？"小甜问。"我要到的地方很近，也很远。"女子的眼睛越过小甜，看向虚空，"我就是要送那些不知道自己该去什么地方的人到他们该去的地方。"

"很拗口是不是？"女子对着小甜调皮地一笑，方才那种荒诞不经的恐怖气氛便弱去了几分。小甜这才注意到，她的手上捧着两个小小的盆子，两个盆子都只有巴掌那么大，精巧可爱。

"我也不知道是什么种子，但一旦芽出来了，有了生的希望，那种感觉应该是很美好的。送你一盆吧，自己挑一个？"女子把两只小盆子朝她面前举了举。

一只盆子是粉色的绘满了多彩玫瑰，一只盆子是白色的只绘了几条简单的蓝色线条。小甜挑了玫瑰盆子，说："另一个你自己养吗？"

女子诡秘一笑："我还在等一个人。"

回忆着那诡秘一笑，小甜的身子抖了抖，回过了神。她习惯性地看向芽子，只一会儿的时间，竟觉得那棵小芽大了许多，小甜揉了揉眼睛，一定是自己看错了。

休息了一个星期，小甜终于回到了学校。自从那件事发生以后，蓝添就躲着小甜了。其实蓝添并非真的不想负责任，只是他太害怕了，他不知该如何去处理，所以在小甜告诉他结果之后，他就消失了许久。

过去了半个多月，当小甜再见到蓝添时，她便明白，如此不负责任的男孩，再也不是她一直向往的万里晴空、没有阴霾的蓝天了。每当碰上蓝添看向她时欲言又止的眼神，她便错开目光，再不瞧他。

小甜变得孤僻奇怪起来，还有半个学期就得高考了，尽管这所学校是那所著名大学的附中，要进入大学并不是很困难的事，但除了成绩以外，还有许多的问题困扰着这群如花少女。

附中不远处就是那家大学的附属医院，当天夜里，医院里传来了凄厉的叫喊，一群穿着淡蓝白色病号服的病人，在走廊尽头的窗台下看到了诡异的一幕，一个年轻的男孩死在了窗台下。一个病号看得很清楚，他明明看见窗外半空里浮着一张脸色苍白的脸，那张脸朝着病号一笑，攀在男孩肩上的绿色藤条迅速地缩了回去。

病号迅速地奔过去，窗台上放着一只绘了几条蓝色的白盆。盆里养着一棵异常浓绿的植物，说不上名字，只是绿得过分妖艳。但病号记得清清楚楚，这只盆景在一个星期前才冒出的绿芽，何时能长得如此快了？想着，那苗壮成长的绿藤不住地向他爬来，他一声大叫，拼命奔逃。

没有人相信这个病号说的话。"他见到半空中虚浮着一张脸？怎么可能！你没瞧见那病号身上穿着的精神病服？"另一个病人说道。

死去的男孩是蓝添，当他的死讯传来，小甜病了，她住进了那家医院。医生诊断是：严重缺氧。小甜为何会得这个怪病，无人知道。当天晚上，小甜做了一个梦，她梦见自己又进入了那间手术室，躺在冰冷的机械床上，下体处传来冰冷的机械声音。她一片茫然，只能觉出锥心之痛。她迷糊地听见一个女护士说："可惜了，竟是个双生儿呢，就那样没了。"

迷糊中，小甜又"看见"了一个脸色苍白的女子从垃圾堆处取出了那两团小小胚胎，放进了两只培了土的小盆子里，带走了。小甜看见了，看见女子带走了他们——那两团小小的乳白东西不是胚胎，女子一手一个拉着的，分明是一男一女两个稚嫩的小孩！小甜透过迷雾，努力想看清，那两个孩子似是有了感应，极缓慢地转过了头。他们的眉眼是模糊的，但为何他们的眼神那样的怨恨，怨恨地瞧着自己……

"啊！"小甜惊醒过来，她脸上套着呼吸器，她把呼吸器拔开，一抬头便瞧见了病房窗台前的一个绿得异常妖娆的盆景。她的病床是靠窗的。

我还在家里吗？这不是家里的盆景吗？小甜脑子一片模糊，只记得她最爱看着那盆景，和它悄声说话。她会对它说："瞧着你真像我的孩子。孩子，我很想念你。我不想抛弃你，只是妈妈没有办法。"她把泪水洒在了绿叶里，那里已有了一个小小的花苞，她把头贴着花苞，如怀抱着她最最亲爱的孩子。

小甜忽然又清醒过来，这里是医院，但家里的盆景为什么在这里了？她忽然又觉得困了，便躺了下来。四周很静，在她床边还有两个铺位，猛地，她又觉着气闷了，她很难受，想喊，却喊不出声来，头迷迷糊糊地耷拉在脖子处。

病房里突然传来翻动的声音，是对面铺的病号 23 号翻身的声音。不多会儿 23 号就传来了鼾声。

23 号没有睡着，他是被吓醒的，睡到半夜，他听见了老伴的响动，老头子在想，都一把年纪了，这老婆子还不让他安生。他正想摇摇一旁陪护的老婆子，趁着月光，他看见了老婆子眼里的恐慌，恐慌来自于对面铺。

一个黑影趴在了那瘦弱的女孩子身上，病房里的气息冷到了极点，老婆子正想叫，老头子一把捂住了她的嘴，死死地捂住，他们都瞧见了，那黑影脚下拖着一滩的血迹……

似是有了感应，那黑影忽地转过了头，老两口把头蒙在被子下，只觉后脊阴冷，仿若那一对凶眸，透过阻隔的被子，对着他们阴阴地笑。老头子翻了个身，故意发出鼾声。

黑影便回转了头。透过稀薄的被子，老两口看见，那个黑影正趴在女孩身上吸气。只听"嗖"的一声，一个粉红的影子出现了，它向黑影扑去，女孩的呼吸更困难了。老两口的眼睛睁得那么大，那么恐惧，他俩分明看到，女孩的脸色已成了酱紫色，而他俩却不敢动……

"怨恨，放过她。"什么声音？谁在说话？说什么呢？没有人听得清楚"它们"的对话。

"我恨他们，他们没有尽到为人父母的责任，我连一眼也没瞧见过这片天，哪怕是灰暗的阴天，我也瞧不见。"黑影满是愤恨，脚下的血更浓了。

"我明白你的，怨恨，只是妈妈是爱我们的，作为她的孩子，也是希望她能快乐起来的。"粉影温柔地俯下了身，看着女孩。"父母背叛了我们，难道连你也要背叛我了吗？难道你忘记了那剜心的痛，把我们搅成了碎片，搅烂了，死了。"黑影暴怒起来，它的怨恨疯长，窗台上盆子里的那挂绿藤已攀到了小甜的脖子上。

"我们没有死！"粉影往窗台的两只盆子瞧去，"哥哥，你不叫怨恨，我和你叫爱和善。我们的母亲很想念我们，她每天都对着我说话，给我浇水施肥，盼望着我快快长大。"

怨恨不能忘记，一个脸色苍白的女人把它俩从垃圾堆里捡了出来，分别植在了两只盆子里，那时的它俩都充满怨恨。它叫怨而妹妹叫恨，只是何时，妹妹变作了爱？

而它自己不要什么善，它也不叫"善"，它的名字叫"怨恨"。远处一声鸡鸣，天微明了，只差一点，就可以取了她的性命，"怨恨"想着，就如同它取了蓝添的性命一般。

突然病房外传来了脚步声，是护士巡房了吗？老两口终于松了一口气，他俩虽上了年岁，看透了生死，但还是在最接近死亡的那一刻怕了。不多会儿便听见护士的大喊声，很快地，对床的女孩被塞上氧气罩急急地推了出去。

"老头子，你说能不能抢救过来？"

老头子摇了摇头，直叹气："不知道啊，险得很，如果我俩被发现是假睡，怕是我俩的命也不保啊。那道怨气实在是太重了。"想起那道黑影回眸时阴毒万分的一笑，老头子瞬间气促起来，好像他瞧见了，瞧见了，那道无处泄愤的怨气，正一步、一步地，向他走来。

"啊……"

后背激起片片阴寒，梦雨打了个寒战，连忙把电脑关了，上床睡觉。该死的天，又下起雨来了。

记得妈妈说过，她出生在夜雨萧萧的凌晨时分，那天夜晚特别的冷清凄楚，连病房都是冷的，妈妈生她时，很艰难，甚至痛昏了过去。尔后妈妈梦见下了一场猛雨，那雨下得非常猛烈，竟然把满房的阴冷都冲淡了，四处弥漫着水汽。然后妈妈就醒了，把她顺利地生了下来，因此给她起的名字就叫雨，姓梦，所以她叫梦雨。

"真不该上这个学校自己建立的恐怖网站。"梦雨唉声叹气，但那瘾却勾着她，又想把刚才那个鬼故事看完。奈何寝室只有她一人在，其余的几个女孩子都和男朋友出去疯玩儿了。

刚才她看的那个故事，叫《双生怨》。挺有意思的一个故事，它的妙不在于这个故事被描述得有多恐怖，而是它描述恐怖气氛的文字底下，所赋予的深刻的伦理道德。那样的两个生命何其无辜，未及出世，便永远地失去了看见蓝天的希望。

那两个父母又是何其的无辜，尽管他们没有负起任何为人父母的责任，但他们还那么小，他们什么也不懂得，他们不成熟、幼稚，所以造成了那样的悲剧，其实他们很可悲、很可怜……

如是想着此等沉重的伦理道德问题，梦雨在迷糊中入了梦境。梦里一直下雨，漆黑的雨，一眼望不到边际，满满的皆是雨。

天蒙蒙亮时，因梦雨睡前忘了关好窗户，一丝雨飘了进来，落于梦雨脸畔，那丝冰凉就顺着脸畔滑进了脖子里，冷醒了梦雨。

她努力睁开眼睛，只觉着脑里一片混乱，好像梦见了许多乱七八糟的东西，又好像梦境里满是一片恐惧的漆黑，除了漆黑，什么也没有。半肿的眼睛瞧见了一浓绿，那样的鲜艳，那绿像一只纤细活泼的手，慢慢向她伸来，攀来，一挠一挠地在她手心上、心底里抓着、挠着，痒极了，才觉着，眼睛里布满了浓浓的绿，一层铺着一层，层层相晕，艳翠得要滴出碧水珠来。

梦雨一惊，猛地坐起，扭头看向窗台，那里真的安静地置着一只粉色的小盆子，盆子各面都绘满了各色的玫瑰，盆口是玫瑰型的，盆里种着一株叫不上名字的，碧绿碧绿的植物。

这一吓，梦雨差点从架床上摔下来。"谁和我开这种玩笑？"梦雨自言自语起来。不多会儿，她很不满地叫了声："蓝云珠。"那是她宿舍里最聊得来的室友的名字。没人回答。梦雨下了床，在不大的寝室里寻找了一遍，只有她一人在。

冬天下雨，待在寝室里实在是太凄凉了。梦雨连忙梳洗穿戴好，跑出了寝室。这种玩笑一点也不好玩儿，是她们其中一个回来了，顺手把男朋友送的盆栽放在窗台上的吧？嗯，一定是这样的。梦雨想着走进了图书馆。

图书馆里暖烘烘的，因有许多早习的学生，人气多了自然就暖和。外加一盏一盏明亮的灯照着，处处温暖、光亮，连心也变得平和下来。

梦雨转过看书区，进入了多媒体室。不知道为什么，一想起寝室窗台前那盆绿油油的植物，心里就变得痒起来，想把那个鬼故事看完。找了个最里面靠窗的地方坐下，安静的气氛很对她的胃口。她打开电脑，进入了校内的神秘玄潭论坛。

那是中文系和新闻系一起制作的一个网站，里面有许多的文学爱好者写的原创小说。当然不仅仅包括恐怖小说，各类文学体裁都有。只是神秘玄潭论坛是最受学生欢迎的。

《双生怨》的作者名字为梦玦。

因着这个名字引起了梦雨的好奇，竟是和她同姓的人。这位同学究竟是男还是女呢？她输入了这个名字，论坛里出来了好多此人的文章。梦雨匆匆浏览了一遍，发现这个梦玦非常有才气。

如此鬼才，她倒是很想认识的。而且从《双生怨》如此哀艳细腻的文字来看，她觉得梦玦应该是个女孩子，或许不一定很美丽，但一定有一双很美很特别的眼睛，那双眼睛能洞悉一切，还会说话。

当真的见到梦玦时，梦雨怔了一怔，果然，梦玦和她想象的一样，有一双异常美的眼睛。这双眼睛仿佛有了灵魂，只要看上一眼，便会被吸进去。那双眼睛十分狭长，且深，很深很深，像漆黑的、略透出青苔味的深井，偶尔泛起迷蒙的水汽。就如她午夜梦回，将醒未醒时"瞧见"的那一场潮湿透着水汽的夜雨，幽暗无比。

只是，有着这样一双眼睛的人，不是女孩子，而是一个清秀得有些阴郁的男孩。男孩叫季梦玦，大四，是她的师兄。梦玦只是他的笔名，他是新闻系的才子。

渐渐地，俩人因着彼此欣赏而走到了一起。他俩走在校园里，见到的人都会说他俩是天造地设的一对。因为他们实在是太有夫妻相了，除了那双眼睛不像，脸型轮廓、鼻子、嘴巴都是很相似的。

尤其是两人的鼻子，真真的相像。梦雨长得像爸爸，鼻子又高又直，鼻翼处薄薄地张着，鼻头有些尖，略微有些鹰勾的味道，但比鹰勾鼻要好看。她的鼻子太高太直了，如是男孩子是俊的，但用在了女孩子脸上总是硬了些，少了份婉转。幸而她的眼睛像妈妈，很甜，一笑起来，弯弯的，像是一双甜杏仁大眼儿。

而梦玦的眼神潮湿的像铺着斑斓青苔的深井，脸面轮廓俊秀中终失了明朗。他的鼻子也是又高又直，直挺中略带鹰勾。唇边多了一对酒窝，使得他看起来多了份柔和清爽。

梦雨是医学系的，一天她要去大学的附属医院取些材料，下了课后便匆匆地赶回寝室去收拾数据。

她坐在电脑旁，迅速地核对好数据后，进行排版和打印。打印机的灯一闪一闪地亮着，数据表一张一张地出来，还差十多张呢，梦雨等久了正觉有些无聊，一旁的传真机发出了声音。难道是附属医院那边传过来的再次核对的数据结果？

梦雨转了身去看，突地，一道深深浅浅的黑白青藤子映入了眼帘。怎么回事？梦雨想到的便是：是谁传真了这些植物青藤图片给她？

心里仿佛下起了冷雨，全身止不住地冷。后背有些痒痒的，是什么爬到了自己背上？梦雨正想回头，脖子处一紧，把她勒得呼吸维艰。她的头发也被揪住了，头皮被扯得生痛，她实在没有办法低下头来，看一看缠在她脖子上的究竟是什么。

传真机里仍在出着一张一张的青藤图片，仿佛着了魔般地吐出纸张，更似一个无形的鬼魂站在了传真机旁，直直地盯着她看。梦雨慌乱挣扎着，手打到了传真机机盖，带起了机盖，里面的玻璃里突然映出了一张模糊的脸。

"啊——"一声大叫，梦雨的双手猛一用劲，扯断了束缚她的东西，呼吸顺畅了些许，她用力地吸着气，眼角瞥见了窗台的那挂绿藤一抖，猛地缩短了许多。她在惊吓之中晕了过去。

梦雨是在蓝云珠的呼唤声中醒过来的，她一醒便去瞧窗台上那盆植物。"别急嘛，你是不是病了？脸色白成这样还跑去看那盆栽干什么！"蓝云珠也跟了过来。

窗台上那株植物正好好地立在那，叶子不多，枝干也不长，根本不可能瞬间伸过来攀住她的脖子，难道她做噩梦了？梦雨茫然地回到座位上，突然又猛地跳起，去看传真机，那里什么也没有，根本没什么诡异的青藤图片。

"小雨，你怎么了？"蓝云珠小心翼翼地问。"你一回来就看见我倒在地上，除此外没看见一地的青藤图片吗？还有那棵植物也没动过？"梦雨指了指窗台上的盆景。"小雨？"蓝云珠没有把话问出来，只是担心得皱起了眉，摇了摇头道，"没有你说的那些怪现象。小雨，是不是你的学业太繁重了，又看了恐怖论坛所以作噩梦了？"

梦雨勉强地笑了笑，道："应该是这样的，因为我这几天都在上解剖课。呵，你也别紧张，我没事。"

梦雨站在穿衣镜前瞧着自己，身后的蓝云珠推了门出去打饭了。而自己的脖子上有一条红色的勒痕，手里也紧紧地攥着几片叶子。刚才真的只是噩梦吗？噩梦又怎会留下勒痕和挣断那看不见的东西时扯下的叶子？！

难道刚才勒住我脖子的就是青藤？梦雨越想越害怕，忙忙地收拾了数据表，跑了出去。

【2】

走在附属医院冰冷的、长长的走廊上，心里说不出的压抑。梦雨茫然地扭了扭脖子，看向四周，狭长的过道、冷白色的天顶、白色的墙壁、蓝色的墙砖和地板，和《双生怨》里的场景多么的像啊。

经过一个病房时，她无意间看见了坐在病人旁边，埋头做着笔记的梦玦。是了，他是新闻系的，经常要写稿，还要学会怎样挖掘新闻消息。他一定是过来实习的。难怪这里的场景这么熟悉，原来他的创作，是以这所医院为背景的。

他文笔这么好，不读中文系真是可惜了。梦雨又想到了一些同学对梦玦的评论："他总是那么好强，每一样都要做到最好。"另一个同学接着说："我和他是一个班的，有一次无意间被我撞见了他躲在树后面哭。原来就是为了期末考试没考上年级第一。他每年都是第一的。""就是啊，他这个人对自己要求太高了。他已经够出众的了，学习成绩无人出其右，他写的新闻稿、做的专访那是很有深度很好的，老实说我真的很欣赏他。"一个男同学说道。

对了，他的小说也是写得极好的，梦雨又想起了那个故事，当时她一直在为病床号为23的老头子担忧，不知道他性命如何。因为《双生怨》里就只留下了他的一声尖叫，这个故事便结束了，十分的引人遐想。而再想下去又颇有些毛骨悚然的感觉，就连小甜的结局也是开放式，任人想象的。为此她还抱怨过他，说无论如何他都得给她一个结局。

而梦玦却说："事事都讲究结局，无非是求个圆满，无论这个圆满是好的圆满还是坏的圆满，或是不好不坏的圆满，都是想清楚明白罢了。而这个世界，只有白痴才是清楚明白的。所以有些事太真了，太清楚了，反而就不好了。"

多少有些强迫症的意味。是他对自己太强迫了，强迫自己做到最好，最完美。无疑，《双生怨》的故事，那样的结局是颇为完美的，留了一点余地，也留了一室的恐怖，让人回味无穷。但哪有一个人是真的完美的呢？那样要求自己，辛苦的还不是自己？梦雨原本想起这些对他的好评价时，是甜蜜的；而此刻，多了另一份感悟，对他满是怜惜，怜惜他的多愁善感，怜惜他的细腻敏感的巧妙心思，怜惜他的内心脆弱。是的，他那样一个人是脆弱的。他如此努力，许是怕别人不认同他吧，他其实很想得到别人的喜欢。

梦雨为自己终于能了解他，走进他的灵魂深处而感到幸福，当然还有一点点的难过。但都不紧要了。紧要的是，她要让他快乐幸福，因为她很爱他，尽管她没有和他说过。

就这样，梦雨坐在会议室里发起了呆，连教授说什么也没听见。想着想着，她竟然觉得困了。正小盹了一会儿，突然背脊上传来了一抹冷，慢慢地从腰背向上攀爬。她的脑海里马上跃出了一挂绿藤，绿得无比诡异妖艳。

"啊！"她吓得跳了起来，一抹额间，一手的汗。原来她做噩梦了，想起满室的人看着她，梦雨就羞愧无比，正要道歉，抬头那一瞬间她再次愣住了，会议室里一个人也没有！

室里一片安静，全是诡异。白的天花板、白的墙、蓝白的地砖，满室的冷让人崩溃。究竟刚才的她是真实的，还是现在在做梦？这个梦为什么如此静，静得连一个人也没有。那个时刻跟着她的鬼魂，是不是躲在了无尽的虚空里，等待着时机，要她的命？

"啊——"又是一声既漫长又短促的叫喊，喊声里有无尽的恐惧。是不是那个鬼魂就要出现了，所以这样吓自己？梦雨扯着自己的头发，喃喃道："不会的，不会的。我是在做噩梦，梦一醒了，就是新的一天了。"

但为何那凄厉的叫喊那样真切生动？好像就在门外不远处响起的。果然，一些事太真切，太清楚就不好了，尤其是做噩梦时。虽然心底害怕，但梦雨的身体还是比思想快一步地跑了出去。

在走廊的尽头，那里围满了人，那些人有熟悉的，有陌生的，就好像在梦里一样恍惚。廊台上的太阳正好，笼白的光正晕在众人身上，白亮得什么也看不真切。

那群人里有穿着淡蓝白色病号服的病人，有的西装革履，有的穿着白大褂，有刚才会议室里见到的专家、教授，好像什么人都有。

走得近了，她看见廊台上静静地置着一个小盆栽。盆子是白色的，白底里描绘了几道蓝色的线条，盆子里种着一株叫不上名字的绿色植物。那植物的绿藤绿得真艳……

盆栽底下半躺着一个年轻的男孩子，他穿着这所医院附中的校服，看起来只有十七八岁，正值年少，俊朗的容貌，大好的时光，但他再也不能说话了，因为他死了，他原本好看的脸容满是惊悚，还有一丝惭愧？

突然地，梦雨不想看清了，把什么都看得太清，这个世界就不美好了，而美好这东西实在太难得。

"这男孩怎么回事啊？好好的一个人怎么没有了？"一个人小声嘀咕。

另一个人说道："听说是体育课跨箱子时，摔到了胳膊和腿，胳膊脱臼了，送了来医院，原本好好的，突然就没了。"

"哟，这是什么？"另一个好事者捡起了从他怀里掉出的一叠打印纸，"这不是最近很热的恐怖小说《双生怨》吗？"那人一惊一乍地叫了声，"这是高三班那个很俊的蓝添，我认得他，我在那所附中当门卫的。"

明明已经走开了，梦雨听见这些议论为什么还是觉得诡异？故事里的蓝天死了，现实里的蓝添也死了？身边走过一个事不关己的病号："那故事邪啊，这不，这怨恨的诅咒开始了，有人死了啊。"

又听得另一个说道："别听这个疯头子胡说八道，你没看见他穿的病服吗？他有精神病的。"

一听这话，梦雨猛地抬头，这和《双生怨》的情景是一样的，蓝天死时，是有一个疯老头子出现的。

梦玦这阵子忙着实习的事瘦了许多，这让梦雨心疼不已。

他的下巴更尖了，颧骨突了出来，摸着都是硌手的。为此，梦雨没有少抱怨，一个劲儿地催他多吃点。

那双狭长的眼，因着脸面的瘦削凹陷，反而显出了平常没有的光亮来，那样的亮，一直瞧着她看。"为什么这样瞧着我？"梦雨的脸红了，把肉丝连着青椒一起夹到了他碗里。白净绵软的饭粒、青葱的虎皮辣椒、米黄的肉丝。清清白白的，颜色倒清淡好看。

他的胃口似乎也好了些，多吃了半碗饭。他总是很少话的，连笑容也少。所以尽管他很优异，但他是不合群、孤单的。

其实，他话虽不多，但人却是热心的。梦雨经常瞧见他帮同学办事，做了好事也不宣诸于口，所以他再不合群，倒也有许多同学愿意靠近他，只是他不懂得如何回应，如何融进他们。

"你很明朗，我喜欢那样的明媚。"他笑着，顿了顿，吸了口气继续说道："我喜欢阳光的感觉，就如你的眼睛，有温暖的东西在里面。"而他自己是没有的，缺乏的。所以她的甜美，她的明媚使他倾心。

她是明白他的意思的，没说什么，只让他多吃些，"实习很忙吧，但也别累坏了身子。"许是真的累极了，梦玦饭后说是要陪她走走的，但却趴在书桌上睡着了。

梦雨瞧见他睡着的样子，嘴紧抿着，微微地撅着，可爱极了，如同让人怜爱的小孩。而他的眉头却锁得很紧，超出了小孩该有的神色。她忍不住，在他眉心处轻吻。他便在一瞬间融化了，连嘴角也含了笑。

瞧着他舒展开来的眉心，她麻利地为他收拾起屋子来。因为他忙着实习，地方有些远，所以在校外另租了房子。原本他的房间就很整洁，所以也没费她多少气力。当整理书桌上那一叠叠的文件时，她无意碰掉了一个白色文件夹。

梦雨捡起文件夹，里面一张照片掉了出来，是一个样子甜美的女孩的照片。女孩的脸色有些苍白，半躺在床上，她身旁的窗台上放着一个盆栽。盆子是白底蓝线条的。

恐惧在一瞬间攫住了她。为什么虚构的情节在现实里活生生地上演？梦雨仔细地看了看女孩，她是一个病人，她的病服和上次在医院里见到的有精神病的病人一样。难道她也是精神病患者？

再翻看下面的文件，原来这个女孩子是梦玦采访的对象，但从文件里做的标签来看，梦玦并不打算把这则新闻公开，也从他的实习作业里划了出来，这并不奇怪。奇怪的是，这个案例，梦玦一直有跟进，并把整件事情的前因后果记录了下来。

难道《双生怨》就是以这个案例为蓝本构造的？那最多只是事情的"因"而已。现实不会根据小说所虚构的"果"来结局的，除非是人为的安排。

夜里起风了，梦雨连忙走到窗台上把窗关上。窗户开得很大，梦雨要探出大半个身子才够得着。忽然就下起了雨，迷迷蒙蒙地往眼睛里袭来，那样一个雨雾迷蒙的世界里，一丝绿因沾染了水汽变得更加浓绿欲滴。

医院里那个白底蓝线的盆子正放在窗户旁边靠过去的水管弯道里，就那样静静地置着，那样的安稳，纹丝不动。那盆不知名的植物吸饱了雨水，竟然大了许多，垂下了两条浓翠的绿藤子。

风吹过，那挂绿藤子似有了生命般往她脸上身上伸来，像一只触手狰狞诡异地朝她伸来。"啊！"梦雨一慌，手握不住窗棂，半个身子就要跃出去了。坠落的感觉瞬间攫住了她，她喊不出声，一秒就如过去了一个世纪，她以为自己死了，原来没有。是梦玦双手死死地拉住了她。

他的半边身子已越过了窗棂，他的双手被扯出了道道青筋。"快放开我！"梦雨已经绝望，她知道，自己是一早就被死神盯上的人了。"抓稳了，还差一些就可以上来了。"他犹不放弃。

梦雨知道他已经尽力了，她对着他灿然一笑："我好像从来没说过我有多爱你。"她的语调十分的平静，手松了松，便被他更死地握住。为此，他的腰身已跌出了窗框架了。"抓牢了。"他说。

她摇了摇头，一个人死总强过两个人。她知道他不会放手的，笑还挂在唇畔，她头一抬，猛地咬住他的手。他不放，痛得眉头都打了结，她不愿看见他不快乐，加紧了用力咬着。终于随着一道弧线划过，她开始坠落，只是，她并不孤单，他随着她一起跌落，手始终没有松开。

两人最终都无事，因为从五楼摔下时，在二楼处刚好有一排帐篷挡了挡，反弹跌至一旁的垃圾堆里。两人居然都没什么大伤，两人好端端地活着，由始至终，他俩的手都没有分开。

爱情确实是很奇妙的东西，相恋不久的两人仿佛早就认识了，一旦再遇见了，便再也分不开。如非经过了生死，两人都不能清楚他们的爱已经那样深浓，超越生死。

"我们前生一定也是一对恋人，所以我在第一眼就认出了你。"他说。

"我们前生一定曾彼此相依过。"她说。在同一时间，两人说出相似的话语，看着彼此似曾相识的面容，两人笑了。

他们还是住在那家医院里，虽说没什么大问题，但全身检查的报告还没出来，所以还得多待两天。因为跌落时，梦玦以手护着她的头部，所以他的手骨折了，腿脚也不大方便。倒是梦雨还算精神，见他实在痛得厉害，脸庞的汗一再地渗出，她终是不忍，劝他服些止痛药好早些歇息。

禁不住她的软语相求，就着她柔软的小手，他吃下止痛药，原还想陪她说会儿话的，但眼皮子就不听使唤了。"累了就歇息了吧。"她替他拭去额间的汗水。"我想你陪着。"舍不得她离开，他一直攥着她的手。她抽了抽，手被攥得更紧，他累极了，仍在求着："陪着我。"梦雨脸一红，还是乖乖地在他身边躺下。

床有些窄，幸得两人都瘦，挤在一处倒也仍算宽落。他紧紧地抱着她的腰身，她的头靠在了他的肩膀上，不多会儿便沉沉睡去。

睡梦中，为何还会难受？梦雨觉得自己快要窒息了。她想睁眼却睁不得，只觉得身子越来越重，像被一座活死人墓压着，压得她喘不过气。突然，她又像听见了谁在哆嗦，然后便是在床上翻动的声音，继而不大的鼾声响起，那样的情景为何如此的相似？

小甜？梦雨猛地睁开眼睛，她在睡梦中想到了小甜。颈畔有些凉气吹着，梦雨把视线一低，对上了趴在床边的一抹黑影。黑影在对着她吸气，吸她的阳气！"啊——"她挣扎着坐起，想呼喊，却怕吓到梦玦。

"嘘！"黑暗中又传来一个声音。是对面床上传过来的。这个病房是个六人铺的大间，但住下的病号只有三个，她和梦玦睡在一个铺上，对铺的是个老头子。"'那个'走了，我看见它对着你吸气，快天亮了，错过了时辰它就不敢出来了。别说话以免引起它注意。"老头子把声音压得极低。

一席话把梦雨吓得大气也不敢喘，靠在梦玦怀里，面对面地贴着他睡，尽管害怕，但在安静与惊慌中，仍迷糊了起来。

天仍是漆黑无比的，窗外淅淅沥沥，许是下了许久的雨了。冷雨唤醒了两人，模糊醒来，梦玦眼带笑意地凝视着她。梦玦似乎心情很好，调皮地在她唇畔亲了亲。她有些害羞，忙去看对床的老头，被瞧见了多尴尬。倾起半边身子，她偷眼四顾，偌大的病房里哪有什么老头子。

"阿玦，对面的病号哪去了？"她的声音有些结巴。他轻笑了声便去吻她，"不许你这样岔开话题的。"他辗转缠绵地吸吮着她唇齿的芳香，急促的呼吸也愈加温柔缠绵。他宽大的手像一尾鱼，灵活地游进了她宽松的衣摆里，他似乎想得到更多。

一翻身，他便将她压在了他身下，他就那样看着她，似要看穿她眸子底里的灵魂，只因那里有他。"不，不要在这里。"她紧张地攥住了他的手。他扑哧一笑，在她额间弹了一指头："瞧你想的。"

他只是静静地伏在她身上，把脸埋进了她温暖柔软的胸脯，他的气息很安定，像是睡熟了。梦雨张了张嘴，有些忐忑，"凌晨时，你有没有梦着什么？"怎么说呢？她咽了咽喉头，道，"那种恐怖的感觉。"

"你做噩梦了吧，别怕，我护着你。"顿了顿，他说，"我没察觉出什么来。"

出院的时候，天仍在下着迷蒙细雨，天仿佛是缺了一角，要把心里的哀伤哭出来，一直哭，直到泪尽，直到把今生的泪流完。

因为梦玦腿脚不灵便，所以梦雨让他在病床上候着，她办好了手续就来扶他。他笑着点了点头，由她搀扶着坐好，靠在床靠上等她回来。两人之间颇有种相依为命的感觉，在这灰色的雨水世界里，雨一直下。

中庭的空地上雨帘密密，水汽迷蒙。一树一草沐浴在雨气中，如泼墨的画，空濛随意。只一点浓翠的绿，深重地映入了她的眼帘。她死死地攥紧了单子，一步一步地走进雨帘垂着的世界。

那是一株不知名的植物，那样的浓绿，缠绕在了一棵大树身上。它没有植在那个白底蓝线的盆子里。它的根已经深扎在这一片泥土上，纠缠在了大树的脚下。但梦雨一辈子也无法忘记那种绿，那种诡异的绿。

一张不起眼的粉色纸片搁在绿藤缠绕的大树枝桠上，她抬眼去瞧，那藤浓绿深处竟盛开着一朵深红的蔷薇。梦雨满是惊讶，伸手去够花，原来蔷薇不是开在树上的，只是风把它吹到了绿藤上。

粉色的纸随着蔷薇的抽离，轻飘飘地垂落，如另一朵娇小甜美、尚未盛开的蔷薇。她一伸手便接住了纸条。展开一看，她的视线再不能挪动半分。

上面写着：远离迷梦，那是不完整的咒语。23 号上。

23 号是对铺那个老头的病号，她和梦玦刚进病房休息下时，病房那样安静，原本以为没人，到了凌晨时分，老头才走了进来，瞧见两人时一愣，瞄了眼两人的病历单，喃喃道："双梦，那样的姓氏倒别致，那么俊的模样也相似。"听着老头绕口令般的自语，两人也没在意。

"男孩太俊了反是不美啊，得遭罪过的。"老头就那样念叨着。如胶似漆的两人又岂会在意，老头无奈地摇了摇头，叹着，"相书上说的，总有它的道理啊。"

雨缠住了梦雨的视线，梦雨的心里冷极了，那挂绿藤，似有了生命，纠缠住了她的身体，吸取她身上的养分，还有灵魂。她想明白了，只要她在哪里，那绿藤便会出现在哪里。

是梦玦把它们带到自己的世界里来的吗？梦雨无助地蹲在了大树下的草丛边上，任着雨水将她一点一点浸湿。她抱着双膝，蜷缩成了一个小小的、可怜的小人儿，她开始回想，自从她认识了梦玦后，那诡异的绿藤便缠着她了。

难道梦玦身上带了迷咒？

一双有些冰冷的手按在了她肩上，她无助地抬首，她瞧见了他。她的梦玦没有说话，只是静静地抱着她。他是懂得她的，所以他不会劝她，而是陪着她一起等候，一起看着漫天的雨帘织成灰色的迷梦世界。

直到梦雨手上的粉色纸条软了，字体化了，他才轻声说道："你信不信我？"他不会害她，永远不会。"相信。"她对着他笑，那样的傻，她把纸条随意地丢在了路边，她不怕任何诅咒，她只怕他会离开她。

"阿玦，你的名字为什么是'玦'呢？"她突发奇想地问起了这个问题。从她第一次看见他的名字，她就觉得"玦"字总不够好。虽是带了"玉"字儿在名字里的，但缺了一半的"玦"总是遗憾的。

"或许我的父母不喜欢我吧，我对他们来说是不够完美的，他们不愿看见这个不完满吧。"梦玦说道。

梦雨"嗤"的一声娇笑，淡化了他的不自在："哪有不爱自己孩子的父母，你啊，是太敏感了。"她的手轻柔地圈住了他的脖子，在他耳边亲了亲。"或许吧。"他将她抱在膝上，那样轻巧，那样怜爱，就如抱着一只小小的猫儿。"看来你比我幸福。哪有不爱自己孩子的父母？"他轻笑了声。

她没有听清他的话，低低地回了句："什么？"他抱着她没有作声。其实他也感到迷惑，为什么梦雨会遇到那么多危险的事。坠楼事件发生后，梦雨有和他提过，他的屋子外有盆植物，她就是为此才吓得从窗户上掉了下去的。他从医院回来后特意去看了，却什么也没发现。

为了梦雨，他搬了住所，在离学校和他实习的报社不远的地方租了房子。每到周末梦雨便会过来瞧他。

报社的工作很忙，因为梦玦的文笔不错，总编本是让他负责文化版的，但他坚持进了社会版。

社会版里，引起大家关注的自然是附属中学高三学生蓝添在医院猝死的事件。梦雨本想和他说说蓝添的事，但一想起白色文件夹里样子甜美的女孩的照片和女孩苍白的脸上略带诡异的笑容，她便把话咽了回去。

夜里，因为这一带接近郊区，有些荒芜，所以梦雨就在他屋里歇下了。她是认床的，自然睡得不大安稳，侧头看去，地铺上的梦玦直挺地躺着，呼吸微弱得听不清，而他连个翻身的小动作也没有。

是他睡得太熟了，还是……忽然，梦雨就慌了。她跳下了床，饶是动作大了有了响动，梦玦仍是直直地躺着。梦雨的心骇到了极点，极慢地在黑暗中挪动。她惊得忘了开灯，只轻轻地跪在了他身旁，就着窗外月光，瞧着他抿紧的眼线、直挺的鼻子、略薄的鼻翼，和总是苍白着的唇。

"阿玦？"没有回答，他就那样躺着。

【3】

梦雨颤抖地伸出了手，一个黑影突然弹了起来，一口气儿被她捂在嘴里，吓得出不来。梦雨的双眼瞪得大大的，阿玦已经坐了起来。他无事人一般地在黑暗里穿戴整齐，洗梳完了，把门开开，走了。

"吱——呀"一声，门开了个缝又合上了，那漏风箱一般的声音在午夜楼道里徘徊。梦雨连忙披过一件大衣，头发往脑后随便一扎，就跑了出去。

午夜的风特别的寒冷，雨一直下着，已经下了半个月的雨了，尽管雨总是淅淅沥沥的，不大，但一入了夜，便冷得瘆人。

一路跟随，他俩到了附属医院。看着医院大堂门前那对如白幡漂浮的白炽灯，梦雨不自觉地打了个哆嗦。正要迈步，背后一凉，她神经质地回头，一道白影极快地飘了过去。"呀！"梦雨快步跑进了医院，只想追上阿玦。

白色的天顶、白色的墙、蓝色的墙砖、泛白的地板一直延伸，仿似没有出口。"这医院有鬼啊，有鬼啊，住不得人啊。"一道白影突然出现，从前面的回廊里闪过，惨淡的声音隔了走廊幽幽飘来。梦雨再也经不起吓了，坐倒在地上。

她小声地哭泣，在午夜的医院里，幽怨无比，若有似无的回音缠绕着她，她变成了哽咽，她不敢哭出声来，因为她再也分不出，在那一声声回音里，哪一声是她的声音，哪一声又是另一个女人的声音……

地上出现了一双脚，脚上没有穿鞋，那么冷的天，竟然没有穿鞋！梦雨抬起了泪眼，只朦胧地瞧见，过道里站着一个披散着头发的女子。她脸色苍白，唇畔没有血色，眼神茫然，瞧见梦雨时，停下了脚步，问道："你知道你要往哪里走吗？"梦雨惊惶万分，死命地摇头，瞪着双眼看她，这才注意到，女人的手上捧着两只小小的盆子，一只盆子是粉色的绘满了多彩玫瑰，一只盆子是白色的只绘了几条简单的蓝色线条。"送你一盆吧，自己挑一个？"女人把两只小盆朝梦雨面前举了举。

梦雨猛地推开女人，闭着眼一直地跑、一直地跑。她的阿玦不见了，她的阿玦在哪里？走廊尽头的蔷薇花架上，蔷薇开得正艳，满眼满眼的绿，浓绿的长藤，枝条迎风招展。梦雨觉得自己快窒息了，每一条绿藤都似一捆绳索，勒住了她的脖子，勒得她快要断气。

"嗒嗒嗒。"是男跟皮鞋的声音。梦雨茫然四顾，在她的身后，传来了皮鞋走动的声响。一个灰影闪进了病房。梦雨忙跟了上去，今天她一定要弄清究竟是谁在作怪。

离那间病房近了，她听见了一个女孩子的声音，在低低地呢喃着什么，像是一首歌。门是虚掩着的，梦雨就着门缝往里瞧去，只见一个熟悉的身影跳进眼帘，竟是梦玦。

梦玦站在窗台边上，似在看着什么。这里可是四楼啊！梦雨不禁有些紧张，怕他会出意外。梦玦转过了半边身子，直挺挺地瞪着病床对着的半面墙上。瞪了许久许久，原来他是梦游了。

梦雨轻轻地推开门，走近梦玦身边，她没有打扰他。病房里很静很静，梦雨一直屏住呼吸，但还是感觉到了，这里除了她和梦玦，还有另一个人在。她仓惶四顾，什么也没有。

突然，墙上多出了一个影子，影子猛地胀大向她扑来。梦雨回头，一片白铺天盖地地扑来，她的身子一抖，被白影扑到了地面，她胡乱挣扎，以为自己死定了，但疼痛没有如期到来。她什么事也没有，只是什么也看不见。

"可人？"是梦玦的声音。梦雨骇到了极点，但因着梦玦的叫唤稳住了心神，静静地伏在墙脚边上。

"你为什么变成了这样？"半空中传来了梦玦自责的话语。这里还有别人在？还是梦玦不单梦游，还有心理疾病吗？她想马上站在他面前看看他，但还是压住了这股好奇心。

"你没有错，无需再怪责自己。蓝添是自作孽，应得此报。"他的声音渐渐低了下去。过了许久，久得梦雨以为他不在了，却听得尖锐的一声笑。那笑如此诡异，在寂静寒冷的凌晨里，短促地"嘻——咯"一声笑，戛然而止。

梦雨狠了狠心，用力掀开了罩住她的白布单。梦玦仓惶失措，满是内疚的神情全落在了她眼里。她的对面还坐着一个女孩，女孩的脸有些熟悉。她想起来了，就是白色文件夹里的女孩。女孩瞧起来有些不对劲？！

"你有什么要解释的吗？"梦雨没有看向梦玦。

"或许你都猜到了吧。蓝添和秦可人就是我的故事《双生怨》的蓝本。蓝添的始乱终弃、不负责任在我看来是不可饶恕的；而秦可人的麻木不仁，亲手杀了自己的孩子，也是让人不齿的。我第一次在医院寻找采访对象时，碰上自杀未遂的秦可人，我便发掘到了不为人知的内容。连秦可人的父母也不知道她为何自杀。"梦玦停顿了一下，把梦雨的好奇心勾了起来。

只听他继续说："我和她聊了很久，看到了她的初次病历，找到了替她做手术的医生，知道了她堕胎的事情。我认识一个做心理医生的朋友，也知道一些心理疗法，于是开始引导她说话。她说她看见了一个女人，给她两个盆子，盆子里有她的两个孩子。由此我便知道，她是出于舍弃孩子的愧疚，幻想出了这个'现实'。她要好好地养着那两盆花，照顾好它们，如同照顾她自己的孩子。"

"后来我辗转查到她所在的学校，并找出了孩子的父亲，那是一个高三的年轻男孩，但他的身边已经有了别的女孩子。秦可人有别于其他女孩，其实她很传统，学习成绩也一向很好，没有任何同学知道她早恋的事。在众师生眼里，她是一个好学生。但珠胎暗结已成了她的污点，她不敢让家里知道，她怕让父母丢了脸面。她寻求蓝添的帮助，她希望能生下孩子，毕竟他们是无辜的，但蓝添的冷漠、不负责任迫使涉世未深，什么也不懂的秦可人自行打掉了孩子。为此她一直心存内疚。"

"我知道'俱形法'可以减轻秦可人的内疚感，并把她的'现实'与'幻想'的界限渐渐变得清晰起来。所以我买来了两盆和她幻想出来的盆子一样的盆子，盆子里种了植物。由她仔细地养着，她的病终于慢慢有了起色。她把那两个盆栽当成了她的亲人，她的两个孩子来照顾，有了依托，心里的内疚就减轻了，神志也明朗清楚起来。而我把这个案例写进了故事，意在将正确的观念意识传给大家。我也一直有跟进秦可人的情况，把她的情况记录在案。"

"只是这个故事传播得越来越广，甚至在这一带家喻户晓，因此给心虚的人带来了恐惧。蓝添就是在体育课跨箱子时，一分神就出了事，刚巧被送来了这家医院，并看见了那盆盆栽，所以极度恐惧之下，自己吓死了自己。其实如非他心里有鬼，做了如此不道德之事，也不会相信这世上多了那两个小孩子鬼魂的事。后来秦可人听到了蓝添的死讯，大受打击，把自己逼到了死角，她的精神情况也每况愈下。我来这里就是为了减轻她心理负担的，她只信任我，只肯把藏在心里的话和我说。"梦玦把所有的一切都告诉了梦雨。

梦雨没有想到，情况竟然是这样。

"把这一切交给心理医生处理吧，毕竟你只是普通人，这种病人还是给专门人士负责的好。"梦雨同情地看向一旁的可人。

"好！"梦玦答。

事情终于平静了下来，梦雨还是一如既往地爱着梦玦。她以为他俩会一直这样平静地过下去，相亲相爱。

直到一天晚上，她在迷糊之际听到了梦玦似在和谁吵架。"你在骗她，我要告诉她。"梦雨听到一个熟悉的女音在说着什么。接着是梦玦在说话："你告诉她，哪怕她离开了我，我也不会和你再在一起。你死了这条心吧。"

梦雨拼命地想醒来，但脑子却像拌了糨糊，混乱不清。等到日上三竿，她才勉强地睁开了眼睛，发现梦玦在拿狗尾巴草逗她，害她打了一个大喷嚏。"笨猪，瞧你睡得，口水也流出来了。昨天的考试累坏你了吧。"他满脸是笑，没有了昨夜梦中的声色俱厉。

她在床上伸了个懒腰，觉得冷了，便抱住了他，颇有些依依不舍，嘴里含糊地嚷嚷道："冷。"

梦玦给了她脑袋一响指："我打地铺的人都不喊冷，你冷什么啊。得了，往后你就待宿舍好了，把床还我。"他的心情似乎颇好，一向沉闷严肃的他竟开起了玩笑？"我昨晚做噩梦了。"梦雨嘀咕了起来，把昨晚迷糊中听到的说了一遍。

"就是一场梦，醒了就好。"梦玦安慰着她。

就要放寒假了，梦雨考完试后，便窝在了梦玦的家里。梦玦的实习工作很忙，直到深夜仍伏在书桌上，手不停地写稿。梦雨躺着看书，看着看着就睡着了。梦里，她又听到了吵架的声音，吵得那么狠，她的脑袋似要爆炸了。

她双眼一瞪，终于醒了过来。屋内一片昏暗，只书桌上一抹橘黄的光淡淡晕着，晕不亮这个冷漠的世界。梦玦去哪儿了？梦雨坐了起来，在黑暗中寻找，一声叹息穿过夜色遥遥传来，她看见了他，正站在窗台前。

他又在说话了，说得声嘶力竭。她走近他，看了看窗外，郊区的夜里很安静，楼下没有人，屋内除了他们也没别人。她把大灯开开，原来他又梦游了。并非她昨夜做梦，是他梦游了，在梦中吵架。他究竟心里藏了多少的心事，以致有了梦游症？他的父母知道吗？

她开始翻找他电话里的通讯录，却发现，只有她的号码。他连父母的号码也不记录吗？梦玦在寒夜里打了一个喷嚏，她把窗关紧，一直坐在椅子上瞧着他，他一直站在窗口旁，直到天亮。

"你梦游了。"那是梦雨在他醒来后，说的第一句话。他只淡淡地点了点头。

第二、第三个晚上，他仍是在梦里和梦中的人争吵。奇怪的是，梦雨竟然起不来，只能在深夜里，闻到一股幽香。第四个夜晚，连梦雨也觉得自己要崩溃了，她也梦游了，她听见了他的吵架。

"我没有认错，真的，真的是她！你别执迷不悟了，我怎么会骗你呢。我第一次见到她，就觉得不妥，我和他联系上了，是真的，一切都是真的。我只想你好，怎么会那样对你。"一个不熟悉的声音求道。

"你根本就不喜欢我，无论我做得多好，你都不认可我。你从来不正眼瞧我一眼，现在又何必来管我。你们既然不需要我，为什么要生我出来？啊！"梦玦痛苦地说着，"既然我不好好学，你反而较真，那还不如就这样，就这样了……"

过后，再无了争吵，只有一片寂静。

第五个晚上，熟悉的女声再度响起："原来你和她竟然是……好啊，妙得很啊！如果她知道了会作何感想呢？是坚决地离开你，还是被你逼疯了呢？"

"你给我滚，别以为我会让你们称心如意，永远别想……"梦玦竭斯底里，"你们这些骗子，不负责任的伪君子，全部都是！"

当梦雨再度醒来，发现自己在一个全然陌生的地方了。四周漆黑无比，什么也瞧不见，一丁点儿也瞧不见。

她竭斯底里地大喊，没人回应她。她突然想到，她被人绑架了。梦玦在哪里？"阿玦？"她拼命呼唤，直到嗓子沙哑，再也喊不出声来。

梦雨觉得渴了，很渴很渴，但每次用碗盛好、推过来的水都被她扔出去了。"阿玦，我渴。"她觉得冷了。忽然一个人抱住了她，他的怀抱很温暖，他的气息很熟悉。是阿玦吗？是她的阿玦来救她了吗？

梦中有人在给她喂水喝。那人很温柔，喷出的气息暖暖的，梦雨知道，他就是梦玦，他一直在自己身边。

不知沉睡了多久，也不知作了多少的梦，那些梦层层叠叠、那些梦支离破碎。终于她清醒了过来，四处像是有了亮光，不再如之前的漆黑。她看见了，看见梦玦就在她身旁，紧紧地抱着她。

"我这是在哪儿？"她的声音有些嘶哑，但还是把话说完整了。"我们在一个美好的地方，这个地方只有我们两人，相爱到老。这里是理想的国度，没有欺骗、没有痛苦、没有悲伤、没有坏人、没有丑恶、只有纯粹、只有爱情、只有你我、只有美好！"

"真的？"梦雨往梦玦的怀里靠了靠，她终于不必再害怕了。她有阿玦护着她。"我怎么觉得头晕晕乎乎的？"她茫然地摸了摸头，就着微弱的亮光看了看她深爱的人。

"你发烧了，断断续续地烧了好些天，现在终于是好了。"梦玦怜爱地亲了亲她。"但我们怎么会来到这里的？我想不起来，也想不明白了。"她的话语里有些哀伤，让梦玦十分不忍。

"还记得你在学校宿舍收到的那些鬼传真吗？"见她茫然地摇了摇头，他轻声解释："就是那些会夺人命的绿藤。其实全是你的朋友蓝云珠搞出来的鬼。她在快要拆迁的楼房里，弄到传真机，设定好时间再发给你。就算你有心查，也不会查到什么。而她就躲在衣柜里，趁你不注意时，从死角里悄悄地出来，用塑料做的假绿藤勒你脖子，当然她只是想吓你，没用狠力。但见你不受太大影响，她的疯狂行为不断升级。你在我租的房子里，在屋外水管处看到的盆栽也是她用钩子钩着，垂下来放在那的。你和我摔下去后，她就把盆栽钩上来，离开，其实她就躲在屋顶上，她一心想吓唬你。因为当时下着雨，所以把一切证据都冲走了，而且郊区的住户又少，又寒冷又下雨，人人都躲在房间里，没看见她，如非是她自己说出来，连我也不知道。"梦玦有些咬牙切齿。

"蓝云珠为什么要那样做？我和她是最要好的朋友。"梦雨的脑子仍是迷糊的。"因为她妒忌你，因为她想得到我，而我只喜欢你，所以她想将我俩分开，所有的人都想拆散我们。这个世界，到处都是不怀好意的人，到处都是坏人，所有的人都心怀鬼胎，只有这里最安全。"

"只有这里最安全！只有这里最安全！"梦玦开始不停地念叨这句话，日复一日地念叨这句话。

"是的，只有这里最安全。"梦雨对着他笑，她的笑容如此灿烂，比天上的星星还要璀璨，比太阳还要耀眼。他们两人相依为命，成了这世上唯一的一对人儿。

"这里很安全，这里没有坏人，对吗？"梦玦问。

"是的，这里有阿玦，这里没有坏人。"

"我们会一直这么幸福地过下去。"梦玦说。

"是的，我们一直幸福，谁也不能分开我们。"梦雨笑着回答。黑暗里什么也瞧不见，但她一点也不害怕，反而觉得无比的安心与幸福。

梦玦会做简单但好吃的饭菜给她，给她讲故事、念诗歌，后来还给了她一个 CD 机，她能听到美妙动听的音乐。他会替她洗头发，用茶籽油梳着她长长的柔顺的黑发。后来，还为她拉上了电线，她可以看到书籍，再后来，她有了一台小电视。她的生活简单而美好，陪在最爱的人身旁。

只是有一天，她忽然问道："阿玦，你那么优异，留在这里陪着我，不寂寞吗？"

他亲了亲她的唇，隐约中似是叹了声气："你觉得寂寞了吗？"

"不会啊，这里没坏人，这里很温暖很幸福，因为有阿玦陪着我。"

他轻轻地笑了："是啊，这里很安全，没有人能拆散我们。"这是两人说得最多的对话，通常两人都是安静的。"我的父母不喜欢我，无论我做得再好，他们依然是不喜欢我。我难得的一次叛逆，难得地躲了起来，他们倒反而念起我的好来了。嗯，这样也不错。"

"他们为什么不喜欢你呢？"梦雨不解地问，像个可爱的小白痴。

"他们没有感情，只是迫于父母的压力结了婚，后来有了我，但是他们都有原本就要好的情人，所以在我一岁时，在我尚未懂事时，我的妈妈就跑了，把我扔给了爸爸。爸爸和他喜欢的人结了婚，看见我时满是厌恶，我就是那根刺，反复提醒着他，那段无时无刻不在争吵、崩溃中度过的日子。我就是一面镜子，映出他的过去。他把我扔给了外婆，后来实在是无法，妈妈才接过了我，她带着我，嫁给了她一直想嫁的人，只是她看我的眼神那么陌生，甚至厌恶。是的，我就是她竭斯底里的过去，所以无论我做得再好，她看见我，就如看见那个令她厌恶的男人，她的前夫，她的过去。我不过是他们都想丢弃的东西。"

"阿玦……"梦雨怜惜地抱着他，那是他第一次和她提起往事，"你别多想，你父母是爱你的，你的名字多好，君子有玉，你的父母对你的期望很高。"

"梦里的东西其实多多少少映出了一个人的内心的真实所想，那有压抑，有阴暗，什么都有。我的妈妈梦见了不完满，我就是她的不完满，我就是那面令人讨厌的镜子，反复映出她的过去。表面上，她没表现出什么，但我就是她的不完满，在她的梦里，也是如此，所以我只能是'玦'，我不配拥有完满的家庭、亲情和人生。但是我有什么错呢？"

黑暗里只剩下了沉默……

不知道过去了多长的时间，直到有一天，梦雨听见了一个陌生的声音，她感到害怕，她拼命挣扎，但她还是被拉出了现实，活生生地暴露在了光天化日之下，她感到了自己是赤身裸体的。

只是当她低头看时，她分明穿着衣服。人们不断地告诉她，她被她的亲哥哥绑架了。是的，季梦玦是她的亲哥哥，同父异母。他随母姓，也取了父姓，所以他叫季梦玦。

"不是真的，不是真的。你们想拆散我们，所以骗我。"梦雨拼命地挣扎，只望能回到梦玦温暖的怀抱里。一个看着眼熟的女人抱住了她，这个自称是她妈妈的女人，焦切地说："乖孩子，那天杀的有没有对你怎样？"

"他是我的阿玦，不是你说的坏人，你们才是坏人！阿玦对我很好，他没有碰我一个指头，他是真正的君子，他是好人。他不是我哥哥，不是！"梦雨拼命地想挣脱她的怀抱，她的禁锢。

"傻孩子，蓝云珠本来就是梦玦的女朋友，但他却在第一次见到你时，因着你和他的相似而吸引了他，他就爱上了你。他怨恨一切不负责任的父母，所以他让蓝云珠把盆栽放在了医院，连蓝添的跨箱子也是他暗中做了手脚，让蓝添受伤，再找来病院的疯子，吓唬蓝添，把心存愧疚的蓝添活活吓死。这些不过是他的计划，他有记录蓝添和秦可人的数据。他本想惩罚秦可人，但见她对孩子是有爱的，所以放弃了这个计划。但蓝云珠知道他的一切，她要把真相告诉你，让你对他死心。你在医院见到的一切可怕的人都不过是被蓝云珠利用的精神病人。后来我去找梦玦时，无意间见到了你，只一眼，我便明白了一切，也告诉他，你是他的亲妹妹，他却一意孤行带你躲了起来。他是我儿子，没有人比我更清楚他，阿姨没有骗你。"自称是梦玦妈妈的女人泪流满面。

"是我对不起他，对不起你。如果我对他好些，他不会变得如此扭曲。他不过是想得到父母的爱，想有人关心他，不遗弃他。而我虽然把他留在身边，却在心里遗弃了他，把他逼成了一个杀人犯，他教唆了蓝添自杀，是蓝添自己掐死了自己，却以为是孩子的鬼魂报复。他用心理术蛊惑了蓝添，蛊惑了他自己，也蛊惑了你。"那个女人跪在了梦雨面前，乞求原谅，她也是在乞求梦玦的原谅。

"阿玦呢？"梦雨倒平静了，一心只要她的阿玦。

"他……"所有的人都沉默了。一个警察说话了："我接到附近村们的线报，说整天有人偷村里的东西，后来追查下去，发现了梦玦的踪迹，联系起三年前的绑架案，所以查到了这里，发现了出来觅食的梦玦。因为知道他是危险人物，追踪时很小心，但还是被他发现了，他宁愿跳下去也不愿我们接近。"

"什么？"梦雨瞧了瞧不远处的悬崖，再看了眼她住了三年，无比安全的洞穴，一声厉笑，就疯了。

她从此疯了，是医生说的。"她还能治吗？"梦雨的母亲问。

"有些难。她和梦玦的症状，是为'卡里古拉情结'，传说中的古代罗马第三位暴君皇帝，与亲生妹妹相爱并乱伦，后来仍然忍痛将妹妹作为政治棋子远嫁，而他自己也因残暴无度而被杀死。成为恋兄或恋妹情结的由来。他们都活在了自己的世界，不愿出来。"医生在撒谎，梦雨大声喊着，无人理她。

"而梦雨的情况有些坏，因为长时间的囚禁，得了'斯德哥尔摩综合症'，又称为人质情结，指的是被绑架的人质对于绑架者产生某种情感，甚至反过来帮助绑架者的一种情结。所以她会不断地替梦玦求情，说他没有犯罪。只有他在身边，她才感到安全，接受了他的指令，觉得这个世界是充满坏人的，只有躲起来，才安全，所以她永远活在了那个关闭的安全空间。"

医生在撒谎！她的话仍是无人理会。她没有疯，只是不相信任何人，警察说的不是真的。只有阿玦说的，才是对的。这个世上坏人太多，只有他的怀抱才是温暖安全的。她没有疯，骗她的人才是疯的。她们说，蓝云珠才是梦玦的女朋友，所以是她把梦玦送的盆栽放在了女生寝室。

她们说梦玦杀了人，梦玦死了。

其实全是她们在骗她，她们才是疯的。因为梦雨清楚记得，她的寝室里，根本没有蓝云珠这个人！在这两个版本里，只有梦雨自己的版本才是真的，其他的都是假的……

STORY 故事五　你不知道的事

　　只是这层保护伞的外形不一样罢了，有的人是面具，有的人是职业，还有的人是知识……

　　　　　　　　　邢萊萊

楔 子

我时常会想，如果张震没有死，如果李易繁没有离开，那么现在的我也不会在回忆中度日如年，不会时常在半夜三更的时候醒来，看着漆黑的空间默默流泪，我以为我会一直这样绝望到死，直到后来的某一天，姜乐出现了，那些失去的色彩忽然又回来了……

我住在一个名叫双喜镇的小城。

小城并不大，依山傍水，秀色可餐。如果不是现代元素的感染，如果没有那些闪烁的霓虹灯，如果没有那些络绎不绝的游客，我甚至都怀疑双喜镇是与世隔绝的，它就是陶渊明笔下的桃花源，与世无争。

我时常会背着画板到湖边写生，将静谧的湖面和飞翔的小鸟闪烁于白纸上。我一直觉得生命就是一张白纸，各种色彩都需要我们自己去填充，快乐是红色，悲伤是灰色。而写生，只不过是我的兴趣罢了。我的职业是一个卖字者，靠写些文字，赚些稿费，聊以为生。

我写过很多的故事，那些故事串成了我生命里的风铃，微风轻轻吹拂便会发出叮当的声响。所以，很多时候，我甚至都忘记了我是活在现实里，还是活在我的故事里，我心疼我故事里的每一个人物，尤其是微微，而现在，就让我给你讲讲微微的故事。

Chapter 01　微微

【1】

每到夜晚的时候，一向安静的微微就会变得有些异常，仿佛她跟我们不同，不属于喧哗的白天，而属于寂静的黑夜。

就像现在，她守在漆黑的屋子里，一个人自言自语：

她说："你回来了……"

她说："你又瘦了，再这样瘦下去，迟早会变成一堆白骨的……"

她说："天冷了，我给你织了件黑色的毛衣，你试试，看看合适不合适……"

她说这话的时候，桌子上的烛光将她的身影拉得很长，倒映在墙上，像极了鬼魅。

她的房子很空，只有她这么一个活人，无父无母，无亲无故。

是雨辰的出现，打破了微微的孤寂。

似乎这个世界上的很多事情都是上天安排好的，没有早一步，也没有晚一步，遇见你时，刚好，你也在这里。

那是 2008 年的夏天，在湖边写生的微微遇见了雨辰。

像很多爱情小说描写的那样，微微和雨辰的初相遇是美好的，我不想在这里多费笔墨加以描写，因为那并不是我故事的重点；我也不想千篇一律地描绘一段缠绵悱恻的爱情，如你所知，微微跟我们有些不同。

【2】

微微住在小镇胡同的尽头。

那是座古老的房子，藏匿于大街小巷之中，房子的大门前还挂着两个灯笼。

灯笼是红色的，闪烁的烛火在漆黑的夜晚映得格外显眼。

雨辰喜欢那灯笼，他总觉得在这个物欲横流的年代，那些渐渐逝去的古老文化都有着一种神圣的色彩，就像他眼里的微微一样。

所以，他喜欢跟微微在一起，喜欢每晚送微微回家，喜欢看见微微画里的悲伤和快乐，他总觉得那是人世间最现实最悲情也最无奈的色彩。

但是微微从来都不请雨辰到家里坐坐，哪怕再晚，她都会淡然一笑，转身关上门，留一句"明天见"给门外的雨辰。

雨辰觉得微微很奇怪，这种奇怪就像烟雾一样萦绕着微微，让雨辰更加着迷，他不想那么快就揭开微微的面纱，因为这样的话，游戏就不好玩儿了。于是，他只有等待。他知道，总有那么一天，微微会将最真实的自己展现在他面前。

直到那封信件的出现。

【3】

信件很简单，只有四个字：离开微微。

字体是红色的，似乎每一笔都注入了血液。

雨辰是在门阀上发现信件的。他想不出，有谁会把一封信件邮寄到他所旅行的小镇。起初，他还以为这是一封挂错了的信件，可是当他拆开信封，看到信纸上的四个血红大字，他忽然就觉得背后发凉，他回过头来，身后漆黑一片，什么也没有。

雨辰攥着那张信纸走进了旅馆，然后插上了门阀。

其实，他不过是小镇的一个过客，可是因为微微，他舍不得离开。

或许，这只是一个恶作剧，一个暗恋微微的男子给他的要挟信。

他如是想着，烧掉了信件，在纸香味中渐渐入睡。

这天晚上，雨辰做了一个奇怪的梦：

他又梦见了那个胡同，那两个挂在门前的灯笼，那灯笼依旧闪烁着烛光，像极了猛蛇的双眼。

他推开了门，然后他看见了微微。

准确来说，是微微的背影，被花骨朵环绕着。那些花有白色的、红色的、绿色的，还有黄色的。

一样的白色裙子，一样的发型装饰，一样的画板，一样的微微。

她端坐在月光里，一笔一笔地给画板上色，而颜料，却只有红色。

他唤了声：微微。

可是微微并没有回应他。她依旧一笔一笔地往画板上涂抹颜料，那张画板已经变得有些杂乱无章，很难看得出来，她究竟在画些什么。

雨辰一步一步地走近了微微，他将手放在微微的肩膀上，拍了拍：微微。

微微手中的画笔停了下来，她缓缓回过头来，接着，雨辰看见了一张血肉模糊的脸，那脸的颜色竟跟画板上一模一样……

故事讲到这里的时候，姜乐忽然打断了我，他说："噢，原来你讲的是鬼故事啊，你说微微跟我们不同，不属于喧闹的白天，而属于寂静的夜晚，是不是在暗示我微微不是人，而是……"

"怎么，你害怕了？"我笑笑，继而看着他。

他的样子很让人沉迷，无论是眼神还是神情都能散发出异样的光彩，我总觉得这些光彩曾经在哪里出现过，但是因为某种原因，它们忽然又消失了。而今，这光彩又回来了，就像是调色板上的颜料，没有灰色，没有悲伤的颜色。

所以，很多的时候，我总觉得姜乐的出现是上天对我的眷顾。

"后来呢，微微和雨辰究竟有没有后来？"

于是，我开始继续讲我的故事，讲微微和雨辰，讲那些让我疼痛的调色板……

【4】

雨辰醒来的时候天已经朦胧大亮了。

他有个习惯，每次醒来之后都会先拉开窗帘，看看小城的晨景。

可是，今天，在他拉开窗帘的那一刻，他惊恐地大叫了一声，立马拉紧了窗帘。

那是一颗人头，满脸褶皱，立在窗户上。

"咚咚咚……"

窗户上发出紧凑的声音。

雨辰忽然就觉得恐惧，这种恐惧像藤蔓一般死死地揪住了他的心，他慌忙从床上爬起来，还没顾得上穿鞋就往外跑。

他赤脚跑到了旅馆门前，那颗头颅也跟到了门前。

准确来说，是一个年过半百的老女人，裹着头巾，因为个子太矮，所以趴在窗户上只能看得见一个头颅。

雨辰舒了一口气，他看着自己赤裸的双脚忽然就觉得有些尴尬。

那个老妇人径直走到雨辰身边，脸上的皱纹像是刀子割得一般，"先生，早点离开小城吧！"她说，声音也像是充满了褶皱，凹凸不平。

"为什么？"

"你从哪里来就该回到哪里去！没有那么多为什么！"老妇人说道，然后转过身子，独自走开了，嘴里还念叨着："作孽啊，真是作孽！"

雨辰看着老妇人离开的背影，忽然就觉得那背影很熟悉，像是在哪里见过，至于在哪里，他不记得了。他只是觉得这个老妇人的话有些奇怪，有些让人摸不着头脑，什么叫"早点离开小城"，什么叫"作孽"，难道这一切都是因为微微？

可是微微终究只是一个普通的女孩，难道喜欢一个普通的女孩也有错？难道小城里的女子不能跟外来的男子相爱成婚？

这都是什么年代了？还那么封建保守！

【5】

阳光渐渐洒满了城市的大街小巷，裸露在地表的水汽萦萦绕绕，一层一层地包裹着地表，像极了保护伞。

其实，很多的时候，也有这么的一层保护伞像萦绕着地表一样萦绕着我们自己，只是这层保护伞的外形不一样罢了，有的人是面具，有的人是职业，还有的人是知识……

雨辰赤裸着双脚站在阳光下，他忽然做了一个决定：离开小城。但是，他要带着微微一起离开。

如果雨辰能活到许多年以后，当他再回忆起这件事的时候，肯定会觉得这是一个最愚昧的决定。

可是坠入爱河的人都是愚昧的，都是傻里傻气的，雨辰只是其中之一罢了。

收拾好行李的雨辰又跑回了那个胡同，跑到了那栋房子门前，在手指即将敲扣在门板上的时候他忽然就缩回了手，他忽然想看看微微的屋子，看看这屋子里究竟藏着什么秘密。

雨辰如是想着，推了推木质大门。

门并没有上锁，一推就开了。

雨辰踮着脚走进了大门。

房子并不大，只有三个房间，配着一个独立的小院子，院子里开满了花，那些花有白色的、红色的、绿色的，还有黄色的。

雨辰忽然觉得这些场景很熟悉，就像是……在梦里见到的一模一样……

他唤了一声：微微。

但是并没有人回应他。

屋子里很安静，安静得好像这个世界上的人都死了，只剩下他一个还活着。

他走进了屋子，每一步都充满了紧张。

室内的布置和装饰都很是文雅的，就像微微本人一样。房间的墙上挂满了字画，只是那些字画都有些感伤和绝望，很多画上面画的并不是一个完整的人，要么缺手少腿，要么就是没有眼珠……

　　那一刻，雨辰忽然想起了鲁迅的一句话：悲剧就是将那些有价值的东西毁灭给人看。只是他想不出来，微微究竟承受了多少生活的重量，才让她这般的悲伤，甚至连画卷上的花骨朵也是残缺的。

　　可是微微呢？微微去了哪里？难道真的像那个老妇人所言：这是作孽！

　　"你在这里做什么？"

　　是苍老的声音，不是微微。

　　雨辰转过身子，看见了那个老妇人，她依旧裹着头巾，声音里充满了褶皱。

　　"你是……"

　　"我不是告诉过你让你尽早离开小城吗，为什么你又回来了，你究竟想要干什么，难道一定要闹出点事来不可吗？"老妇人的声音忽然就变得尖锐起来了。

　　"我只是想跟微微道别……"雨辰撒了谎。

　　"不用道别了，你再也见不到微微了，再也见不到她了……"老妇人的声音里满是悲伤。

　　"她怎么了？"

　　"她要死了……"

【6】

　　雨辰还是找到了微微，在那个摆满画卷的房间的隔层里，空间不大，也没有窗户，只有一道门。

　　当然，这一切都是那个老妇人告诉他的。

　　她躺在床上，一动不动，像是死了一样。

　　雨辰不明白，昨天还是好好的微微，怎么今天就奄奄一息了。

　　可命运就是这样，今天的我们还好好地活着，说不定明天就死了。谁也不能预测明天会发生什么，是生还是死，我们所能做的就是活在当下。

　　雨辰抓住微微的手，他一遍接着一遍地呼唤微微，希望能把微微唤醒，可是当泪水落在微微脸上的时候，他忽然发现了一件奇怪的事。

"是什么奇怪的事？"姜乐打断了我。

"被泪水浸染的脸部一点点地褪掉了……"

"怎么可能？"他惊讶地问道。

"不，准确地来说，是脸上的妆一点点地褪掉了，露出来的不再是一张脸，而是一张人皮面具……"

"这么说来，微微果真就是鬼了……"

我说："你别打岔，让我把这个故事讲完好吗，说不定这将是我讲的最后一个故事了。"

姜乐立马毕恭毕敬地露出了笑脸。

雨辰吓坏了。

躺在床上的不是微微，只是一具尸体，这具尸体的脸上套上了微微的面具。可是微微呢，真正的微微去了哪里？

他想问问那个老妇人微微到底在哪里，可是在他回头的那一瞬，木棍敲打在他的后背上，雨辰昏了过去。

【7】

等雨辰醒来的时候，他发现自己躺在隔间的那个小床上，那具伪装微微的尸体也躺在他的身边。

床的对面摆着一个小桌子，桌子上面放满了作画用的各类工具，那个老妇人就守在桌子上描了涂，涂了描。

"微微呢？你究竟把微微藏在了什么地方？"雨辰挣扎着想坐起来，但是所有的一切都只是徒劳，他的身体被死死地绑在了床板上，动弹不得。

直到现在，他依旧担心微微。

直到现在，他依旧相信这所有的一切都是那个老妇人设下的圈套。

直到现在，他依旧不明白这所有的一切究竟是为了什么，难道仅仅是因为自己喜欢微微吗？难道一个游客就不能与小城的女子相恋吗？难道喜欢一个人也有错吗？

可是，当那个老妇人缓缓抬起了头，又缓缓撕掉脸上的褶皱了的皮时，雨辰惊讶地连话都说不出来了，因为眼前的这个老妇人，不是别人，就是微微。

是那个穿着纯白色的连衣裙在湖边写生的微微。

是那个让他一见倾心，难以忘怀的微微。

是那个他愿意带之离开小城远走他乡的微微。

仿佛这所有的一切都只是一个梦，从开始到结局，都千变万化，但又息息相关。

"你真的是微微吗？"雨辰张了张嘴，半天才吐出这么一句话来。

微微笑笑，在白色的画纸上涂抹上了红色的颜料，"对，我就是微微，就是那个与你初相遇的微微。"

"你看到了么，我这屋子里摆满了好多的画，每一幅画都是一个人的缩影，他们其中，有的人多了双眼睛，有的人多了一只手，还有的人多了一条腿。所以，我就砍掉了他们多余的手脚，挖掉了他们多余的眼睛，画在画上，他们都说这画画得很好，他们都愿意珍藏一辈子，所以，他们一辈子都守在这间隔层以，陪着这些画。而今，你多了一颗心，我也要将你多余的东西拿走，你说好不好？"

微微说这些话的时候，她一直没有抬头，而是继续在画板上描绘上色，一颗红色的心渐渐有了雏形……

"可是你为什么要这样做？"

"每个人都说我的画很好看也很真实，就像是照相机拍摄下来的一样，但是他们怎么知道这些画原本就是来自于现实，就像断了的手臂，瞎掉了的双眼，只有近距离地观察和感受，才能将那种痛苦和绝望更形象地展现出来，我画了很多的画，每幅画都是一种绝望，而现在我的画里唯独少了颗心，如果一个人没有了心，那又会是怎么的绝望？"

微微的声音很轻，但是每一个字都雀跃着欢喜，这种欢喜像是贪婪一样吞噬着她身体的每一个细胞。良久，她才缓缓地将视线转移到了雨辰的身上："其实，我已经劝过你，希望你能离开我，离开小镇，从那封简单的书信到今天早上的提醒，我真希望你能就这样带着关于小城、关于微微最美好的回忆离开这里。但是你没有，正因为你多了一颗心，多了一颗名叫爱情的心，所以你会落到如此的地步……"

"你看看，我画的这颗心怎么样？像不像是真的？"微微继续说，然后将画板上的图画抬起来给雨辰看。

那是一颗血红的心，完美无暇，没有丝毫的缺陷。

雨辰沉默了，眼里蓄满了泪水。

"像不像，一会儿对比一下就能看得出来了，只是我这幅画上没有生命里那些痛苦的绝望，而现在，我要将这幅画填充完整……"她说着，从桌子上抓起锋利的匕首，然后一步步地走到了雨辰的身边，抓住了他的手……

"相信我，不疼的，真的，一点都不疼的……"她兀自说着，然后将匕首刺进了心脏……

微微刺的不是雨辰的心脏，而是她自己的心脏……

多年以后的雨辰依旧还记得微微的那句话，她说："你要将我的心挖出来，将那幅画里的绝望和悲伤都补充完整。那是我最后的一幅画，也是我用心换来的一幅画，其实，多了一颗心的人，不仅仅是你，还有我，只是我希望你能好好活下去，不要再像我这样为了追求所谓的艺术和完美牺牲了爱情，也牺牲了我自己……"

只是，雨辰并没有按照微微所说的去做，相反，而是在画面上补充了两个人，一男一女，男的叫雨辰，女的叫微微，他们相依相偎，手里捧着一颗共同的心……

我的故事讲完了，姜乐却一遍接着一遍地反问我："就这样结束了吗？"

我说："是的，微微死了，故事结束了。"

"可是我总觉得有些怪异……"他凝视着我，一字一句地念叨。

"哪里怪异了？"我问。

"在你的故事里，微微住在胡同尽头的一幢老房子里，院子里开满了各色鲜花，还有，屋子里排满了各种画卷……而这些布置和我们现在待的屋子一模一样……这里，是不是……就是微微的家？那么，这个屋子里是不是也有一个隔间？”

　　我笑笑：“故事只是故事罢了。我之所以将这些场景融入故事里，是因为我对这些场景很熟悉罢了，写出来也更有信服力和感染力。”

　　他嘿嘿地笑笑，接着说：“那么现在就让我给你讲个故事吧，这个故事或许会很长，但是终究长不过天各一方。故事的主角叫安安。”

Chapter 02 安安

【1】

安安在一家大型图书馆做管理员。

图书馆的工作琐碎而又繁杂。其实，她完全不用做这份工作，她完全可以在家里敲敲键盘就能衣食无忧，但是她却乐此不彼地做了两年，从未抱怨过。

她喜欢图书馆的那种氛围，喜欢将书本排在书架上的神圣与庄严，她总觉得那是世界上最美好的事情，安静而又沉醉，就像夕阳洒在落地窗上的感觉。

所以，安安每天早上都会是第一个赶到图书馆的，风雨无阻。

也正因为如此，安安才遇见了那件怪事。

那是星期六的早上，天气有些阴沉。天气预报说，冷空气入侵，全国普遍降温。所以，安安在出门之前特意穿了一件风衣。

她一如既往的是第一个来到图书馆，开门，然后开始整理图书。

图书馆里散发出一股书本的气息，安安觉得那是世界上最好闻的味道，充满了知识的气息。

图书馆很大，入口处还算是明朗的，人来人往，倒不觉得寂静。可是越往里走，就会越觉得昏暗，特别是当最里面的灯坏了还没来得及修……

安安每次走到最里面的时候忽然就会觉得心跳加速，一股寒意肆无忌惮地在周身蔓延开来。她总会觉得有人在隔着书架看着她，那眼光可怕至极。

所幸的是，几乎很少有读者会来到里层借书。所以，书本的摆放几乎是没有动过的。但是今天有些特别，一大摞的图书都是最里层的，那些图书纸张暗黄陈旧，布满了灰尘。

安安犹豫了片刻，还是用小车将图书推到了最里层，然后在昏暗的灯光下一本接着一本地将那些书放在原处……

就在她排放第三本图书的时候，她看见了一双眼睛……

那是一双布满血丝的眼睛，透过图书之间的空隙，死死地盯着她看……

安安颤抖了一下，手中的图书没有放好，整排的图书也随之压倒了，那排的书架没有了障碍物，变得宽阔清晰起来，但是却没有那双眼睛。

不过是幻觉罢了。安安如是般自嘲，继而又整理图书。

安安将最后一本书排好之后，微微舒了口气。她看着整齐的书架，整齐的图书，心里觉得很是安定。就在她转身离开的时候，她忽然觉得有水珠一般的液体滴在了她的脸上……

她擦了擦脸，手里的液体不是透明的，而是殷红色的，带着血腥味。

【2】

死的那个人叫李玲。

李玲是图书馆的常客，跟安安一样，每天风雨无阻地来图书馆。但是，她不是来上班，而是来看书。

安安总觉得李玲身上有一种气质，从她第一次见到李玲的时候开始，她就觉得李玲跟别的女性不同。

第一次上班，安安便在图书馆的最里层里看见李玲，李玲伏在陈旧的书桌前寂静如水。她的身边堆了很多的书，每一本都破旧不堪。以至于后来，每当安安看到那些陈旧的书的时候，她总会想起李玲，想起那些破旧的书是不是就是李玲翻旧的？

而现在，李玲死了，悄无声息地死在了图书馆里，死在了那些她翻阅的书籍里，这让原本就寂静阴森的里层图书馆变得更可怕了。一些读者也慢慢传来些流言，说图书馆的地下原本是一片乱岗坟，图书馆的建立打扰了那些沉睡坟墓的清净；还有人说，这是一个诅咒，一个关于图书馆的诅咒，谁在图书馆呆得最久也会被诅咒……

总之，这是一个充满想象力和三人成虎的年代，说的人多了，信得人也多了，渐渐地图书馆就冷清了，很多的员工都辞职了，就剩下安安，她依旧朝九晚五按部就班地来图书馆整理图书，很多的图书都布满了灰尘，甚至被蜘蛛网缠绕了……

没有人知道李玲是怎么死的。

图书馆的最里层因为年久失修，摄像头也变得模模糊糊的了，再加上室内的灯光昏暗，所以，摄像头只不过是一个摆设罢了，它所记录下来的不过是一个个模糊的画面，画面里进进出出的也就两个人，一个形如李玲，另一个形如安安，但她们之间几乎没有任何交集。

所以，李玲的死成了一个疑团。就连法医也丢下了一句话："心脏病突发死亡……"

可是一个心脏病突发的女子为什么要爬到书架上呢？一个心脏病突发的死者怎么又会浑身是血呢？

种种的谜团，让那些常来图书馆借阅的读者们更加相信李玲的死不是一个巧合，也不是偶然，她定是受了某种诅咒。下一个要受诅咒的人会是谁？很多人都想到了安安，因为摄像机拍摄下来的画面里进进出出的也就她们两个人，而现在，李玲死了。

安安不相信诅咒之说。

她总觉得所谓的诅咒太过于虚幻和离奇，是那些童心未泯的成年人为自己建造的恐怖童话，我们所生活的只是一个现实的世界，这个世界里没有童话，也没有诅咒，有的只是日复一日的衰老，只是有的人衰老的是容颜，而有的人衰老的是心。

但是安安也觉得她的生活在一点点地变化，从天而降的花盆，拐角处的公交车……每一次都差点要了她的命，她并不怕这些，她觉得生死有命，富贵在天，上天如果要让你死，你怎么逃都逃不过的。她最怕的还是梅雷，因为最近的梅雷变得有些异常……

【3】

　　梅雷是安安的男朋友，是她在这个偌大的城市唯一的依靠。

　　从她见到梅雷的第一天起，她就相信了一句话：在这个茫茫人海的世界里总会有那么一个人属于你，没有早一步，也没有晚一步，我到这里的时候，刚好你也在这里。

　　而这个人就是梅雷。

　　梅雷的变化是从晚上开始的。

　　每天晚上，他都会拉开窗帘，对着漆黑的夜色默默发呆。很多次，安安都想拉开他，但是梅雷却挣脱掉安安的手，像是自言自语似的念叨着："噢，你回来了啊……"

　　"我一直都在这里啊！"安安回应道。

　　"你怎么还穿着那件带血的衬衫呢？"梅雷继续念叨着。

　　安安忽然就觉得恐慌，她顺着梅雷的视线朝外看去，漆黑的夜色看不见一丝的星光，更别提什么人影了，梅雷究竟看到了什么？难道是……

　　良久，梅雷才自顾自地走回了卧室，边走还边念叨着："该来的迟早会来，逃也逃不掉的……"

　　安安拉紧了窗帘，她忽然就觉得心慌，觉得胆战心惊，而这一切都是因为梅雷，她总觉得梅雷看到了什么，明白了什么，不然，他是不会说出那么一句话的……

　　这天晚上，安安做了一个梦，她梦见了那家她工作的图书馆，梦见了那一排排整齐的图书，梦见了李玲。李玲的手还在滴血，每一滴都发出滴答的声响，她说："《圣经》在哪里？我怎么找不到了？"她说："明天一起散步吧。"她说："当心你身后……"安安缓缓回过身子，她看见了齐刷刷的书架，什么也没有，可就在她困惑不解的时候，梅雷出现了，他浑身上下都是血，一步一步地朝自己走来……

　　安安惊恐地从睡梦中醒来，她看了看床头，梅雷不见了。

安安并没有去寻找梅雷，而是穿好了衣裳，径直走向了图书馆。

【4】

安安去图书馆是为了寻找一本《圣经》。

那是两年前的事情了。

两年前，李玲告诉安安说："《圣经》藏有巨大的秘密，如果有一天，你能将《圣经》的密码破译，那么你所得到的不仅仅是财富和地位，更多的是世人对你的敬仰和喜欢。"那个时候的李玲一心想破解这个密码，一心想得到这个秘密，这样，她就再也不用继续在自己喜欢的人面前自卑得连话都说不出来了，再也不用看着自己喜欢的人和别的女人在一起，再也不用这般痛苦地活着了。

所以，她花了两年的时间，泡在图书馆里潜心研究《圣经》，一心想找出《圣经》的秘密。

安安为了帮助李玲，在图书馆找了工作。只是因为，她们一起读完了大学，一起漂泊到小城，一起为了生存而努力。

人在苦难中总会惺惺相惜的。

可是两年了，李玲依旧没有找出《圣经》的秘密，依旧看着自己喜欢的人跟别的女人在一起，依旧在痛苦中挣扎直至死亡。

安安推开了图书馆的大门，一股浓厚的书香扑面而来。

图书馆里寂静得像一座陵园，那些立在书架上的一本本的图书都是一个死去的人。

其实，很多的时候，一本图书就是一个人的生命。很多的作家终其一生、呕心沥血地写出了事态万千，等待他们的却是死后的扬名万里，比如曹雪芹。或许，他们所要的并不是名垂青史也非功名利禄，而是希望自己所写的每一个字、每一句话、每一个故事，后人都能看得懂，都能引以为戒。

安安径直往图书馆的最里层走，她依稀记得李玲所有的笔记和图书都是分类整理过的，环绕在《圣经》周围。

"1……2……3……4……5……"安安一本一本地数着，因为李玲浏览过的古书和笔记都是她整理的。可是当她翻找到第六本的时候，忽然发现一件很离奇的事情：李玲的笔记不见了……

图书馆虽说是人多眼杂，但是很少有人会对最里层的图书感兴趣，更很少有人会去翻找一个年代久远的《圣经》，特别是当李玲死了之后，图书馆几乎处于停馆的状态了，有谁会拿走那本笔记呢？

安安心跳加速，她忽然想起了李玲的死，难道李玲真的是死于心脏病？跟她在一起生活六年之久，从来没有听说过她有心脏病。难道……难道是李玲果真找出了《圣经》里的解锁密码？找出了那个藏了几千年的秘密？

就在安安惊慌不已的时候，她忽然听到了身后传来细微的声响，像是老鼠啃食书本的声音，断断续续但又琐碎至极。

她缓缓回过头来，但是身后除了一排排整齐的书架，什么也没有。她微微觉得一惊，继而又想起李玲的离奇死亡，不由得战栗不已，恐惧像是藤蔓一样将她整个身心紧紧地缠绕，越缠越紧……

"是谁？"安安脸色苍白地喊了一声，但是回应她的只是空荡的回音……

安安微微舒了口气，就在她打算离开图书馆的时候，她看见了一道身影，迎着光缓缓地踏进了图书馆。

馆外的路灯将他的身影拉得很长，从入口到墙壁，宛若直线。

【5】

进来的不是别人，正是梅雷。

"梅雷？你怎么在这里？"安安皱着眉头问道。

梅雷并不说话，只是目光呆滞地迈开步子，一步一步地朝安安走来。他的步子很奇怪，利索麻木，毫无情愫，像是上了链条的闹钟。

"梅雷？"安安疑惑地盯着他的步伐，惊讶地问道。

梅雷依旧机械般地走到安安跟前，机械般地伸出手来，机械般地扼住安安的脖子……仿佛所有的一切都是预先设计好的程序，而程序的目标就是杀死安安。

安安死力挣扎着，她没有时间去怀疑眼前的这个人究竟是不是梅雷，而是挣扎着要掰开他的手，但是，于事无补……梅雷像着了魔一般往死里地摁住安安的脖子，他的眼神空洞而又麻木，像是个活死人。

就在安安觉得自己快要死的时候，书架上的书因为受力哗啦啦地往下落下来，厚重的书本砸在梅雷的脸上，身体上，梅雷像是忽然醒来一般，他骤然松开了手，看着跌坐在地面红耳赤不断咳嗽的安安，如梦初醒一般地问道："怎么了？这是怎么了？"

"梅雷……你究竟是……怎么了？"安安喘着粗气说道。

梅雷木木地离开了原地，良久，他才像突然想起什么似的，自言自语般地说道："我想，我遇见了良生……"

"怎么可能？他……他不是死了吗？"

【6】

"关于良生，我真的希望他只是我虚设出来的人物。如果这个故事里没有良生，也就不会有那么多的绝望与哀鸣。但是良生果真是存在的，噢，不，应该说是过去存在的，因为现在存在的只是一座坟、一具尸体，那是良生存活在这个世界上的证据，唯一的证据。"

姜乐说完这段话的时候，我本想说点什么，但是他没有理会我的欲言又止，而是继续着他的故事，继续着这些生命的哀鸣与无奈。

李玲喜欢的那个人，就是良生。

我想，李玲永远不会忘记刚入大学时候的军训。

在那个炽热如火的篮球场，她因为迟到被教官罚站在一旁。所有的脸庞都是严肃的，都是毫无表情的，唯独良生。

良生看着李玲露出了一排整齐的白牙。因为皮肤被晒得黝黑，所以那行白牙显得格外显眼。李玲也在那倾城般的笑意里忘记了尴尬和孤立。

也正是因为良生的不严肃，所以，他也被教官踢了出去。两人立在炽热的阳光下笔直挺立，一动不动，像是两棵树。

很多的时候当李玲再回想起当时那一幕的时候，脑海总会无缘无故地浮现出舒婷的那首诗《致橡树》。

但是，大学四年的时间里，李玲依旧没有告诉过良生她喜欢过他。她忙着考各种各样的证书，忙着泡图书馆，忙着想以后的工作，忙着将良生埋在心里……其实，这都只是借口，而最根本的理由是：她怕自己不够优秀配不上良生！所以，她不断地充实并美化自己，不管是外在还是内在，目的只有一个，那就是有朝一日，让良生接受自己。

良生身边的女朋友换了一个又一个，但是从来没有李玲的位置。

即便如此，李玲还是喜欢着良生，喜欢着在那个炙热的篮球场让自己一见倾城了的良生。

所以，毕业之后的李玲还是跟着安安来到了小城，或者说是跟着良生来到了小城，彼时，安安就是良生的女朋友。

可是，没过多久，安安就与良生分道扬镳了，那是因为她遇见了梅雷。

良生悄无声息地离开了小城。

而李玲依旧守在小城，她知道良生迟早都会回到小城，因为小城就是他的家乡。在他回来之后，自己或许就找到了《圣经》的秘密，就能配得上良生了。

可是，她哪里知道，良生是再也回不来了，有些人一转身就是一辈子。

良生死了，再也回不来了。

只是这些，李玲依旧不知道，她依旧固执地寻找着所谓的《圣经》里的密码，寻找着那些能满足自己内心的知识和力量。

"关于良生的死，和李玲的死一样，也是一个谜。我不想在这里揭开这个谜团是因为终有那么一天，凶手会在内心谴责的情况下说出来。"姜乐幽幽地说道。

"那么，李玲呢？李玲究竟是怎么死的，还有……还有《圣经》里的秘密究竟是什么？"我打岔道。

姜乐看了我一眼，他的眼里闪烁着晶莹的液体，那种液体的名字叫眼泪……

【7】

安安跟梅雷回家之后忽然发现了一个笔记本，黄色的牛皮封面，压在床单底下。

彼时梅雷正在洗澡，因为好奇，她翻出了那个笔记本，也就一眼，她便认出那是李玲的笔记，李玲所做的关于《圣经》的笔记。

只是她想不明白，这本笔记怎么会在自己的屋子里？也就是在下一秒，她听着哗啦啦的流水声忽然就明白了，明白了为什么在她噩梦醒来的时候见不到梅雷；明白了梅雷为什么会出现在图书馆里；明白了梅雷为什么要摁住自己的脖子；明白了李玲的死……

原来，这一切都是梅雷的计谋，他也发现了《圣经》里的秘密，他也想成为有思想有智慧的探索者，受人仰慕受人喜欢，于是他设计害死了李玲……而现在，他竟连深爱着他的自己也要杀死，还谎称这一切都是良生的所作所为，良生死了，所以他回来复仇了……

世界上最可怕的不是死亡，而是自己深爱的人要设计害死自己……

安安如是想着，将那个陈旧的日记本放在了枕头下，继而冲了一杯温热的牛奶，她深知梅雷每晚睡觉之前都会喝一杯牛奶。只是这一次，她特意在牛奶里加了一点料，这料不苦，但是也不甜。

果如她预想的那样，洗完澡之后的梅雷接过安安手里的牛奶，一饮而尽。梅雷如何也想不到，安安会在那杯牛奶里下毒，安安会亲手毒死自己，因为她是自己深爱的安安，一个自己深爱的人又会如何舍得毒死自己呢？

姜乐背靠在木质椅子上，闭着眼睛，半天讲不出话来。

我弱弱地问了一句："你没事吧？"

他摇摇头，继而又点点头，说："没事……"

"故事讲完了吗？"我问。

"这要问安安……"

"可是安安不是你故事里的人吗？既然是你的故事，你自然是知道结局的。"我说，有些漫不经心。

"不，这不是我的故事，是安安的故事，我只是借用了安安的口吻将这个故事讲了出来，我想，作为一个职业作家，你自然是明白的……"他说的那么随意，像是一场无关自己的电影，现在电影落幕了，观众也散场了，而我还要为这部电影写影评。

我看了看表，23：58，我嫣然一笑，继而说："时候不早了，休息吧……很多的故事都没有结局，不是么？因为生活还要继续，所以，只要人活着，那么故事就不会剧终……"

他点点头，对我笑笑。然后转身回到了自己的房间，还替我关上了房门。

他笑得很神秘，让我琢磨不透。

我躺在床上，辗转难眠。说实话，我的脑海里依旧徘徊着姜乐的那个故事，我总觉得那个故事很熟悉，就像是亲身经历了一般。

我开了广播，午间电台又在无休无止地放着电台情歌，只是这一次，我听到了王力宏的歌，歌的名字叫《你不知道的事》："对不起／我却没抓紧你／你不知道我为什么离开你／我坚持不能说放任你哭泣／你的泪滴像倾盆大雨／碎了满地／在心里清晰……"

我听着听着便觉得眼睛渐渐模糊了，我依稀看见了死去的张震，离开了的李易繁，那些过去许久的往事忽然就回来了……

Chapter 03 后来

【1】

就当我沉浸在王力宏的《你不知道的事》里悲伤难过的时候，我忽然看见窗台上有一双眼睛正盯着我看……

我丢下了收音机，从床上爬起来，假装倒水喝的样子走到窗前，那目光依旧不躲闪，贴在窗户上紧紧地盯着我看，像是要将我生吞活剥了一般。

我猛地推开了窗户，一具穿着衣服的稻草人毫无防备地摔进了我的屋子里，它的头颅脱离了身体，散落在地上……

是谁会在这半夜三更地跟我搞这样的恶作剧？我觉得气愤，难道是姜乐？因为这栋房子里就住着两个人，一个是我，另一个就是他。

我撒开脚丫子就朝姜乐的房间里跑去，他的房门敞开着，大风吹起，晃荡着木质门板，发出咯吱咯吱的声响。这声响在寂静的夜晚显得格外的尖锐与刺耳。

"姜乐？"我试探性地喊了一声。

没有人回应我。

只有那些陈旧的门板在大风的摇曳下依旧发出咯吱咯吱的沉吟，像是死亡之前的喘息……

我隐隐觉得有些不安，这种不安像是虫子一样吞噬着我的内心，我忽然想起那句话："该来的终究要来，逃也逃不掉……"

只是这些……来得也太过于快了……

【2】

我退出了姜乐的房间，然后步入了客厅，在左边第二个台灯下按下了按钮，台灯没有亮，相反，开的是一道门。

那就是微微房间里的密室，只是这个密室不在闺房的隔间，而是在客厅里。

密室像微微的那个隔间一样，并不大，也是摆满了各种画卷，角落里的稻草人也在。一具具白色的雕塑立在墙角。

不用猜疑了，那些雕塑里装的的确是尸体，有雨辰的，也有李玲的，还有梅雷的，唯独少了良生的。

而雨辰，就是分开来的张震。

噢，忘了告诉你们，我的名字叫微安，微是微微的微，安是安安的安，这两个主角的名字叠在一起，那就是我的名字……

很多的时候，我都怀疑我是不是就这样把过去忘掉了，我记不得那些血腥味儿了，记不得那些出现过而又离开过的人了，但是，即便是我忘记了，也会有人帮我记得的，比如那些看我文章的读者们，再比如，姜乐。

直到现在，我都不知道姜乐的真正身份，姜乐只不过是他的一个面具罢了。

但是，不管他是谁，我都清楚地明白，我喜欢上了姜乐，喜欢上了那个跟我讲故事的姜乐，虽然他不是多了一颗心的雨辰，也不是那个让我一见倾城的梅雷，但是，我喜欢他，这就够了。

我将书桌上的画一幅幅地展开，看着那些支离破碎的美，忽然就觉得心酸，这些我曾极力追求的完美和艺术最终也不过是一场游戏一场梦，我杀了那么多的人，画了那么多的画，写了那么多的小说，我以为我生命的意义就是追求完美与艺术，如果没有这些完美和艺术，谁又会记得我，喜欢我？

可是现在呢？我牺牲了我的爱情、我的友情，我甚至牺牲了我自己，变得面目全非，可是换来的又是什么呢？不过是桌板上的几幅画，枕头边的几本小说，还有那些让人撕心裂肺的残缺美……

我伏在桌子上抽泣着，泪水打湿了画卷，那彤红的心像是盛开的花朵一般，凄美而又绝望……

不知道什么时候，姜乐从墙角的那堆雕像里走了出来，他说："我来看看李玲，来陪她说说心里话……"

"从你踏进我生活的那一刻起，你都知道了，是吗？"

他并不言语，只是默默地看着我。

"你知道我的密室，你也知道我的秘密，你甚至还知道我的计划，那就是用你的身体做一个类似稻草人的人体标本，所以，你捆扎了一个稻草人，放在我的房间里，让我觉得你知道了一切，是吗？"

姜乐摇摇头，又点点头。他并不承认什么，也不否认什么，只是用沉默来面对一切。良久，他才开口说："其实，我就是良生。"他说着，从脸上撕下了橡胶面具，一张清秀的脸摆在我面前，我还记得，那是良生的模样。

而良生就是李易繁。

"其实，我根本就没有死。三年前，你和梅雷为了获取我爸爸呕心沥血遗留下来的专著，便设下圈套将我推下山崖，我以为我的生命会就此画上句号。但是上天怜悯了我，让我摔落在农家的草堆里，但是脑部却受到重伤，失去了记忆。以至于两年后的某一天，我在图书馆看见那本专著，过往的曾经忽然就记起来，我决定报复你们。但是我还是晚了一步，你们为了更大程度地占有知识占有名誉，连李玲也不放过，可是你们哪里知道，《圣经》里根本就没有什么秘密，更别说是什么破解《圣经》的密码了，那些都只是谣言罢了。《圣经》里的真实内涵便是教会人们与世无争，做一个智者啊！"他顿了顿，接着说："至于梅雷，他并不想杀你，所有的一切都是我策划出来的，我假装鬼魅在黑夜里撞到他，然后给他下药，让他失去意识失去知觉变得杀人嗜血，但是他并没有杀死你，图书馆上落下来的书砸醒了他，也救了你一命……我又将笔记放在你屋子里，这样，你就会怀疑梅雷，亲手杀死他。我知道，就算没有我的策划，你还是会杀死他，不是吗？"

我点头："是的，无论是作画还是写作，都需要灵感，而灵感便是来源于生活，我需要体会杀人的快感，需要体会将尸体藏在雕塑里最真实的感觉，所以，我杀了那么多的人，换来的都是艺术上的成就与飞跃，因为那都是生活最真实的写照……"

"我画了那么多的画，写了那么多的恐怖小说，但是我却不能画出我自己的生活，写不出我自己的故事，我成了小说的牺牲品，但是更多的人成了我小说的牺牲品，而现在，就让我讲最后一个故事，这个故事不会很长，但是这都是你不知道的事……故事的主角就叫微安。"我端起桌子上的水，喝了一大口，然后开始讲我的故事：

微安是一个小说家，她的小说写得很好，尤其是恐怖小说。

很多读者都说，微安的小说太过于真实，真实得就像是被摄像头记录下来的一般。但是，他们喜欢这种痛并快乐的感觉，喜欢在微安的故事里快乐着、悲伤着。

微安每天都会收到很多读者的信，但是有一个读者的信很特别。

这个读者叫雨辰。

他在信里说："你的故事虽好，但是很多的恐怖描写根本不能一针见血，那是因为你没有实际体会过。"

微安对这封信很好奇，就在她打算回复雨辰的时候，雨辰风尘仆仆地赶到了微安所居住的小镇里。

雨辰也是一个小说家，但是他不写恐怖，只写言情。跟一个又一个女子牵手上床然后再分手，之后再将其中点滴记录出来。

很明显，微安是他下一个猎物。

以微安的身份，再加上他的桃色渲染，写出来的小说必然是会受到万千追捧的。所以，雨辰策划得很周密，每一步都小心翼翼。

但是，当后来的某一天，微安意外地发现了雨辰的半成品小说时，她被其中的内容惊呆了，她从来没有想过，原来经历过会写得更有感觉。

于是，她开始了她的计划。

其实，微安的计划很简单，就是找到那种杀人的感觉，找到那种刀刃撞击在骨头上的声音，于是，雨辰成了微安的牺牲品。那一次，微安还特意美化了"微微"这个角色。

渐渐迷恋上这种感觉的微安一发不可收拾，她愈发地想寻找灵感，愈发地想探索知识和极限，于是她一次又一次地抡起刀砍在骨头上，体会着杀人的快感……

只是，这样的人，不止微安一个。

他们追求着知识，追求着力量，后来他们都成了有思想有智慧的探索者，但是再也没有人会住在他们心里了，他们的心里除了知识就没有情愫了。

微安就是这么一个列子。

而现在，微安只有一个心愿，那就是将自己的身体制成标本，让那些沉醉在追求知识和探索知识的人能醒来，让他们能忽然意识到，值得我们追求和拥有的不仅仅是知识，更多的还有情感。

我的故事讲完了。姜乐，噢，不，良生却依旧木木地看着我，他的眼里蓄满了泪水，晶莹剔透。

血液从我的嘴角里溢出，滴在画纸上，暗红一片。

其实，一开始，我就在杯子里下了药，我知道，这是我的结局。

可是最终，我依旧一无所有。

我用我最后的力气对良生说了两句话。

第一句：对不起。

第二句：把我变成类似稻草人的标本……

STORY 故事六 畸形爱恋

　　爱情并不都是甜蜜的，也可能很疼，就像一味致命的毒药，包装华美的外壳，甘甜滑过喉头后便会有痛彻心扉的感觉。

　　　　　　　　　　　　花　布

【1】

接到智水的电话时，我有些不可置信。

已经整整四年了，智水几乎音讯全无，很多时候当我想起他时，只能在记忆中寻找一丝慰藉。而他于我的意义，已经不仅仅是朋友那么简单。我家和智水家是世交，从祖父母那辈起两个家庭便有着深厚的友谊，一直到智水和我出生，几乎从未间断来往。

我和智水一起上学、一起成长、一起工作、一起挥霍童年。在如梭的岁月里，一起承受着喜悦以及亲人离去的悲痛。我很难形容我们之间究竟是一种什么关系，是朋友但更像兄弟，是兄弟又隔着一层血缘关系。

我记得很小的时候智水曾经对我说过，如果可能的话他希望能够永远留在兵库县，这样我们就能一直玩儿下去了。可惜人终归会长大的，终归会感受到一些无奈，一些成人世界的喜怒哀乐。在这种不可控制的情绪之下，任何事情都会发生变故。

那应该是智水二十二岁的时候。

如果没有发生那件事情，智水的家庭应该是幸福的。但我似乎又没有理由去埋怨那个打破和谐的女人。必须要承认那是一个很温婉的女人，她并不是最美的，但绝对是最吸引人的。她的身上有一种让人无法抵抗的魅力。

她叫青子。

我第一次见到青子时是在智水家。我二十一岁，青子只有十九岁。我记得很清楚，当时，我正在智水房间打游戏，他则一如既往地抱着一本所谓名著，像电影里的男主角一般，靠在他宽大的窗台上感受那些虚假的男女之情。

在我玩儿得正亢奋时，智水突然叫了我一声，拉我来到了窗口。

　　进入我视线的是一个很年轻的女孩子，她有黑且亮的马尾，白皙的皮肤，一身素白色连衣裙，宛如从天上突然掉下来的仙女。那一刻，我们都看呆了，年轻的女孩总是能吸引年轻男孩的目光，特别是漂亮的女孩。

　　而青子的羞涩和不谙世事，则让人更容易亲近。

　　我和智水生活在商人家庭中，从小看过很多人，也见识过很多虚情假意，商人的世界是用利益堆积起来的，钱和实力决定了一切，在我们的印象中，从小到大，任何问题似乎都可以用钱去解决干净。

　　这也养成了我们骄纵的性格。尤其是智水。

　　上天似乎格外眷顾智水，不仅让他出生在一个富裕的家庭，还给了他美貌。不夸张地说，智水在我们学校绝对是风云人物，每一个女生都在暗恋着他，或者暗恋过他。智水对此却总是不屑一顾。

　　在青子出现之后，我惊讶地发现了智水的变化———一个人如果喜欢另外一个人，他的眼神可以说明一切。我从智水的眼神中看到了异样的光芒，看到了他不用说我就明白的事实。这应该就是某种注定吧。

　　但那时的我并不懂得，有些注定并不一定都会得到幸福的结局。

　　青子是智水母亲从老家找来的佣人，智水则是家中唯一的孩子，佣人和少爷的关系听上去很简单，但有些事情一旦牵扯到感情，无论之前多么简单，终究会变得复杂。

　　我和智水都不喜欢复杂的生活。但生活偏偏只存在于复杂之中。

　　在我第一次窥视到智水和青子拥吻时，我们都没有想过，这种关系将会带来什么后果。年轻的心于爱情总是干净纯粹的，爱了就是爱了，无需牵涉其他东西。可智水父母并不这样想，那个令他们骄傲不已的儿子，怎么可以和一个佣人相爱。

　　责任和爱情一瞬间变得水火不容了。

　　当我看到智水母亲第一次严厉地训斥青子，让其远离智水的时候，我才明白，爱情并不都是甜蜜的，也可能很疼，就像一味致命的毒药，包装华美的外壳，甘甜滑过喉头后便会有痛彻心扉的感觉。

　　那个时候，我们仍然活在憧憬之中，作为朋友，我还是祝福他们。因为这个原因，我和智水的父母也产生了矛盾，一直将我视为儿子看待的智水父母，觉得我背叛了他们。

智水坐在我对面，氤氲的茶香扑面而来。他瘦了很多，在蒸腾的水汽之后，显得有些沧桑、有些诡异。不过是二十九岁的人，却完全变了模样，给我的感觉很陌生，甚至有些可怕。特别是他的沉默，让我有些不知所措。

原本以为，多年不见，老友之间会有很多话，他却好像一只空掉的柜子，毫无内容。

我只好努力打破僵局，转而望向了智水身旁的小女孩：“你叫什么名字？”

“水子。”女孩好像有些怕生，瑟缩着身子望着我，给她买的蛋糕一口都没敢吃。

这是智水和青子的女儿，四岁了。在我的印象中，她一直是一个婴儿，很弱小，很爱哭。看着这个孩子，我又想起了很多往事，伸出手去，打算抚摸一下那颗小脑袋，女孩却像被电了似的，在我的手刚刚触及头发的刹那，飞快地缩了回去。

我尴尬地笑了笑，望着水子满是恐惧的眼神，轻轻叹了口气。转而又望向智水，他仍在发呆。我咳嗽了一声：“四年了，难道你没什么和我说的吗？你这次突然回来，还走不走？这些年你在外面过得怎么样，我父母很想念你……”

我兀自说着一些废话，智水像聋子一般，不知是否在听。突然抬起头来：“织田，我想去看一看青子。”我愣了一下，点头。

那里我是熟悉的，自从青子死后，我每年都会去扫墓，她是孤儿，在这个世界上，除了我和智水没有人记得她的存在。每一次到那里时，我总感觉很冷，说实话，我并不喜欢那个属于死人的世界。它总是让我想起那个可怕的清晨。

那是智水和青子坦白关系之后很久的事情了，谁都没有想到，智水的固执居然会取得胜利，或者说是智水父母在现实面前的妥协更确切一些。因为他们的极力反对，反而让智水和青子的感情更加坚固。于是，在半年之后，两个人便有了肌肤之亲。

在青子的肚子越来越大之后，智水的父母无奈地为他们举行了婚礼。那一天，教堂里却只有我们三个人，智水的家族包括我的家族没有一个人前来参加，因为智水父母虽然同意了他们的婚事，但却打死也不承认青子儿媳的身份。

在婚礼之前，我的父母曾经带我一起去过智水家。

我的母亲和智水的母亲抱在一起痛哭。我不明白她们为什么悲伤，但因为她们的泪水让整个气氛很不和谐。我能看出智水的愤怒和青子的茫然，她死死地抓着智水的手，像一把手铐，自始至终从未松开过。

智水的父亲很绝情地威胁智水："我再问你一遍，你真的决定娶她吗！？"智水沉默。他变得更加愤怒："好！但是我要告诉你的是，如果你娶了她，你必须离开这个家，对外，我们也绝对不承认她这个儿媳，你要想清楚。"

智水显然已经想得很清楚了，他毫不犹豫地说："我答应你们。"

智水那句话说得铿锵有力，屋内所有的人都瞪大了眼睛。以我对智水父母的了解，他们的话远非这么简单，如果智水选择了这样一个婚姻，那他可能失去现在的一切，会被赶出家门，甚至也会失去继承人的权利。

但我只能说那一刻爱情战胜了一切。冥冥之中，我还是有些担心的。那并不是我的幻觉。

在婚礼结束之后，我随同智水来到他们在市区租下的小公寓时，又一次看到了青子的迷茫，似乎智水坚持的结果并不让她满意，或者说，并不能阻止她的担忧。

而在我离开时，青子问我的那句话，则让我浑身发冷。她说："织田，你相信一见钟情吗？"

我笑一笑："当然。"

青子又冷下脸来，继续问我："那你相信钟情一辈子吗？"

【2】

父母对于智水的出现很兴奋，他们像找到了失散多年的儿子，当年那场大人和孩子之间的战役，也好似早就忘得一干二净。但依然没有人愿意主动提起青子，水子则对这两位没有血缘关系的爷爷奶奶更加恐惧。

简单吃过午饭之后，将水子安抚好，我便开车带着智水来到了墓地。

因为并不是祭拜的日子，墓地里显得荒凉而死寂。我站在墓碑和智水身后，注视着久久发呆的智水。墓碑上，青子的照片已经破旧，泛黄外加掉色，黑白之中总有一丝鬼魅。

智水却出奇地平静，没有掉一滴眼泪。在久久沉默之后，他突然转头对我笑着说："织田，还记得青子死时的那个早晨吗？她多漂亮，像一只红色的蝴蝶，高高地悬挂在顶灯下面，就好像我们第一次见到她时一样，干净而清纯。"

我讨厌回忆那些东西，就转移话题："今后你打算怎么办？"

"留下来吧。"智水终于肯回答我的问题了，"父母已经去世了，我再也不需要逃避什么了。从今以后，我可以继续生活在这里，不，是我们，就像年轻时一样，我和你，还有青子，一起继续生活在这里。织田，你说不好吗？"

我很想说"不好"，但我没有说出口，我惧怕在这样一个地方，怕违背智水的心愿。

出乎意料的是，在我家借宿一晚之后，翌日清晨，智水便带着水子决定离开。他打算回到曾经和青子一起租住的小公寓生活，尽管我父母极力挽留，甚至早已派人打扫了智水家的老房子，但智水的坚持再一次胜利了。

无奈之下，我只好再一次开车送智水和水子离开。

在驶往公寓的路上，我几次险些走错道路，自从青子死后，那个地方我已经很多年没有去过了。智水却依旧记得清清楚楚，转弯的时候，总是不忘提醒我方向。不知道为什么，当看到他的一脸兴奋时，我后背总是麻麻的。

我觉得，智水突然有些可怕，比死去的青子还要可怕。

其实，我对智水回到公寓生活的想法并不抱有多大希望，这么多年过去了，那间公寓恐怕早就租住过无数的人了，即使现在去，也可能租不到了。但到达目的地之后，我看到的仍旧是一间空荡荡的房子，听到有人打算租住，房东也很高兴。

时隔四年，再一次走进这间公寓，我感到了一股前所未有的寒气。那种久无人居的老房子所特有的霉涩味道以及沉沉死气，让我浑身不舒服。水子似乎也不大喜欢这里，一直抱着布娃娃站在墙角，下意识地望着我和智水忙碌。

搬家结束之后，我坐在沙发上再一次问智水："真的打算住在这里？"

"嗯。"智水点了点头，忽然抬起头望着头顶的顶灯笑了起来。

我抬头看，依旧是那盏吊灯，琉璃做的灯坠，在风的轻浮下，不时发出叮叮当当的响声，像是有个人在那里轻轻拨动。我不喜欢这种感觉，尤其面对着智水的微笑。于是，我起身决定离开。智水并没有送我的意思，倒是水子，似乎很舍不得我走。

我走到水子身边说："早点休息，过几天叔叔还会来看你的。"

丢掉水子难懂的眼神，我步出了公寓大门，刚刚走到电梯口，突然听到两个女人在议论什么，竟然是在说那间公寓。原来，自从青子死后，那间公寓便一直没有租出去，但凡有人来看房，只要听说死过人便唯恐避之不及。

不知道有多少人说过，那间公寓很不干净。

当然，我并不知道这些传言是真是假，绕过两个女人钻进电梯，来到楼下广场取车的时候，抬头我便吓了一跳。一个女人正站在智水家的窗口后，定定地望着我。仔细一看，原来是水子。冲她招了招手，我这才钻进车里。

【3】

自从智水回来之后，我一直很是担心他。担心他的身体状况，更多的还是精神状况。但他们搬进公寓之后，我便渐渐放下了心来。智水似乎很快熟悉了以往的环境和生活，在我父母的帮助下，他重新进入了公司工作，每天朝九晚五。

我常常去看智水和水子。父母也经常叫他们父女回家吃饭。

一次午饭的时候，望着可怜的水子狼吞虎咽，父母很是心疼。父亲问智水："你工作这么忙，平时水子怎么办？"

智水笑道："我会给她钱，让她买些快餐吃。"

母亲听后不住地摇头："这可不行。要不这样吧，你们还是回这里来住吧。家里什么都有，我和你叔叔也可以帮着照顾水子。"智水笑而不语，算是拒绝。母亲皱起眉头，张口结舌了许久才说："你父母去世的时候一直想着你，可我们都找不到你。他们还是不放心你的，你千万不要记恨他们。"

智水好似没有听见，只是狼吞虎咽。

父亲摆出了一副家长的模样："你这样不是办法。我和你阿姨商量了很久了，你……想不想再婚？"

这个时候跟智水提再婚简直是天方夜谭，在座的所有人都记得智水当年有多爱青子。但父亲不管不顾继续说："这样对你有好处，对水子也有好处。小孩子还是需要一个妈妈的。"

我想打断父亲，不想智水忽然抬起头，很从容地说："好啊。"

爱情是什么东西？智水答应了父母相亲的事情之后，我一直在思索这个问题，可是我找不到答案。我想起很久以前看过的一本书，书中男女热恋多年，最终还是分手的结局。分手那天，女人问男人爱情是什么，男人的回答是，我不知道，因为没有人见过那东西。

或许，时间真的可以淡化消融一切吧，哪怕是曾经刻骨铭心的爱。

但我和父母的想法其实一样，我也希望智水能够再找一个女人共同生活。以前不跟智水提这件事，是因为笃定地认为他忘不掉青子，这自然是不可能实现的。但现在，智水居然亲口答应了，这件事情也就不再难办。

虽然已经二十九岁，但以智水的条件，找一个女人并不是难事。

半个月后，经过父母的精挑细选，终于为智水选择了一个女人。女人叫麻由子，是我们公司的职员，长得很漂亮，是早稻田大学的高材生，父母对其条件非常满意。很快，就联系智水来家中认识。那次会面，我自然也参加了。

看得出来，麻由子对智水很满意，也不在意水子的存在。

令我有些惊讶的是，智水似乎也很满意麻由子，整个会面的表现，毫不拘束。望着两个人侃侃而谈，不禁让我想起曾经年轻时的智水，想起他和青子热恋时的样子。饭后，两个人独自出去散步，当晚，水子便顺理成章地留在了我家。

水子似乎很高兴，智水走后，我将她带到客房，陪她一起看童话书。

外面的天已经黑了下来，水子对童话很感兴趣，也充满了疑惑，她总是问我："叔叔，为什么所有的童话都是以王子公主幸福生活为结局，那之后呢，他们在一起以后是不是真的会永远不分开？为什么书里不说清楚？"

我无法回答这个问题，只能笑。

水子却毫不在乎，合上书，像是自言自语一般说道："也许，书里讲的是对的吧。就像爸爸妈妈，他们永远都在一起，从未分开过。"

我不知道水子所说是指精神层面还是其他方面，但我和智水都知道，水子出生不久，青子就自杀了。青子死后，智水将所有青子的照片都收了起来，可以说，水子从未见过自己的母亲。但随后，水子的话却让我打了个冷颤。

水子笑眯眯地对我说："知道吗，叔叔，昨天晚上，妈妈也给我讲了一样的故事。"

【4】

翌日，当智水来接水子时，因为青子的死，以及水子昨晚的那句话，又让我想起了很多往事，让我不得不对人与人之间的爱情再次产生怀疑——是的，智水和青子之间也出现过矛盾，并且，青子就是因为这个矛盾而自杀离开的。

那应该是智水相当后悔的一件事情，也是我不愿意提起它的主要原因。

这件事情应该只有我和智水、青子三个人知道，那还是青子怀孕的时候。都说妻子怀孕时，丈夫是最容易出轨的，我相信这句话，但我并不相信这种事会发生在智水身上，他有多爱青子，我们都看得清清楚楚。

可是，事情还是发生了。

那是智水父母友人的女儿，曾经，他们非常期待智水能和那个女孩子结合。因为这个原因，那个叫藤子的女孩没少来智水家。每一次来智水家，她都会带很多智水爱吃的食物，看得出来，她对智水很满意。那时青子则刚刚来到智水家。

平淡无奇的生活之中，似乎因为两个女人的出现而暗藏杀机。

说实话，在智水拒绝藤子的时候，我就已经知道，这个倔强的女孩不会善罢甘休，输给青子这样一无所有的人，让她这个公主一般的女孩无法忍受。但没想到的是，智水真的做了那些对不起青子的事情，当我看到那些照片的时候，我简直不敢相信自己的眼睛。

　　那是智水和青子结婚后第一次吵架。

　　或许，是因为实在没有办法应付和解释了，智水才打电话向我求助。当我赶到公寓的时候，两个人已经吵闹得很凶了。地上散落着几张照片，上面是赤裸裸的男女肉体，青子则坐在沙发上捂着脸不停哭泣，我本来是想劝一劝他们的。

　　可面对那些照片，我也不知该说些什么。

　　智水则显得很无助，不停地对青子说："你要相信我，我和藤子什么关系也没有。"

　　青子愤怒异常："没有！没有的话，为什么她会给我送来这些照片！？"

　　智水百口莫辩："你究竟是相信我，还是相信这些照片？"

　　青子的眼里突然冒出一股杀气，冷冰冰地说："我只相信事实！"

　　那天晚上，为了避免他们两个人继续吵下去，我将智水带回了家。我希望他们都冷静一下。但是，悲剧就在那晚发生了，青子用一根晾衣绳结束了自己年轻的生命。当翌日我和智水回到公寓，推开大门的时候，她的身体早已僵硬。

　　那张纸一样惨白的脸庞，我永远忘不掉。

　　那天之后，智水变得异常沉默，他只淡淡地对我说，希望我不要将他和青子的事情告诉任何一个人。我只有答应他。大概是一个月之后吧，当我再次来到公寓的时候，智水已经带着女儿离开了，只给我留下了一封诀别信。

　　这样想着，我突然想起一位名人说过的话——如果婚姻很神圣，为什么还允许离婚。

　　这个世界上的事情，有很多都是说不清楚的。时间在变，事情在变，人也在慢慢地改变。曾几何时，我努力让自己忘掉青子那张死不瞑目的脸庞，随着岁月流逝，我以为我做到了，但水子的那句话，突然又让我记忆犹新了。

　　我忽然觉得，那间公寓鬼气森森。

　　在智水离开的时候，我终于还是没能忍住问道："智水，你知道水子昨晚对我说什么吗？她说，她见到了青子。"

　　智水的身体抖了一下，望着不远处的水子愣了许久，随后笑道："织田，小孩子的话你怎么能信呢？或许，她是太孤独了吧，太想要一个妈妈了吧。大人们说的对，我不该只顾着自己，是时候为她想一想了，毕竟，她还很小。"

【5】

麻由子和智水的关系越来越密切，见面的机会也越来越多。麻由子的确是个开朗的女孩，连智水这样沉默的男人都在她的影响下，变得越来越爱笑。偶尔，他们一起来我家做客的时候，父母总是一脸欣慰。暗地里，他们甚至开始谈论起婚礼的事情。

我有一种恐惧感，总觉得，会有一些意想不到的事情发生。

不知道是不是我的预感起了作用，在麻由子和智水交往一个月之后，麻由子出事了。事情很棘手，她死了，死在自己家的卧室里。对别人来说，这可能只是一起普通的死亡案件，可对于我和智水来说，这件事更增添了一丝恐怖。

麻由子的死亡方式和青子一模一样，是吊死的。

警察接警之后，迅速对麻由子家进行了封锁。几天之后，父母通过关系了解了一些详情。据说，麻由子很可能是被人杀害的，而且，警察在现场发现了陌生的高跟鞋的足迹，这证明杀害麻由子的凶手应该是一个女人。

不知道为什么，听到这个消息后，我第一个想到的人竟然是死去的青子。

但为了安抚智水的情绪，我还是没有把自己的胡思乱想说出来。翌日，匆匆赶到智水家的时候，他似乎一整夜都没有睡觉，我们刻意不去谈麻由子的事情。一直到中午，水子幼稚园放学的时候，智水说他感觉很累，我便开车去学校接水子回家。

原本以为，八岁的孩子什么都不清楚。没想到，刚一上车，水子就面无表情地望着我说："叔叔，麻由子阿姨是不是死了？"

我没想到智水会和孩子说这些，急忙问："你爸爸告诉你的吗？"

水子蓦地笑了，笑得很阴森："当然不是，是妈妈告诉我的。几天前，妈妈又来看我了。她很生气，她告诉我，那个麻由子阿姨是破坏她和爸爸关系的坏女人，她说她要杀掉她。我本来还想劝一劝妈妈的，可她很生气地训斥了我一顿。"

我从来没有觉得一个孩子的童言童语会这样可怕。我呆呆地望着水子，板起脸来说："水子，小孩子不可以撒谎，叔叔会生气的！"

水子嘟起嘴巴，很委屈地说："叔叔，我真的没有撒谎，我说的都是实话。"

我还想说什么，但话到嘴边又咽回了肚里。水子望着表情难堪的我，依旧很委屈，她以为我还是不相信她，继续为了自己辩解："叔叔，我说的是真的！那天晚上，我睡得正熟的时候，突然被人推醒了，我就看到妈妈坐在我床边，她穿着红色的连衣裙，还有黑黑的长头发……"

水子的话，让我越发地感到了冷，我也认真起来："那你告诉我，你怎么知道她是你妈妈？"

水子大声说道："因为是她告诉我的啊，她说，她就是我妈妈，她在这里等我们回来等了很久了！"

我不想继续这个话题了，可是一直到回到智水家，依旧忘不掉水子的话。那天晚上，父母打来电话说是害怕智水情绪激动，让我留在公寓住一晚。说实话，我真的不想待在这个死过人的地方，所以，一直到深夜我依旧睡不着。

半夜的时候，智水和水子都睡了，房间里安静得出奇。越是如此，我心里越是发慌，虽然很困了，但依旧不敢闭眼睛。我知道，这多半是我心理作祟。所以，强制自己闭上了眼睛，可刚刚闭上眼睛，水子的房间突然传来微弱的声音。

是人说话的声音。

我的头发一下就竖了起来，白天水子认真严肃的模样瞬间浮现在脑海，一次又一次地对我说——她见到妈妈了！我犹豫了再犹豫，还是蹑手蹑脚地靠近了水子的房间，贴着房门，声音更清晰了，是水子的笑声。不知道为什么，在这个夜深人静的时刻，孩童纯真的笑声却格外的瘆人。

除了笑声之外，我听到水子模糊的声音，她一边笑一边重复地说道："妈妈，妈妈，妈妈……"

我的心渐渐提到了嗓子眼上，迟疑了许久，还是缓缓地推开了房门。屋内很黑，只有一缕月光从窗帘缝隙间透进来，照在水子的脸上，白惨惨一片。除此之外，屋内别无他人，而她正闭着眼睛笑呵呵地对着空气挥手——原来是在说梦话。

【6】

麻由子的事情过去一段时间了，大家都逐渐淡忘了这件事情。对于青子的恐怖传说，我也因水子的梦话而放下心来。只是，在父母眼里智水的婚姻问题依旧是一件大事，我经常会听见他们窃窃私语地讨论智水和水子今后生活的问题。

也许，是作为智水父母老友的责任，也许，是作为长辈的关切之心。在几个月之后，父母再一次和智水提起了相亲的事情。他们是打电话通知智水的，虽然听不到智水说些什么，但从父母的表情和语言上，我看得出来，智水似乎不大愿意继续相亲了。

最后，在母亲的再三央求下，智水才同意继续相亲。

这一次，父母为智水物色的女人依旧很优秀，对方也不在乎智水有过婚史以及孩子。两个人在饭店见过一面之后，那个叫田子的女人便给父母打来了电话，望着父母眉开眼笑的样子，我知道，田子对智水也很满意。

但在那一刻，我突然之间又有了一种不祥的预感。

那天晚上，我彻夜未眠，好不容易睡着之后，我做了一个梦——梦中，我看到智水家的老公寓，时间回溯到了多年以前，是智水和青子吵架的那一天。我无助地站在他们身旁，听着两个曾经彼此深爱的人大吵大闹。

往事历历在目。

青子像变了一副模样，指着智水的鼻子不停地吼叫着。我听不清楚他们在争论些什么，最终，智水和我还是离开了。而我的灵魂似乎留在那间公寓中，我依然注视着青子。在我和智水离开之后，她再度安静下来，呆呆地坐在沙发上发愣。

几分钟之后，青子忽然笑了起来，一边阴森森地冷笑一边颤抖着身体。她转身走进了旁边的屋子，翻箱倒柜地找出一条绳子，来到客厅之后，她木然地望着头顶的顶灯，表情就像一个疯子一般。紧接着，她动作麻利地绑好绳子，将脑袋伸了进去……

在那一瞬间，青子的脸变得异常狰狞，她微微挣扎了一下，手臂便垂了下来。直到一动也不动。

空气似乎都停止了流动，一切都安静了下来。外面的天渐渐黑了，屋内没有开灯，青子的身体隐没在黑暗之中，像一具雕塑。突然之间，她的手指微微动了一下，紧接着，是整个胳膊、脑袋、身体，她像是什么事情都没有发生一般，慢慢将脑袋从绳索里解出来。

一股森然鬼气瞬间笼罩了屋子。

青子又坐回了沙发，在黑暗中默默地等待着什么。时间滴滴答答地走，外面的天又一点一点地亮了起来。大门终于被推开了，我和智水走了进来，她望着我们笑了笑，好像忘记了一切，开始为我们做早饭，照顾女儿水子……

日复一日，年复一年。

这个梦很是古怪，我也不清楚自己为什么会做这样一个梦，但我还是被吓得冷汗涔涔。醒来的时候，我忽然对这个世界产生了某种怀疑，人死了是不是就真的死了，就真的离开了？还是会像我梦中梦见的青子一样，人不人、鬼不鬼地继续生存下去。

还好，我是一个并不迷信的人，很快，就将这个梦忘记了。

而这一次，田子和智水的发展也出乎意料地顺利，田子对麻由子的死似乎也不在意，她认为那和智水以及青子没有什么关系。可以说，她是一个标准的科学主义者。但是，智水好像和我一样，总是一脸若有似无地担忧着。

智水的担忧在一次聚会时，终于说了出来。那一次，田子也在场，刚坐下的时候，我就看出智水有些异样，好像有什么心事，直到中途田子去卫生间的时候，他才抓住机会说了出来，他有些神经分分地对我说："织田，你说我这样做是不是背叛了青子？"

我蹙起眉："你怎么能这么说，青子已经去世了。"

"是啊，青子已经死了。"智水点了点头。突然他一把抓住我的手，压低声音说："可是，我这样仍然是背叛她了。你知道吗，我们当时发过誓的，我们说，不管对方是生是死，都要一辈子忠于对方，身体忠于，心也要忠于！我们还说，如果其中一个人死掉，那他的灵魂也一定要一直陪伴在另一个人身边！"

我有些语塞，不知道该说什么好。

幸好，这个时候田子回来了。

【7】

自从那次聚会之后，我又开始胡思乱想了。

冥冥之中，我总感觉又要发生些什么事情了。偶尔再和智水、田子聚会的时候，我总是想起智水的话，容易出现幻觉，仿佛不仅仅只有我们三个人，青子似乎又回来了，变得活生生地，若即若离地跟在智水身边，满脸憎恨。

好在，一切都趋于平静。

只是，有些时候平静只是一种表面现象，半个月之后，恐怖的事情再一次发生了——田子也死了。听到这个消息后，我和父母都惊呆了。不仅仅是因为田子的死，而是田子和麻由子一样，都是吊死在自己公寓内的，这种巧合让人浑身发冷。

我虽然没有将水子的话以及自己的担忧说给父母听，但他们也不约而同地联想到了死去的青子。那几天，家中的气氛格外压抑，父母常常在一起窃窃私语地说起青子来，或许，老人们都比较相信灵魂存在的说法吧，他们开始怀疑这都是青子做的。

智水也因为接二连三的死亡事件而被警局抓了起来。

水子不得已再一次来到我家居住。为了顾及小孩子的情绪，我们一家人都刻意回避这些事情，但水子好像小大人一般，什么都了解。有一次吃晚饭的时候，她显得很沉默，又好像有什么话要说。母亲以为她不舒服，问了她很多遍，她却不开口。

夜里，我送水子回房间休息的时候，她突然拉住我不让我走，并很认真地对我说："叔叔，能不能让爷爷奶奶别再给爸爸介绍女朋友了？"

我没有多想，以为只是小孩子在闹脾气，笑道："水子，你不想有个妈妈吗？"

"可我已经有妈妈了！"水子很不高兴地瞪着我，"为什么你们总是想要给爸爸介绍女朋友呢？还总是想要他结婚？这样妈妈会很生气的。你知道吗，妈妈前几天晚上对我说，她很不喜欢爸爸这样，她说这叫背叛，她说要让所有接近爸爸的女人，爱上爸爸的女人通通死掉！"

我忍不住哆嗦了一下，不知道是害怕还是其他原因，突然很生气，厉声对水子说："不要胡言乱语！你妈妈已经死了，再也不会回来了，更不会和你说话的，小孩子要听话，到了学校不要对外人说这些吓人的事情，你明白吗！？"

水子见我生气了，又委屈起来："可是……我说的都是真的……"

"好了，睡觉吧。"我叹了一口气，将水子拉到床上。

转身离开的时候，我看到水子躺在床上，望着窗外的夜色，瞪着大眼喃喃自语着什么，仔细听，她竟然在说："今天晚上爸爸和我都不在家，妈妈一个人一定很孤单……"

我不想再听下去了，情不自禁地抖了下身体，转身飞快地逃离了水子的卧室。回到自己房间，脑子乱成一团，似乎是被水子洗脑了一般，我眼前出现了许多不可思议的画面：我看到了麻由子，我看到她一个人在房间内看电视、吃饭、睡觉……

夜很深很深了，麻由子一个人躺在床上睡得很沉。

突然，外面的房门微微开启了一道缝隙，像是有一股风偷偷钻了进来，一个红衣服的女人站在门外死死地盯着床上的麻由子。她满脸憎恨，手里拎着一根脏兮兮的绳子，然后，她轻飘飘地走进了麻由子的卧室，望着熟睡中的麻由子，裂开嘴角——笑了。

翌日清晨，麻由子高高地挂在了顶灯上。

这些画面让我坐立不安，我开始深思智水和水子的话，还有他和青子生前发过的忠诚誓言，还有水子的童言童语，难道这个世界真的有灵魂存在吗？难道青子真的一直游荡在智水身边吗？她看到了一切，她杀死了一切接近智水以及爱上智水的女人？

也许，就像文学家说的那样，爱情其实是不分生死的，忠于一个人可以刻至灵魂深处吧。

我不知道，也不清楚，但我真的很想搞清楚这一切。

【8】

父母缴纳了一大笔保释金，终于将智水从警察局弄出来了。从警察局回来的智水，精神状态很不好，担心他出事，父母强制他和水子留在家里住一段时间，智水只好答应。只是，麻由子死后，他又变得沉默寡言起来，每天都冷冰冰的。

我受不了自己的好友变成这个样子，越发地想要搞清楚背后的真相了。

一天晚上，智水说他睡不着，我便陪着他在客厅喝酒。智水酒力不好，没喝多少便醉醺醺的了，我扶他上楼睡觉，躺在床上他突然哭了起来，一边哭一边对我胡乱说着什么："织田，我是真的很爱青子……我不想失去她……我没有背叛过她……没有……"

我知道智水虽然答应相亲，其实内心里还是忘不掉青子的，所以我只能安慰他。

回到房间，我忽然有一种想去公寓一探究竟的好奇心，如果那间公寓内真的留有青子的灵魂，我也要亲眼一见才相信。这样想着，我越发坐卧不宁，终于还是没能控制住这股冲动，起身钻出了家门，直奔老公寓而去。

到达公寓大门口时，已经很晚了。

大家都睡了，抬头望去只有楼道昏黄的灯光射出来，显得很是鬼魅。我壮了壮胆子，走进了电梯内。径直来到四楼，楼道内空无一人，静得让人心慌，我刻意放缓脚步，一点一点挪到了智水家大门口，拿着从智水那里偷来的钥匙，我打开了大门。

屋内并不是很黑，朦胧的月光照射进来，白茫茫的一片。由于有些日子无人居住了，家具以及地面上落了一层薄薄的灰尘。我先来到水子房间，屋内的摆设很简单，没有什么异样，我又转到了智水的房间，家具摆设也很简单。

其实，就整间公寓来说我再熟悉不过了，可是今晚，我总觉得这间公寓很陌生。

我找不出什么异样，便坐在床头抽起烟来。大概是无聊吧，我翻开了智水的书桌，意外地看到了很多年前青子和智水之间的情信，这些信件保存得很完整，而且很干净，看得出来，智水可能经常拿出来翻看。我又打开了智水的衣橱，里面一只盒子内规整地摆放着一些青子生前用过的东西。

我很感伤，智水还是忘不掉青子。

望着这些曾经的信件以及遗物，我觉得自己有些过分了，也有些不切实际了，青子毕竟已经死了，死掉的人永远不会再回来的。我深深地叹了一口气，将信件和遗物放好，打算结束这次冒昧地探访。我来到大门口，刚走出去，一股冷风猛地迎面扑来。

我忍不住打了个哆嗦，刚锁上大门，一下就愣住了。

不远处的步行梯楼道口，一个红色的人影迅速地从我眼前飘了过去，虽然没有看清楚那是谁，但模糊之中可以辨认出那绝对是个女人。有着长长的黑发，消瘦的身材。我努力保持冷静，追过去的时候，黑漆漆的楼道内却空无一人。

我感到了一股从未有过的冷，微风从我耳边吹过，好像有一个女人不停地在我耳边吹气。

我不想再停留在这里了，飞奔到电梯口，钻进了电梯内。急匆匆地来到楼下广场取车的时候，我下意识地望了一眼智水家公寓大门口，那个人影再一次出现，这一次，她并没有跑掉，像是对峙一般，久久地站在楼道阳台边上，冷冷地望着我。

她的头发披散在脸前，浑身散发着森森鬼气。

我吓得一屁股跌坐在地上，直到她飞快地闪离阳台，我才逃一般钻进了车里，疾驰而去。开车回家的途中，我脑海里全是刚才那个人的影子，她太像青子的身影了，那头长发，那身红色的连衣裙，甚至连走路的姿势都一模一样。

我仿佛看到她寸步不离地跟在麻由子和田子身后，一点一点地露出杀机……

这个世界真的有灵魂存在吗？那天晚上，我想起了我曾经看过的一本书，那是一位专门研究灵魂学的教授所写，书中说，人的灵魂其实就是人的思念，可以是想念，可以是怨念，这种东西生前刻骨铭心，在死后会幻化成另外一种力量。当这种力量达到一定程度的时候，鬼魂就产生了。

而我很清楚，青子有多恨智水，又有多爱他。

也许，她真的以她的方式阻止别人剥夺她的最爱吧。

【9】

在公寓里的事情我一直深深埋在心里，谁也不敢告诉。从那天起，我再也没有提起过以前的事情，只是，对那间公寓我充满了恐惧，想尽一切办法避开那里。当然，也想尽一切办法让智水和水子避开那里，不管青子曾经是不是他们的妻子或者妈妈，都已经不重要了。

但智水在我家住了一段时间之后，还是执意要回去。

我和父母劝了智水很久，他最终还是固执地要求回家去。没有办法，我只好硬着头皮送他们回去，到了公寓之后，趁着智水洗澡的时候，我拉水子来到她房间，严肃地问她："水子，告诉叔叔实话，你真的见过妈妈吗？"

水子认真地点头："我真的见过？"

"你都是什么时候见到她的？"

水子想了想说："都是晚上啊，每天十二点一过她就会出现的。"

我深深吸了一口气，沉默良久，对水子说："这件事情呢不要告诉别人，包括爸爸，知道吗？"

水子茫然地点了点头。这个时候，智水已经洗完澡出来了，看天色已经晚了，他打算留我在这里借宿，我没有答应，匆匆离开了。事实上，那天我并没有走，我将车子停在了楼下广场最偏僻的地方，一直待在车子里——我想再证实一下。

如果说，第一次看见那个东西是一种巧合、一种意外，甚至是一种错觉，那第二次的意义就完全不同了。

大概人都是这样吧，有时候越是害怕越是不想接触的事情，反而会越有动力去做。我也不清楚自己为什么会这样，只是一根接一根地抽着烟，等待着某种东西的临近。不知道过了多久，外面已经黑成一团了，车里积满了烟臭味。

我打开窗户，想要跑一跑烟臭味。

外面的世界很安静，我只能听见自己的呼吸声，突然，一种声音袭了过来，是女人特有的脚步声，高跟鞋敲击在地面上，在这个圆形的广场中轻微地回荡起来，微微带着回音，如同从另一个世界而来的声音。我睁大了眼睛，四下望去。

前方大门口，昏黄的灯光下出现了一个红衣女人。

我的心跳得非常快，漆黑的夜晚、寂静的空气，外加这样一个鬼气森森的红衣女人，所有东西加在一起，让人想起鸡皮疙瘩。我下意识地向车座下面缩了缩身体，依旧紧紧盯着那个女人。女人缓缓地走入了楼道口，不一会儿，便出现在四楼的走廊中。

我的呼吸几乎都要停止了，我不知道接下来会发生什么，也许，这个女人会像电影里演的一样穿墙而过，进入智水的房间，也许，会从窗口飘进去。但是，我错了。奇怪的是，女人只是呆呆地站在大门前，不一会儿便离开了。

我感到奇怪，等到女人从楼道口再走出来的时候，我看到她站在楼下很痴迷地望着智水家的窗口。

在女人向小区大门走去时，我决定跟踪她。我有一种预感，我将在这个女人身上发现一些不为人知的秘密。在女人消失在大门口之后，我发动车子跟了上去，转出大门口的时候，我停靠在了路边，熄灭车灯，继续观察女人。

女人沿着马路一直向前走去，很快，竟然在一辆车子旁停了下来，随后，掏出钥匙钻进了车里！

那一刻，我确定无疑，那绝对不是什么鬼魂，世界上有哪个鬼魂需要开车代步？这个发现让我勇气倍增。在女人启动车子离开后，我悄悄地跟了上去。深夜马路上，车子很少，所以，跟踪进行得很顺利，大概开了有半个小时之后，女人终于停了下来。

我看到女人从车里走出来，步伐沉重地走入了旁边一幢公寓楼。

现在，我更加确定这是一个活生生的人了。只是，我搞不清楚她的行为有何意义，但我可以肯定的是，这个女人一定有什么秘密。但此时此刻，我仍旧不敢完全否定她不是青子，我突然有个大胆的假设，也许，青子根本就没有死。

一切都是假象。

【10】

当我再次和智水提起相亲的事情时，他表现得极其反感，或者说是恐惧。他说他不想再害人了。这一刻，我才知道，其实智水比我们任何一个人都相信灵魂说，应该说是他还深爱青子，对青子的愧疚之感，让他觉得青子的灵魂一直游荡在他身边。

智水告诉我，自从麻由子死后，他几乎每天晚上都会做噩梦，梦中，他看见青子披头散发地挂在顶灯上，面色狰狞地质问他，为什么要背叛她，为什么会和别人的女人走到一起！？她告诉智水，她要杀光所有接近他的女人！

智水说，青子一遍又一遍地问他："你到底爱不爱我！？"

听到智水这样说，我心里很难过。我很想劝一劝智水，可是现在我不能把那个红衣女人的事情说出来，那样会破坏我所有的计划。是的，之所以再次央求智水相亲，就是为了搞清楚一切，或者说，是我想到的一个引蛇出洞的办法。

我想，那个红衣女人一定和麻由子、田子的死有关系。

更重要的是，我想要搞清楚她的身份。

在我苦口婆心地劝说下，半个月之后，智水终于答应继续相亲。当然，这件事情我没有告诉父母，我在自己的朋友中为智水物色了一位女人。菜菜子是我同事中为数不多的和我交情很好的女人，她自身条件也不错，我想智水应该满意。

见面那天，菜菜子也对智水很满意。

两个人的交往非常顺利。在此之前，我曾经对菜菜子说过，其实，这一次相亲我主要是想帮助智水搞清楚情况，所以，他们之间交往有任何异样，我希望她都能及时告诉我。菜菜子也知道了麻由子和田子的死，以及智水过去的婚史。

菜菜子表示，她并不在意，也非常乐意帮助我调查真相。

很快，两个人交往有半个月了，每隔一段时间，我都会给菜菜子打电话，询问他们的近况。还好，最近一段时间并没有什么异样。直到一个星期之后的傍晚，我突然接到了菜菜子的电话。这个时间她应该刚刚加班完，一般不会给我打电话。

我知道菜菜子一定发现了什么。果然，电话中菜菜子的声音有些颤抖，她说："织田君，我这几天不知道为什么，总觉得有人跟踪我。"

我立刻提高了警惕："你看到什么了吗？"

菜菜子压低声音说："是的，前几天晚上我回家的时候，在走廊里总是能听到别人的脚步声，刚开始我并没有在意，心想那可能是邻居。后来我发现没有这么简单，那脚步声好像是冲着我来的，有好几次我回到家，半夜在家中看电影的时候，大门外总是突然传来脚步声，在我家门前绕几圈之后，便又很快消失了。"

"这不会是你一个人在家产生的幻觉吧？"我怀疑地问。

"不会的。"菜菜子的回答很笃定，"你知道我不是一个胆小的女人。而且，今天我刚下班走出公司大门的时候，我又有了那种感觉。当我回头望去的时候，我看到身后不远处有一个红衣女人站在路灯下，在我发现的瞬间，她便掉头走掉了。我想，之前跟踪我的肯定就是她。"

我有些兴奋，又有些担心："菜菜子，你听我说，最近你一定要注意自己的安全。"

菜菜子却大大咧咧地笑道："放心，我可是跆拳道高手。"

我不知道该说什么了，菜菜子的确是跆拳道高手，在公司里几个大男人都不是她的对手，只是，那终归是人，终归是表面上的东西，暗地里的东西就难以防备了。在菜菜子放下电话之后，我想，我不能再坐以待毙了，该是我采取主动地时候了。

翌日，我便对父母说，我要出差一段时间。

离开家之后，我给菜菜子打去了电话，我决定去菜菜子家守夜。好在，菜菜子是个开放的女孩，对这个要求虽然觉得无厘头，但还是笑着答应了。菜菜子的公寓有两间房间，我住一间，她住一间，这件事情我也没有告诉智水。

【11】

时间过得很快，转眼又是一个星期了。

我在菜菜子家并没有发现什么异样，每天晚上十二点一过，我就会起床守夜。为了不让自己睡着，我通宵上网，可是这样仍旧没有收获，菜菜子甚至取笑我，说我有点神经质了。但我自己明白，我的担心绝对不是多余的。

这一天，我照例白天睡觉，晚上守夜。

大概是一点多的时候，我无聊地在房间里打游戏。突然之间，我似乎听到隔壁有动静，那应该不是菜菜子发出的声音，以她的个性，每一次起床去厕所或者喝水，总要弄出很大动静，这是我这么多天观察的结果。而这个声音很轻微，像是刻意回避着什么。

有点生疏，有点怪异。

我一下就提高了警惕，关掉电脑之后，我摸到了房门前，轻轻将房门开启一道缝隙，我吓得目瞪口呆——是一个女人！一个红衣女人！她真的好像鬼一般，披头散发地正顺着走廊向客厅摸来，她手里拎着一条脏兮兮的绳子。

我知道，我等待的这一刻终于要来了。

但我并没有莽撞地冲出去，我要看一看我的猜测究竟对不对。果然，女人在客厅里环视了一圈之后，径直向主卧房走去，她像一个贼一般，先是缓缓推开一道门缝向内窥去，确定屋中有人之后，蹑手蹑脚地走了进去。

在女人进入菜菜子房间之后，我也爬出了房间，尾随至菜菜子的房门外。

透过房门缝隙，我看到女人一点一点接近熟睡中的菜菜子，慢慢地举起了手中的绳子，菜菜子几乎毫无防备，一下就被死死套住了脖子，窒息使她迅速醒了过来，手舞足蹈地挣扎着。我不能再看下去了，一把推开大门冲了过去。

女人显然没有预料到我的出现，她惊叫了一声，已经被我一把推倒在地。

等我将女人制服之后，撩开了女人的头发，我惊讶地发现这是一张我熟悉的脸。当然，不是青子，更不可能是青子的鬼魂——是藤子！她显然也认出了我来，呆呆地望着我几秒钟之后，开始疯了一样挣扎起来。这个时候，菜菜子已经捂着脖子靠了过来，一拳打在了藤子脸上。

藤子脑袋一歪，晕了过去。

翌日清晨，我和菜菜子报了警。警察很快赶到，将我们三人一齐带走了。来到警局的藤子不再吵闹，似乎是妥协了，木木地望着警察。没有问几句，她便无可奈何地承认了杀害麻由子和田子的事实，这让所有人都大吃一惊。

但我心里早有预感。

几天之后，我来探视藤子，隔着铁窗，我们沉默良久，最后，还是她率先打破了沉默："织田君，你来看我一定有很多问题要问是吗？"

我点了点头，说："是的，我不明白你为什么会这样做？"

"因为我爱智水。"藤子冷静地望着我，像讲故事一样说道，"从多年以前第一次和智水见面之后，我就深深爱上了他。可是，我没有想到青子会出现，在被智水抛弃之后，我很恨青子。我不明白我哪里不如她，那天之后，我就开始暗暗跟踪他们。"

"你怎么可以这样！？"

"是啊，我怎么可以这样……"藤子满脸无奈，突然恶狠狠地瞪着我，"你以为我就想这样吗，你以为我不想忘记吗？可我做不到。我太爱智水了，可我却得不到他。从那天开始，我失去了自我，我开始模仿青子，她的一颦一笑，她的穿着举动。我想，如果不能拥有智水，我愿意尽一切力量成为他爱的那个女人。"

我冷冷地望着藤子："你疯了……"

"我早就疯了。"藤子苦笑道，"你不明白，爱上一个人注定会失去自我，得不到就是不幸，得到了就是幸福，而幸福之中又掺杂着很多焦虑和不安，你会时时刻刻充满怀疑，怀疑他或者她是否还爱你，是否会一直爱你，是否会背叛你。就像青子一样，到最后被自己的怀疑折磨至死。"

我愤怒了："青子是被你害死的，如果你不勾引智水，他们会一直幸福的。"

"真的是这样吗？"藤子突然冷冷地笑了起来。

我开始对爱情这东西产生怀疑了，以前我一直觉得它是甜蜜的，哪怕在青子自杀后，我仍然这样认为。可是现在我突然迷茫了，甚至觉得那东西有些可怕，就好像一只包裹了甜蜜糖果的炸弹，在你将其吞下之后，炸得你粉身碎骨。

可怕的是，你到死都不知道是它在作祟。

在藤子入狱之后，我对这个爱到疯癫的女人产生了一丝怜悯，我将藤子被抓的事情告诉了智水。智水显得很是不可思议，大概也没有想到时隔多年，那个曾经他不爱的女人依旧刻骨铭心地爱着他吧。甚至，因此变态地除掉了所有接近他的女人。

我对智水说，希望他能去看一看藤子，这也是那天探视后，藤子对我唯一的要求。可是，智水并不同意，她爱他，但是他恨她，如果没有藤子的出现，他不会失去青子。我知道这种事情强求不来，便再也没有提起过。

在藤子入狱之后，一切似乎真的平静了下来。没有凶杀案，没有幽灵传说，一切都消失了。可我的心总是惶惶然不安着。菜菜子依旧是大大咧咧的性格，对于我的不安，觉得很是多余。她越来越喜欢智水了，喜欢智水的安静，喜欢智水的博学，喜欢智水的一切。

不知道为什么，我却总是有一种将菜菜子推入火坑的感觉。

很快，三个月过去了，处于热恋之中的菜菜子开始和智水商量结婚的事情，智水也表示同意。一天，菜菜子本来是要约智水一起去看家具的，因为智水有事，我这个老朋友只好暂时代替。下班之后，我和菜菜子一起来到了家具商城。

虽然智水有事没来，菜菜子的热情依旧不减。

菜菜子像是一只小鸟一般穿梭于专卖店之间，不时比对着性价比。一直到入夜之后，我才好不容易将她拉出了商场。我们就近去了一家寿司店吃饭，席间，菜菜子叫了好几瓶清酒，我知道她酒量不好，但也不好意思搅了她的好兴致。

三瓶不到，菜菜子就醉了。

没有办法，我只好搀着菜菜子离开。好不容易把她弄上车之后，在送她回家的半路上，她突然吐了起来。我只好停下来，又将她扶到马路边，等她吐完了之后，又收拾干净车子，这才再次开动。此时，已经是十一点多了，天上悄无声息地下起了小雨。

温度一下降低了很多。气氛有些意味深长。

菜菜子家住得比较远，是郊区的一幢公寓。我的车驶入小区大门时，已经是一点多了。小区内空无一人，我停好车，刚要下车将菜菜子搀扶出车厢，无意之中扫了一眼倒车镜，身体一下就僵住了——一个红衣女人的身影飞快地从倒车镜中闪了过去。

那身影很熟悉、很可怕。

我愣了一下，飞快地从车里跳了下来，站在车旁，小心翼翼地望向车后。这是露天停车场，一辆又一辆的车安静地挤在一起，黑漆漆的如同一堵墙壁，遮挡了它们身后更为深邃的黑暗世界。我犹豫了许久，还是迈步向前走去。

穿梭在车于车的缝隙之间，我的眼睛一眨不眨地搜寻着某种东西。

在绕了一大圈之后，却一无所获。我开始觉得自己的脑子有问题了，是不是因为麻由子和田子的死，还有藤子的原因，开始出现幻觉了？藤子已经说明了，麻由子和田子都是被她害死的，一切已经真相大白，我不该再这样疑神疑鬼了。

正胡思乱想的时候，突然传来一个女人呼唤我的声音："织田！织田！"

我吓得一下缩紧了身体，寻声望过去，这才长长地吁了一口气。不远处，菜菜子不知道什么时候醒了过来，摇摇晃晃地从车里走了下来，看到我之后，正拼命挥手叫我。我无奈地笑了笑，跑过去，搀着菜菜子向公寓走去。

刚刚进入楼道，一个人影再一次闪过——我意识到，这绝对不是我的幻觉。

菜菜子睡得很死，我把她放到床上之后，她就再也没睁开眼睛。只不过，这并不是她的卧室，而是她家的卧室。当然，我并没有走，我也不知道自己哪里来的胆子，居然决定留下来，因为我预感到，刚才看到的那个红衣女人很危险。

说实话，现在我又开始怀疑这个世界了，甚至之前自己听到、看到的一切。

所有的事情似乎并非一个藤子那么简单。但我清楚，作为朋友我不能让菜菜子和智水陷入危机之中，如果当初我没有把菜菜子介绍给智水，或许，我也没有留下来的责任。可是现在我已经没有退路了。我要等着那个东西的出现。

这一次，是真正地出现。

我脱掉了衣服，爬上了菜菜子的床，用被子包裹住自己。未知的事物还是让我感到恐惧，这种恐惧战胜了一切。我毫无睡意，将脑袋紧紧靠着墙壁，大睁着双眼。墙壁上的挂钟滴滴答答地走动着，很快，已经深夜两点半了。

静谧之中，我再一次听到了大门开启的声音，咯吱咯吱中伴随着缓慢而有节奏的脚步声。

我缩紧了身体，握紧了早已藏好的锤子。终于，我听到主卧房的门被轻轻推开了，我感到一股冷风吹了进来，吹得我浑身发抖。虽然看不见，但我能清晰地感觉到，那个东西正在一点一点接近我，墙壁上月光逐渐映衬出一个长发女人的身影。

我突然之间不敢动了，与此同时，一只冰凉的手伸进了我的被子里，顺序摸到了我的脖子上。我忍不住一阵颤抖。这时，一根粗糙的绳子套在了我脖子上，我知道自己不能再坐以待毙了，一把抓住绳子，飞快地从被子里钻了出来。

当我举着锤子准备挥下去的瞬间，我又一次愣住了。

此时，那个红衣女人就站在我对面，表情呆滞地望着我。不！应该说是红衣男人——那是智水！我不敢相信自己的眼睛，锤子应声掉在地上。智水的样子太怪异了，他身着一件红色连衣裙以及高跟鞋，头上戴着长发假发。

那张脸看上去更加诡异，妖艳的妆扑了一脸鬼气。

"智水！"我大叫起来，"怎么会是你？你怎么变成这个样子了？"

似乎是听到了我的话，智水猛地抬起头来，凶恶地望着我。突然，张牙舞爪地向我扑了过来，我遂不及防，一下被他推倒在地。他像疯子一般用绳子套住了我的脖子，拼命地拉扯着。我感到呼吸急促，身体的力气越来越小，完全没有了抵抗能力。

就在我徒劳挣扎的时候，菜菜子推开门走了进来，望着挣扎中的我目瞪口呆了好久，才一把抓住了疯癫之中的智水。那天晚上，因为吵闹惊醒的菜菜子救了我一条命，可我一点也高兴不起来，望着身边被菜菜子打晕的智水，我们闹到一团乱。

菜菜子茫然地望着智水，说："这到底是怎么回事？"

我不知道如何回答，也许，这个答案只有智水自己知道。

一直到翌日清晨，昏迷之中的智水终于醒了过来，望着我和菜菜子，再看一看自己身上的衣服，他好像一下子清醒了过来，也什么都明白了，放声大哭起来。那一天，我才知道，原来所谓的青子的灵魂，一直以来都不存在。

应该说，那是另一个智水。

智水真正地坦白是在警察局内，我和菜菜子一直在旁边聆听。智水告诉我们，那还是很久以前了，当青子死后，他发现自己似乎患上了某种奇怪的疾病，每到晚上，他会毫无知觉地来到青子的衣橱前，取出她生前用过的衣服和化妆品，坐在镜子前妆扮自己。

好像，变成了另外一个青子。

而翌日早晨，智水清醒过来之后，也会惊讶于自己的妆扮和举动。他不明白这是怎么回事，特别是对于麻由子和田子的死，他其实心知肚明。当清醒过来发现死去的麻由子和田子之后，他也感到非常恐慌，可是，他无法克制自己。

智水的事情很快被父母知道了，他们很伤心。父母的一位老朋友也听说了这个情况，特地来家中看望父母。他是一位心理学专家，听了我叙述的事情，很客观地告诉我，这是一种典型的心理疾病，非常严重的人格分裂精神病。

这种病例在世界上虽然罕见，但并不是没有。

大部分人都是因为失去某个极度挚爱的亲人，而在想象之中滋生出这种奇怪的心理疾病。曾经在美国，有一个人因为同时失去了妻子和女儿，每到晚上，都会在毫无知觉的情况下扮演自己的妻子以及女儿的角色，最终因为病情加重而精神崩溃。

智水就是这样一个典型的精神病患者。

由于对青子的想念和依赖，他会不自觉地将自己装扮成青子的模样，在那一刻，他会以为自己就是青子。而对于杀害麻由子和田子的原因，教授说，很可能是因为青子生前强烈的怀疑导致的，这让智水的心理潜移默化地受到了刺激。

因此，在变成青子之后，他憎恨那些接近智水、爱上智水的女人。

教授最后说："这就是所谓的强烈的恨和强烈的爱的矛盾综合体。特别是在回到旧居之后，这种思念便因为睹物思人而变得更加强烈，所以，水子说她每晚都会见到的母亲，其实，也就是智水装扮的。只是，作为一个孩子，她并不知道如何面对这些，而渐渐地，她也会自然而然地接受这一切，把智水假扮的青子真的当作了母亲。"

"这对水子今后的成长没有什么关系吧？"母亲急忙问道。

教授皱起眉头说："孩子的心理成长很复杂，这个我也不好说。"

那天晚上，送走教授之后，我来到了水子的房间，她显得很焦虑，见到我之后，很委屈地对我说："爸爸去哪里了呢？为什么总是不来看我？还有，都这么多天了，妈妈也不来看我了，他们都不要我了吗？我好想他们……"

我突然很想哭，抱紧水子，却不知道该说什么。

翌日，我去监狱探视智水，他显得很平静，将水子郑重地托付给我之后，他笑着对我说："织田，你知道吗，其实，我真的很爱青子，我从来没有背叛过她，那些照片都是藤子找人伪造出来的。可是，为什么青子宁肯相信那些假照片，却不肯相信我。"

我很难过："不要说了……"

智水继续说道："我知道我做了很多不该做的事情，我也明白，那根本不是什么青子附体。我清楚，这一切其实都是我自己的内心在作祟，我一次又一次地想要证明，我有多爱青子，我可以为此而杀掉所有爱上我的女人，以此来挽回一点点的心安。"

"够了……"我实在听不下去了。

智水依旧我行我素："只是，事到如今，我已经糊涂了。究竟是我背叛了青子，还是青子背叛了我。我们的爱情又是不是像我们当初说的那样，生生死死也要在一起呢？但是，不管怎样，我没有后悔过，因为不管我处于怎样的状态，哪怕是分裂的时候，我仍旧不顾一切地去证明我爱她……"

我觉得智水已经疯了。

那天探视完智水，我又去探视了藤子。现在，不用她说我也已经什么都清楚了。智水爱青子，她也爱智水。为了这份爱，当听说智水回来之后，她便像一个鬼一般尾随智水，她早就看得清清楚楚，她早就知道那个假青子的真实身份。

但为了避免智水的牢狱之灾，让他能够好好生活下去，她宁愿将这些罪责全部揽到头上。

当我们见面的时候，我只缓缓地对藤子说："你太傻了……"

藤子却笑得格外阴森："是我傻吗？还记得你上次来探视我吗，其实我有一件事情没有告诉你，真正傻的人不是我，而是青子。你知道吗，在她怀孕之后，她便开始怀疑智水背叛了她，哪怕智水晚回家几分钟她都要猜疑很久。因此，她终于还是找到了我……"

"你什么意思？"

"青子让我去诱惑智水，她说，如果智水面对诱惑依然忠诚于她，就请我离开他。如果智水抵挡不住诱惑，那她将永远离开智水。她说她宁愿要一份虚情假意的忠诚，也不愿意要一份实实在在的背叛。这一切其实都是她自己一手造成的，是她从一开始就充满了怀疑……"

那天离开监狱，我脑袋空白一片，我觉得这个世界充满了疑问。走出大门不久，我看到一对年轻人甜蜜地搂在一起。男孩对女孩说"我爱你"，女孩挤进男孩怀里，幸福地回道"我也爱你"。我笑得很荒唐，我觉得那三个字显得苍白而无力。

那三个字或许很容易出口，只是，在对方的心里，谁又知道他们是否完全信任那三个字呢？

爱情，应该是简单的，一边怀疑一边忠诚地去爱，那爱情早已毁在了自己手里。

STORY 故事七 舞蹈背后的凶杀事件

爱情不过是一种普通的玩意儿，一点儿也不稀奇，男人不过是一种消遣的东西，有什么了不起……

何许人

楔 子

阴云蔽日的下午，空气里透着尘土的腥，大雨迫在眉睫，气温比平时低了至少五度。

一辆奔驰车驶进市郊汽车旅馆的停车场，西装革履风度翩翩的男士打开车门却迟迟不肯下车。这里地处偏僻，霓虹灯招牌的铁架也生了不少锈渍，摇摇欲坠的样子，店的装潢什么的看起来也不靠谱。

真的是约在这里吗？男人掏出手机确认一遍。没错，漂亮小少女发来的短信中确实说要在这里把自己作为生日礼物送给他。俗话说，色胆包天，男人嘴角浮出一丝微笑，还是下了车，抖擞一下衣服，朝着旅馆接待处走去。

一推门，温暖的热气扑面而来，让人好生舒服。男人想纵然里面再不堪，这么暖和也待得下去。没想到的是，这里生意似乎不错，吧台前坐了好几个人，一旁的沙发上也有几个人。男男女女，有老有少，不过从打扮和彼此的姿势来看，应该都是素不相识，没人交谈。

"请问，这里的老板呢？"男人把鼻梁上的墨镜扶正了些，对着身边一名妖娆的熟女问道，其实他觉得这里人多是好事也是坏事。好事么，当然是因为既然有这么多客人，这里的卫生和安全情况应该不是太差；而坏事，当然是人多眼杂，容易被狗仔发现。

"老板有事出去了，一会儿回来。让我们自己先喝东西，今天他生日，随便喝，他请客。"熟女抚媚一笑，端起高脚杯朝男人晃晃。

桌上已经开了好几瓶酒，杰克丹尼、芝华士12年陈威士忌，甚至还有一瓶芬芳诱人的香槟。在座的每一个人手里，也都端着一杯酒。

"不喝酒的，也可以随便饮用冰柜里的饮料。"妖娆的熟女补充道。

看来自己赶上了好时候，男人微微一笑，不过他对占小便宜这件事没什么兴趣。来这里本就不是为了喝酒，可那个小妖精久不出现，打她的手机也总转到语音信箱。

"等谁呀，瞧把你给急的。来，喝一杯再说。我叫晓雯，朋友们叫我雯雯。"身边的熟女忽然转过头来，风情地笑道。

"不好意思，我不喝酒。"男人摆摆手，拒绝了对方的好意。

"贱货，人家看不上你，送上门也是白费力气。"角落的沙发里，一个体形臃肿的男人不屑地说道。他的声音不大，却足够屋里的人都能听到。一下子，大家把注意力都集中在熟女身上了。

"哎呀，你这么说就是不给我面子了。"熟女被拒绝又被奚落颜面无光，脸色立刻黑了下来。

"您误会了，我只是不太舒服不能喝酒，还是陪您喝杯咖啡吧。"男人虽然觉得这个自来熟的女人有点讨嫌，但他平日里习惯了绅士风度，不愿让女人难堪。他主动去冰柜里找了瓶咖啡，倒在杯里，煞有其事地与熟女碰了一下："认识您很高兴。"

那个叫雯雯的女人满意地笑了，两人相视一笑，各自喝下杯中的东西。空调的温度显然太高，让人容易渴，嗓子干，东西自然喝得越多。男人找来找去，也找不到空调的遥控器，只好作罢。热总比冷好。屋里的气氛恢复和谐，有人喝水，有人喝酒，有人喝果汁，每个人都喝下了不少。

两分钟后，男人觉得有些不对劲，一层纱慢慢爬上了眼睛，看什么都是模模糊糊的。紧接着，脑子就像被人敲了一下，天旋地转。是真的在转吗？为什么刚才还巧笑嫣然的熟女从高脚吧椅上滑到了地上，熟女旁边一个闷声不吭的家伙也把头磕在了吧台上，就连刚才嘲笑熟女的胖子也歪倒在一边……

糟糕，男人心中暗叫不好，可来不及再看了，眼皮仿佛粘上了万能胶，一旦合上怎么也打不开了。

【1】

深邃无边的黑暗中，刺骨的痛楚悄无声息地爬进身体，像蛇一样蜿蜒前行，无法摆脱。男人觉得浑身酸痛，尤其是手腕，痛得像要断掉一样。但他还不是被痛醒的，半昏迷的状态中，就像被人催眠了一样，无法动弹身体，但意识逐渐清醒。

"啊！"一声凄厉的女声尖叫，就像破解催眠的咒语，带着刺耳的尖锐令他皱着眉头睁开了眼睛。

"这里是什么地方？喂——有人吗？快放我们下来。"大声呼喊的正是之前吧台旁对饮的熟女，此刻的她花容失色，脸上的妆也被眼泪给冲花了。和男人一样的是，她的手也同样被绳子牢牢捆住，整个人被吊起来，脚尖刚好点地却不能完全受力。

这是个相当折磨人的姿势，不好受力，脚尖可能会因绷紧太久用力过度而抽筋，可如果把体重完全放在手腕上，手腕又痛得不行。

男人的神志稍微恢复，环视四周，这里当然已经不是汽车旅馆了。他发现同样被吊起来的人一共有八个。这些人，正是之前在那间汽车旅馆接待室里见到的。

"嘿！是谁在开玩笑，请不要玩儿了好吗？"一个跟男人一样穿着西装打着领带的中年男子龇牙咧嘴地喊着。他身上的衣服显然不够档次，身高也不高，最多一米六五，很不起眼的容貌，显得有些猥琐。

"一定是个没胆色的孬种，敢做又不敢当，所以才把我们吊在这里，我猜，一定是个变态。"站在猥琐男旁边的是个相貌堂堂十分威武的家伙，现在他脱去了外套夹克，身上只有一件警察制服衬衫。不过，他是否是真警察值得怀疑。

"求求你了，行行好吧，我老太婆什么也没有，请放我走吧。"在穿警察衬衫的男人旁边是个头发花白的老太太，穿着廉价花衬衣黑裤子，鞋也是最便宜的老款黑布鞋。老太太一口的外地口音，两眼淌泪声音发抖，让人看了心里难受。

"别喊了，人家摆明要玩儿我们，要出来早就出来了，还是省省力气吧。"

说话的是个年轻女子，身材苗条，眉目中却显出一份比年龄更成熟的泼辣和自信。

"我看大家还是想想为什么会被弄到这里来吧，这家伙总不会是个神经病，没来由地干这事。"年轻女子身边的是个打扮得体的中年妇女，虽然同样被吊起来，显得比较淡定，看得出年轻时也是位美人。

"你怎么知道他不是神经病，这年头神经病多了。"胖胖的家伙就是在接待室里嘲笑熟女的男人，此时他的脸因痛苦而憋得通红，嘴里却还不忘顶上一句。

"你少说一句会死吗？"叫雯雯的熟女好像很看不惯胖子。

"要你管，你是我什么人啊，管好你自己吧。"胖子像是吃了枪药，跟谁都呛。

"大家还是少说几句吧，不如看看有没有办法互相帮忙，解开这个绳子吧。虽然咱们素不相识，但人多力量大，希望大家齐心协力，早点离开这个鬼地方。"男人终于吭声了，不仅他的形象最大方稳重，声音也格外好听，厚重的男中音，透着股天然的说服力。

男人的话让大家安静下来，重新打量起这个地方。是啊，只要大家齐心协力，说不定能逃出去，可周围黑黢黢的，根本看不清所在的环境。

忽然，远处传来"啪"的一声，头顶上的灯被人打开了。

那是亮度极高的舞台灯，投射在这圈人的头顶，每人身上一束追光。有了光，大家才发现，原来自己被吊的地方是个半圆形的舞台，舞台不大，地上铺着木质地板。舞台下黑洞洞的，看不清有没有人。舞台上，只有八根悬着的绳子和八个人。这八个人围成一个圆圈，彼此之间相隔一米左右，这个距离内不论是手还是脚，都不能帮身边的人做半点小动作。刚才风度男带给大家的希望，肥皂泡般破裂了。

"见鬼了，到底搞什么名堂。"最爱发牢骚的胖子忍不住说了句。

话音刚落，从舞台侧面走上来一个人。那是个穿着夸张小丑服的男人，鼻子上夹着个大大的红鼻子，脸上抹得惨白，却又画了张笑得夸张的猩红大嘴。小丑踩着大得夸张的皮鞋歪歪扭扭地走上台，像是要表演一番，对着大家深深地鞠了个躬。

"大家好，今天把大家请来非常荣幸。我也不是平白无故请大家来的，曾经有件事跟诸位都有莫大的关联，如果今天能找出事情的真相，我就会放大家走。不过这是有时间限制的，每当乐曲终了，就是一个回合结束。希望大家把握机会，认真思考，好好配合。要知道你们是逃不出去的，要是真想试试的话，后果嘛……"说到这里，小丑像是表演魔术般，取下了头上的大礼帽，做了几个夸张的动作后，对着帽子吹了一口气，帽子里忽然钻出个长耳朵的兔子。

那是只雪白的活兔子，大大的眼睛短短的腿惹人怜爱，被小丑揪着耳朵放到地下后撒腿就跑。可惜它没能跑掉，小丑嘻嘻笑着从口袋里掏出一把枪来，对准小兔子就是一枪，小兔子应声倒地，身下流出一滩鲜红的血来。

大家都被吓坏了，这小丑居然有枪，真枪！

小丑若无其事地继续表演，拎起兔子看了两眼，又把它扔在地上，对着枪口故作潇洒地吹吹，这才把枪收好。临走前，把帽子戴回头上，歪歪扭扭地走了。最后走到幕布旁，还不忘回过头来恶作剧般地一笑，打了个响指。

【2】

欢快的舞曲随即响起，轻盈的曲调与众人的紧张形成强烈对比。那是支大型乐团才能演奏的曲子，很耳熟，似乎人人都听过。

"这是春之声圆舞曲，经典的华尔兹舞曲。"风度男说出了舞曲的名字。

"嘿，都到这时候了，大家就别顾着听小曲儿了，赶紧想想刚才那个神经病说的话才是正经。"心急的猥琐男开始嚷嚷，"我们每个人都介绍一下自己，好看看是不是有共同认识的人，或者有没有过共同旅行或者工作的机会。能找到一个线索都好，否则的话，那疯子有真枪，我不想死！"

"他说得对，我们得抓紧时间，这曲子时间不长。"刚才一直比较冷静有风度的中年妇女第一个介绍起自己，"我先来说说自己吧，我叫卓兰，现在是电视台舞美编导，曾经做过几年杂技教练。"

"您是卓老师？刚才还真没认出您来，还记得我吗？我叫钱妙惠，以前上过您的课，现在我在新星杂技团，表演空中飞人。"苗条的妙龄女子见到了熟人。

"对不起，我当了二十年的教练，帮人编排的节目也有好几百，教过的学生没有上千也有好几百，不是每一个都记得。"卓兰有些不好意思。

"没事，我也就上过一个月的课，您不记得是正常。"话虽这么说，但钱妙惠的脸上还是有一丝不悦掠过。

"我，我是个清洁工，叫刘祥琴，在很多地方工作过，体育场，医院，学校，还有少年宫，超市什么的，每天要见那么多人，也不知怎么回事，居然会跟你们扯到一起。"哭得涕泪横流的老太太埋怨道。

"我叫欧晓雯，是个护士，在市第一人民医院工作。"妩媚的熟女接在老太太的后面说道。

"我是保险公司的，理赔售后部，我叫刘群。"猥琐男没好气地说。

"我开的士，也包长途，我叫陈家才。"胖子的脸憋得更红了，肥肥的手也被麻绳箍出了深深的血印。

"我是个私家侦探，以前干过警察，要是需要找老公包二奶之类的活儿都可以找我，我叫方刚，叫我老方就好。"穿着警察制服衬衣的家伙很和气地说。虽然他长得还挺威武，但从他的衣着来看经济情况不容乐观，大家都猜，想必他是被警队开除，实在没办法才干私家侦探的吧。

"我，我姓洪，是省文艺批评家协会的。"最后一个介绍的是那位风度男士。在众人面前，他显得不够坦荡，只说了自己的姓，连名都没有讲。

"什么？文艺批评家协会，还有这种单位？"猥琐男不淡定了。

"哎呀，人家好歹有正经单位，你瞎吵什么，你也开奔驰车的吗？"曾经的警察老方不经意地表现出他的观察力。

"您说得不错，我们那个算正经单位，有工资发的，我还经常担任一些选秀节目和国家性比赛的评委。"洪评委不好意思地解释道，似乎在担心别人怀疑他的收入。

"你们单位效益真不错，能开得起奔驰，比中石油还强。"猥琐男的话里带着羡慕、嫉妒和恨。

"一般一般，我写过几本书，有些稿费收入。"洪评委还是比较低调的。

"洪老师，如果我没记错，您是不是担任过好几届全国杂技锦标赛的评委？"卓兰大姐盯着洪评委的脸看了又看，揣测道。

洪评委不好意思地点点头，没有否认。

"难怪看你面熟，我们应该见过面。"卓兰大姐的眼睛继续盯着他看。

"我想问问大家，为什么你们会去那个破旅馆？也许这个小丑是我们大家都认识的人，只要知道他是谁，我们就有希望了。"洪评委很快就把大家对他的注意力重新转移到其他问题上去。

"洪老师说得对，我们应该坦诚相待。我先来说，我去那里是因为有人约我谈生意，一家有实力的老字号杂技团想高薪挖我，在市里谈又怕遇到熟人，于是在网上约好去那里谈。"钱妙惠落落大方地说出自己的理由。高薪挖角，似乎是个值得炫耀的好理由。

"我，我也是为了工作，有人打电话给我，说是中介所的，那家旅馆要请个钟点工，每个星期干两天，收入不错，我就去看看，没想到就喝了一杯茶……小便宜真是贪不得。"老太太后悔莫及。

"我是去谈工作的，有个阔太约我调查她丈夫，市郊当然避人耳目。"老方也说。

"我也是约了人。"洪评委的脸有一丝不自然，其实约他的是个选秀女选手。

"我……"胖司机还没来得及说话，刚才一直在响着的乐曲声居然戛然而止。

"哈哈，我又回来了！怎么样，亲爱的朋友们，你们有什么结论了吗？"小丑蹦着跳着，从舞台的一侧出现了，那本该给人带来欢笑的可笑脸庞在这时候透着难以言说的怪异和阴鸷。

"时间这么短，我们怎么可能想出来。"猥琐男刘群和胖司机陈家才异口同声地喊道。

"是啊，时间也太短了。"卓兰大姐也着急了。

"不行，这样不公平！不公平！你算什么男子汉。"老太太急得说不出理由，一个劲地喊不公平。

"不公平是吗？"小丑环视一圈，画成两个黑色星形的眼睛忽然睁大了，饶有兴趣地围着这八个人走了一圈，"那好，我多给你们一次机会，如果你们能给我一个标准答案的话，我就放过你们其中的一个，否则的话，我就要你们中的一条人命！"

"我抗议，这还是不公平。谁知道你会给我们出什么题，万一是我们根本不懂的高等数学或者翻译外语什么的，那我们怎么回答。"钱妙惠反应很快，马上提出了自己的意见。

"抗议无效，游戏规则我来定，你们没有发言权。放心，我不会给你们那种听不懂的问题。"小丑夸张的笑脸上露出一丝严肃过分的正经，"听好了，下面我就要说了，如果你们不能给我标准答案，我会说话算话，要一条人命。"

问题是这样的：有一个电车司机，驾驶一辆电车正在路上，忽然刹车失控，铁轨的一边是五个工人，另一边的铁轨上只有一个工人，方向盘没有失灵，还可以马上转向。请问，正确选择撞向是那一边？思考时间是一分钟，一分钟后，每个人都要给出答案。

"当然是一个工人的那边。"刘群第一个发表观点。

"明摆着可以少死四个人，不用牺牲更多的人。"陈家才是司机，这个问题他也有发言权。

"可是，那一个人也是无辜的，没准他是个好人。"老太太大概是觉得自己年纪最大，跟周围的人身份也有差别，比较同情弱势的一个。

"那谁知道那五个人就不是好人了？"钱妙惠伶牙俐齿地反驳道。

"我弃权，这么残忍的选择，选谁都不合适。"卓兰大姐皱着眉头不愿多说。

"无论如何五条人命都比一条人命值钱！"老方也这么认为。

"五大于一，不论是数学理论上，还是人道主义上，都该选择一。"欧晓雯连大道理都搬出来了。

"还是撞一个人吧，大部分人都选这个，这就是我们的正确答案。"最后做总结的人是洪评委，他看起来最有身份，也最有发言权。

"这就是你们的结果？"小丑迈着一对夸张的大脚，围着八个人走了一圈，换上了一副夸张的笑脸，"好，既然是游戏我就先不揭晓答案，至于我满不满意，等我先跳支舞再告诉你们。谁愿意陪我跳第一支华尔兹？第一个报名的送小礼品哦！"

"我！我陪你跳！"欧晓雯生怕别人抢了她的第一，使劲扭着身子喊道。

"你还能再下贱点吗？"陈家才看不下去，恶狠狠地训到。在场的各位也觉得这个当护士的女人有些太随便了，大概她是以为第一个跳的可以提前离开这个地方吧。

"好，就是你了，我就喜欢好合作的。"小丑笑嘻嘻地来到欧晓雯身边。

原本欧晓雯以为自己真的恢复了自由身，没想到脱离绳子之前小丑居然从那条宽大的萝卜裤里掏出一副手铐。

"手都锁起来了，这可怎么跳？"欧晓雯有种上当的感觉，使劲挣扎着避开那双手铐。

"这是礼物啊，别太认真，只是个游戏。"小丑依旧笑着，让人摸不清他的真实想法，他的力气出奇地大，只三两下就把手铐套在了欧晓雯的手腕上。

小丑从萝卜裤里掏出个遥控器，按了一下，刚才的那支曲子又飘荡起来。小丑拉着欧晓雯的手套在自己脖子上，两个人随着音乐的节拍跳了起来。

华尔兹讲究华美飘逸，气质高雅，追求那种雍容的意境，被称为舞中皇后。

但是此时，小丑那古怪的扮相和风度翩翩的舞姿，以及欧晓雯的惊惶不自然形成了鲜明对比。一连好几个节拍，欧晓雯不是踩了小丑的脚就是走错了步子。小丑起先兴致勃勃，被踩了脚也就吐吐舌头做做鬼脸，但他越是这样欧晓雯却越是害怕，扭扭捏捏地，越来越不配合，一曲终了，那张白脸上的表情笑容不复。

"是你主动要陪我跳的，但你觉得跳成这样就能过关吗？游戏结束，你可以去死了！"小丑一边说着，已经飞快地拔出枪来，对准欧晓雯的胸口就是一枪。

"砰！"的一声，这一枪太突然，震得木地板里的灰尘纷纷扬扬，饱满的胸膛上绽开一朵血红的花，在场的每个人都惊呆了。欧晓雯自己也惊呆了，她像是不敢相信似的盯着胸前看了一会儿，两眼一翻，整个人朝后倒去。她是丰满型的熟女，体重颇为可观，一百多斤落在木地板上，再次震起缝隙里的灰尘。

"好了，希望她的死会让你们每个人都更认真一点，虽然这是个游戏，但我希望你们抱着更认真的态度来参与。因为，我说的每句话，都是真的。请继续讨论关于真相的问题，只有早点得出答案，我才会停止杀人。"小丑若无其事地耸耸肩，把枪收起来，摇头晃脑地离开了。

那个本应该带给人们欢乐的角色，那个在马戏团里最不被人看重的小丑，此刻成为整个剧院里最恐怖的黑影。

【3】

黑影离开舞台的同时，第二支舞曲开始演奏。那是名为我们很快乐的波尔卡，一首俄国老舞曲，狐步舞最经典的舞曲。可惜现在，没人有心思好好欣赏，大家都被地上那具鲜活的尸体搞得绷紧了所有神经。

"这个疯婆娘，谁让她自己送上门去。见个男人就勾搭，不死才怪！"一直很针对欧晓雯的胖子陈家才忽然眼泪汪汪，比谁都激动。

"喂，又不是你老婆，干吗这么认真。"钱妙惠觉得挺奇怪。

"她，差点成了我老婆。"陈家才哭得很伤心，此言一出却吸引了所有人的注意。

"你们认识？"猥琐男饶有兴趣地看着陈家才。

"何止认识，我们还谈过两年恋爱。要不是她太喜欢勾搭男人，我们差点就结婚了。"陈家才泣不成声地看着地上的女人，她已经丝毫不能动弹了。

"等等，你们是怎么认识的？也许刚才我们怎么被约到这里来的问题是错误的方向，没准这才是那个所谓真相的关键。"洪评委的思维很敏锐，作为一名职业批评家，他博览群书，看过几本推理小说。

"以前我帮120开救护车，她是急诊科的护士，我们共过事。要不是她嫌我赚钱少，我就不会辞职去开的士。没想到她跟药剂科的主任搞到了一起，我们吵得很厉害，后来就分手了。"陈家才显然对欧晓雯还是有着深厚感情的，说得有些哽咽，"以前我不胖的，跟她分手后每天暴饮暴食，吃成了现在的样子……"

"打住，你们在医院认识的，那么我想，那个真相很可能跟医院有关。"老方忽然灵感迸发，激动地说道，"我当警察的时候，也经常去医院，总是有些打架斗殴之类的事情，还有民事纠纷之类的，都会跟医院打交道。所以大家都想想，会不会是出了什么冤假错案，枉死了人命啊？"

老方的语速很快，竹筒倒豆子般，现在这节骨眼上，每分每秒都涉及到自己的生命，大家不可以再客气了。

"对，一定是这样，谁谁谁冤枉死了。我经常在网上看到类似的报道，微博里经常有人发帖求救，什么暴力拆迁，非法征收，可怜钉子户之类的消息特别多。"钱妙惠在这些人里年纪最轻，反应最快。

"被你这么一说，我也觉得这种事可能性比较大。不是有人洗脸死，睡觉死的嘛，这个真相很可能就是关于什么奇怪死法的，大家都来说说，有没有遇到过。"卓兰大姐也回应道。

"我在一家私人医院也干过两个月的保洁，几乎每天都有人死啊，可他们的死真的不关我的事，要怪也只能怪医生们的水平不高。我最多就是拿点他们不要的空饮料瓶回去卖钱罢了。"老太太不紧不慢地说。

"要是这样的话，那我也跟医院打过不少交道，这种事几乎每个星期都会遇到。可是……"猥琐男第一次正经地说话了，说到可是，他面露难色。

"还请您不要再考虑所谓的职业秘密了，您要再保密的话，很可能我们这些人都要死掉，这支曲子没剩多少时间了。"洪评委的话带着威严，大家都期待地看着猥琐男，希望能从他嘴里说出点真正的秘密来。

"其实，我的工作，就是尽量把责任推到投保人身上，想尽一切办法推脱责任，好让公司少赔或者合理拒赔，省下的钱里，有一部分是我的提成。"猥琐男扭捏了一会儿，不好意思地说了出来，尽管声音不大，但在场的每一个人都听到了。

"呸！我一看你就不是什么好东西，这么丧尽天良的事情也做！"卓兰大姐正气凛然地朝着猥琐男呸了一口，众人也都朝他投去鄙夷的目光。

"这能怪我吗？这是份正当职业，全世界只要有保险公司的地方就有人做这份工。现在物价这么高，我也要讨老婆要吃饭要供房子，我又没多大本事，如果不干这个，买不起房子谁嫁给我？"猥琐男振振有辞据理力争。

"好好好,现在我们的范围已经缩小了。如果我没猜错,这个真相应该是跟医院有关,又跟保险公司有关的。但是让我奇怪的是,我本人除了给车买了保险外,全家人都没有购买任何商业保险,为什么会扯到这件事里面来?"洪评委显然很用心地在思考整件事。

"您说的是。我干临时工的,就连五险一金都没有啊,能不被拖欠工资就要偷笑了,不被开除就更是万幸,更别说自己买保险了。"老太太也附和。

"我倒是买了点保险,但跟医院的人也很少打交道,学生们受伤倒是经常有,不过也大多是肌肉拉伤之类的小毛病,都是训练或者练功的时候受的伤,很少需要住院治疗。"卓兰大姐也很投入地讨论着,"对了,你呢?小钱,你有没有住过院碰到过什么事情呢?"

"我……不能说没有住过院,但是,我住院的事跟肌肉拉伤没关系。"钱妙惠不好意思地低下了头。

"呵呵,我猜,一定是为了男朋友住的院吧,现在的女孩子啊……"猥琐男话没说完,似有深意地笑了一笑。

"喂,就算人家是去拿掉孩子,那也不关你的事,你这么得意干什么?"一直在听大家讨论的老方吭声了,他早就看不惯猥琐男。

就在这时,乐曲声又停了。每个人都打了个寒颤,那个恐怖的家伙又要来杀人了吗?

"大家好!"小丑的头歪歪地露出幕布边,不知道他是怎么做到的,他只露了个头,但那个脑袋却可以上上下下地移动,看起来就像是头已经断掉一样,可他却还在朝大家挤眉弄眼地吐着舌头。

"别紧张,我的工作是给大家带来欢乐,即便诸位都要死,我也会让大家死得很开心的。"小丑表演一番,这才大摇大摆地走出了幕布,走向舞台正中,笑眯眯地问:"怎么样,这次找到真相了吗?"

"你给的时间还是太短,不过我们已经很接近了,求你,再多给我们一点时间吧,只要再多一下下,我们很快就能找到真相的。"钱妙惠央求道。

"不行的,阎王要人三更死,谁敢留人到五更。我虽然不是阎王,但说话也是算话的,你可不要逼我当个撒谎的人啊。"小丑玩笑般地摆摆手,环视一圈:

"好吧，我也不是那么无情的，既然这次也没有找到真相，那你们再回答一个问题好了，这次，请给我标准答案，同样，答不出的话，你们还要死一个人。"

问题是这样的：同样是一辆电车，但"我"——也就是你们各位，不再是司机，而是个站在高架桥上从上往下看的人，目睹悲剧即将发生，马上要撞向五个工人。很巧的是，正好"我"身边有个非常胖的人，而且他站得十分靠近栏杆。就算是普通人用点力推上一把，这个家伙也会从桥上掉下去，硕大的身躯足够阻挡这辆电车撞向五个工人。请问，是否应该把这个胖子给推下去，用他一个人的命，换取另外五个人的命呢？

小丑的话说完了，可是剧场里沉寂良久，没有人说话。眼看着大家都不做声，小丑恶作剧般地开始玩点兵点将的游戏了，一边拿手指点着，一边还念念有词："点兵点将，点到谁就是谁，点到谁谁就死！"

小丑的手指胡乱点着，眼看就要点到猥琐男的身上，猥琐男吓得双腿直抖："我选推下那个胖子！理由跟上次一样，死一个人换取五个人的命，是公平的。"

小丑收回了手，露出个不置可否的笑，转而问大家："你们呢？是否也跟他一样？"

"不，我不会推下那个胖子。他是无辜的，要是把他推下去就等于在杀人了。"卓兰大姐脸色煞白。

"我会推下那个胖子，牺牲他一个，换取五个人值得，而且，他那么胖没准一身的病，根本就活不了多久。"老太太的眼里放出了精光，说出一句跟刚才截然不同的内容。

"如果法律不会判我有罪的话，我也觉得可以牺牲那个胖子，但是如果我会因此而坐牢，或者背上杀人的罪名，那我绝对不干。"洪评委显然很爱惜声誉。

"我，我想我下不了手，当过警察的人，下不了手杀一个无辜的人。"老方皱着眉头，显然也很为难。

"我也下不了手，我力气那么小，万一没把胖子给推下去，把他给惹恼了把我丢下去，那我就自找麻烦了。"钱妙惠最后一个表态，她谨慎地注意着小丑的表情。

"你呢？死胖子，告诉我你的答案。"小丑依然笑眯眯地，问起刚才一直低着头默默哭泣的陈家才。

"哼，你玩儿不了我的，根本就没有正确答案，你给的问题不论怎么选都是错的。"陈家才的双眼红红的，说这话时，他还在看着地上一动不动的欧晓雯的尸体。

"哈哈，你有种，没错，我给你们的问题全都是哈佛大学的迈克桑德尔教授，在上法学公开课时提出的关于公正的问题。这些问题连哈佛的高材生都给不了正确答案，因为人性本身就是矛盾重重的。但是，距离真相越近，你们就会越明白我问这些问题的原因。"小丑仰天笑道。笑完，他又恢复了那种恐怖的顽皮表情，让人难以猜测他下一步要干什么，"接下来，我继续请大家跳舞，有人报名吗？"

上一支曲子，欧晓雯的惨死已经给大家做出了样板，这一次，没有人回应。小丑撇着嘴不满意地围着大家走了一圈，摇摇头道："太不给面子了，既然你们看不起我，那我就只好自己挑。"

"胖子！"小丑打望了一阵，忽然看向了刚才顶嘴的陈家才，所有人都盯着胖子，都以为他就是下一个要死的人了。

没想到小丑摇了摇头，埋怨道："你身材也太差劲了，这回先不要你。我还是找个苗条点的人吧，来，陈先生，你平常工作那么辛苦，今天我陪你放松放松。"

小丑玩笑般地故意把话说得很慢，大家听到不要胖子时，心一下子提到了嗓子眼，直到小丑指向猥琐男后，这才喘了口气。

"不要啊，我不要死，我不会跳，我真的不会跳，您饶了我吧，我把我的钱全给你。真的，我存了五十三万了，打算买房子的，全给你，求你饶了我吧。"猥琐男被小丑戴上手铐解绳子的时候，哆嗦着哀求。

"如果你的命值五十三万的话，我会考虑的。"小丑不再继续说下去，拉着猥琐男被拷在一起的手套在自己的后脖子上，按下遥控，跳起了狐步舞。

国际标准舞中，摩登舞的精华都在狐步舞中，潇洒大方，温柔从容，高手跳起来形如流水，十分耐看。可是现在，最难堪的事情发生了，猥琐男几乎是被小丑拖着走，大概是刚才小丑的话让他想到了什么，跳着跳着，他尿裤子了。一大摊腥臭的液体被他拖着踩得到处都是，小丑不乐意了，乐声没有停，他已经掏出了枪，揪着猥琐男的领子怒道："人渣，就是你这样的混账让这个世界变得臭气熏天！"

小丑没有马上开枪，他后退两步，把枪口对准猥琐男的胸口，另一只手潇洒地插在口袋里，这才开枪。枪响之后，猥琐男胸前同样绽开一朵鲜血之花，他双膝一软，整个人向前跪倒在地上。这个可怜的家伙，倒在了自己的尿里。

"不想死的都给我听好了，我的耐心是有限的，最好在我没有改变主意前把真相找出来，否则的话，我怕我忍不住要把你们一起杀掉！"小丑脸上没有了刚才的笑意，取而代之的是一股浓浓的杀气。

无须怀疑此话的真假，两条人命已经摆在了眼前。

【4】

第三支舞曲很快响起，世人皆知的卡门，经典的台词：爱情不过是一种普通的玩意儿，一点儿也不稀奇，男人不过是一种消遣的东西，有什么了不起……

徐小凤低沉的嗓音在玩味地吟唱着，那戏剧化的曲调却让所有人毛骨悚然。没有人说话，整个剧院里都只有徐小凤的声音。

"这曲子可以用来跳探戈，一共四分四十三秒，我曾为一对年轻人编排过一段探戈。"卓兰大姐打破了沉默，虽然想不出有价值的东西，她只能提醒时间的短暂。

"我想，也许我们都搞错了方向。可能跟医院有关，也跟警察有关，跟保险公司也有关，更重要的，这件事跟我们每个人都有关，不如，我们来说说，大家都做过些什么错事。"洪评委眼里含着汪汪的泪，他强忍着没有流下来，并不因为觉得猥琐男死了可惜，而是为自己的命运在担心。

"谁没做过错事？就算孔圣人和毛主席都做过错事吧。"老太太冷漠地对着死相不堪的猥琐男。

"你说得对，也许是因为我们曾经的无心之失。"老方的表情有些落魄，他埋着头，声音很低："我这个人，你们大概都看出来了，现在混得很不好。我曾经做错过很多事，我不是个好男人，老婆跟别人跑了，一事无成。要是说我做过最错的事，就是不该跟一个有夫之妇搞在一起，而且，我们还是同事。我为她离了婚，自己也丢了工作。"

"好了，没人想知道你的私生活，我们只是在考虑，大家是否有关于某一个大家都认识的人，我们对他做了什么不好的事。"洪评委纠正他的方向，毕竟时间有限，大家没工夫耽误了。

"那我先说吧，我不是个好老师。我老公在外面有别人，我们总是吵架，吵了好几年了，很多次我收了人家的钱却没有尽心尽力，有时候我还把工作推给助手去做，很不负责。也许，某个学生原本可以得到更好的前途，却因为我的不负责任，没有拿到该拿的名次。"卓兰大姐是个善良的女人，她坦诚了自己一直不敢承认的事实。

"我，我也说几句吧。其实我也不是个好女人，我有三个男朋友，他们一个有钱，一个爱我，一个是我最爱的。为了我，他们三个都放弃了很多好女孩，也有人为他们自杀过。也许，是某个因为我而伤透了心的女孩……"钱妙惠没有把后面的话说下去，但她的意思大家已经都明白了。

"我也说几句吧，其实我赚的钱里，有不少是见不得光的。有人请我当枪手诋毁其他竞争对手，有人请我当托，不论是选秀比赛，还是帮人写书评，我总能想出让人多给我钱的好办法。而且，我的私生活也不够检点，我跟几个女学生……"洪评委红着脸说出了这番话，不过随即他又抬起来头，"我坦诚了自己的错事，希望各位也跟我一样坦诚，千万不要有所隐瞒。任何隐瞒，都只会害了大家，我看出来了，那疯子把我们带到这来就没想过要留活口，谁也不知道下一个要死的人会是谁。"

"我……我也做过点不太好的事。有时候看到人家不注意，会摸走人家的手机和钱包什么的，就是因为这个，我总是被炒鱿鱼。"老太太不好意思地说。

"你呢？陈老弟，请告诉我们你做错过什么？"洪评委不太满意大家的答案，把注意力放到了一直在沉默的陈家才身上。

"我？我做错的最大一件事就是不该没有珍惜晓雯！如果我当初没跟她分手，如果我接受她跟药剂主任在一起的事实，我们肯定早就结婚了。不就是绿帽子吗，只要她肯跟我，我还怕这个吗？"陈家才似乎还沉浸在痛苦里不能自拔，说出来的全都是没有价值的话。

"兄弟，能不能振作点，你要再这副样子的话我就是那个死女人都会看不起你。你可不要让她白死了，就算下一个死的是你，也要死得明白啊！"老方恨铁不成钢地教训着。

"是啊，老弟，他说得对，你不能让晓雯姐白死啊。"洪评委激动地说。

大概是不能让晓雯白死的话起了作用，胖子的脑子灵光了一些，他收回一直在凝视欧晓雯的目光，无奈地看了一眼大家，想了好一会儿才说："我开的士的时候也绕远路，客人掉了手机和钱包我都自己瞒下，没上交。开救护车时，原本车钱在医药费里一起结账，我每次都会跟人家家属先讨笔油钱塞自己口袋，这些坏事，够多了吧？"

"那你开救护车……"老方想起来什么，可话还没问完，歌声已经结束了。恐怖的时刻再次到来，大家又恨又怕的小丑再一次笑嘻嘻地大摇大摆走上舞台。

"怎么样，我亲爱的客人们，你们找到真相了吗？"小丑的笑夸张得让人毛骨悚然。

"求求你，再多给点时间吧，我们真的已经很接近了。只要再多点时间，一定真相大白水落石出，真的！"卓兰大姐哭着哀求道，她不想再看到任何人死。

"如果我求老天，让死人复活，让得了绝症的病人马上痊愈，你觉得他会答应我吗？"小丑反问道。这个问题的答案当然是否定的。所以，他也不会再多给半点时间，"老规矩，再给你们回答一次问题的机会。听好了。"

问题跟上个问题有关系：场景换到医院，"我"是名器官移植的医生，在病房里有五个需要移植身体各个部分，心肝脾肺肾的病人，他们就快要死了，却没有合适的器官和捐献者。与此同时，在隔壁的房间里，有一个正常的健康人，正好他喝醉酒了在打瞌睡，他的器官正好可以匹配那五个病人。如果杀了他，把他的器官移植给五个人，足够他们全都活下来，但是，真的能杀了那个人吗？同样是救五个人还是死一个人的选择。

"你根本就是个变态！"陈家才没有回答问题，反而朝着小丑啐了一口。

"我是不是变态不要紧，至少我没有杀过人，可是你们，你们在场的每一个人都跟某个人的生命息息相关，是你们让他一步步走向绝路！"小丑被激怒了，终于说出了这番与那个真相有关的话来。

"求你，再多给我们一点时间吧！"卓兰大姐还是不放弃乞求。

"快说，你们会不会杀了那个人，来救那五个病人？"小丑像是没听到乞求，转而审视着其他人。

"当然不会，这么做显然是犯法的，而且任何精神正常的医生都不会这么做。"洪评委见大家没有人敢接话，主动回答了这个问题。

"好！你说得好，下面，你这个批评家来陪我这个精神随时可能不正常的人来跳这支探戈！要是跳得不够好，你就去死吧！"

徐小凤的声音再次响起，探戈有舞中之王的美誉，难度极高，不仅要求身法，还有两位舞者的配合和互动。洪评委跳男步，小丑以夸张的舞姿跳着女步。洪评委不愧老江湖，整只曲子下来每一步都踩在了点子上，虽然双手被缚，却不损半点风度。只是小丑乖张的表情和极度夸张的动作让洪评委有点跟不上节奏，两个人你追我赶地，好不容易把舞跳到结束，大家都为洪评委捏了把汗，如果他表现这么好也不能活下来，那自己就更不敢奢望了。

"是不是觉得自己很优秀？就算在专业组里，你也算跳得好的。"小丑关了音乐，笑眯眯地围着洪评委转了一圈。

"我相信你会做出公平的判断。"洪评委到底是见过世面的，这时候还摆得出风度。

"可是据我所知，你经常因为收黑钱而做出不公平的判断！所以，我想让你尝尝不公平的滋味。"小丑收起笑脸，飞快地掏出了枪。

枪响过后，洪评委难以置信地看着大家，双手死死捂住胸口，强撑着站了一会儿，最后还是倒在了地上。跟旁边两具尸体的不同是，他倒地的姿势还算不难看。小丑的枪法很准，每一次都是正中前胸。

大家的心里直发毛，连最有学问也最冷静的人都死了。下一个，会是谁呢？

【5】

　　曲风大变，一下子变成了性感暧昧的伦巴，一个西班牙女歌手委婉地吟唱着，剧场还是这个剧场，舞台还是这个舞台，却一下子有了转换了时空的错觉，就连地上的三具尸体也变得不那么恐怖。

　　当然，这一切只能是错觉，真正的恐怖已经渗入在场各位的骨髓里，无法消除了。

　　"听见了吗？他刚才已经说了很关键的话。"老方额头上还有不少冷汗，却强迫自己镇静下来，"我想，这个真相，跟某一次洪评委做出过不公平的判断有关系吧。很可能这个人，在比赛失利的情况下自杀了，或者出了什么大事。而这个人，正好跟我们每个人都有点关系。"

　　"我认识的人里没有自杀的，我想你的推断有问题。"钱妙惠第一个表态。

　　"自杀的话，在我跟老公闹得最难受的时候我倒是想过，我身边的人自杀，好像也还没有。"卓兰大姐也这么说。

　　"自杀的人拿不到保险金，这点保险公司肯定会查得很清楚，所以这个推论可能是错的，如果是自杀的话，跟那个姓钱的就没什么关系了。"目睹过三个人死亡，陈家才倒是比刚才更冷静。

　　"我也没遇到过自杀的，夫妻打架拉着对方要杀人的倒是有过。"老太太也八卦了一句，可惜没什么作用。

　　"时间不多的，这首歌不到五分钟，大家得赶快想出答案来才行。"卓兰大姐听着那首歌慢悠悠地唱着，急得火烧火燎。

　　"那家伙是疯子，就算我们真的想出什么名堂来他也不会让我们活了。"

　　"等等，我总觉得有什么错过了。"老方皱着眉头思考片刻，把问题抛给了陈家才，"你和欧小姐在一起的时候，做过什么不太对劲儿的事吗？"

　　"什么叫不对劲儿？"陈家才疑惑地看着老方。

　　"可能是做错了什么，也可能是无意中做的，或者根本就是个意外。我的话可能表达得不够清楚，但我希望你能仔细想想。"老方解释道。

"被你这么一说，倒好像真的有那么回事，是个意外，但我心里一直挺内疚的。"陈家才叹了口气，接着往下说："大概是三年前，我还没跟晓雯分手，那时候我还在开救护车。有次出任务，对方是个十八九岁的姑娘，身上穿着体操服样的紧身衣，很苗条。那次的目的地是体育馆，好像是个很大的比赛，她从很高的地方摔下来了，不知道哪伤了，重度昏迷。一路上我开得挺快，救护车嘛，可以闯红灯不扣分。可那天我喝了点酒，注意力不太集中，一群小学生忽然出现在路口。差一点就撞上去了，踩刹车也可能来不及，我只好猛打方向盘。一个急转弯，车厢里咣当一声响，晓雯赶紧跑下车去看有没有撞到小学生。等到我下车去看时，陪送的医生已经被撞晕了，担架床上的病人摔到了地上生死不明。我一下懵了，怕医生醒来看到会怪我，赶紧把那姑娘搬到了担架床上。等到我回头发现晓雯站在身后时才想起，这么做是严重违规的。这种病人不能随便移动身体，万一影响了脊椎很可能会导致她瘫痪。晓雯本想骂我，可很快医生醒了过来，她也就没有做声。这事她没有对任何人说过，后来那个姑娘真的瘫痪了，我偷偷想过好几次，会不会是因为我的原因。"

"被你这么一说，我也想起一件事。"老太太回忆往事，过了一会儿才接着说："有一年我在一家体育馆做临时工，有一次搞什么大赛，来了很多杂技团的人。一个姑娘也不知怎么的就从高空上摔了下来，保护垫又放歪了，她硬生生摔在地板上。为了公平比赛不准带手机，参赛选手和评委们的手机都放在寄存柜里，管柜子的人又不知道去哪儿了。那些人急着打 120 叫救护车，我就说，谁给我一百块我就借给谁手机。"

"您的胃口可真大，一百块打一个不要钱的急救电话！"老方鄙视着口沫横飞的老太太。

"我只是临时工，平时哪有这么好的赚钱机会，最后那些人还跟我讨价还价，五十块钱成交的。"老太太不以为然地继续说着。

"我也想起来了，那次比赛我好像也在，出事的这个女孩是我学生，她和搭档准备表演我编排的空中飞人节目，我还专门设计了两个新动作。对了，我想起来了……"卓兰大姐拼命回忆着。

来不及了，音乐又停了。

"这一次，我们距离真相还有多远？"小丑大摇大摆地走上舞台，手里拄着一根拐杖，他一边说着，一边拿拐杖支起陈家才和老方的脸。

"请你再多给我们一点时间，我们已经知道关于真相的人是谁了。"老方强忍住怒气，把大家刚才说过的话又说了一遍。

小丑听完，眉毛一挑，手里的拐杖一扭，马上变成了一束五颜六色的花。他把花插在老方的衬衣口袋里，高兴地鼓起掌来："很好很好，既然已经猜到这里来了，那距离真相真的不远了。这一次，我还是再问你们一个问题吧。"

这次的问题比上一次更加离谱也更加恐怖：场景换到海上一艘出事的船上，五个快要饿死的人，一个快病死的人，是否五个快饿死的人可以为了活命而把那个快病死的人分而食之？

"如果你们是那五个人中的一个，会把那个快要病死的人吃掉吗？说起来，这跟之前的题目都一样，都是一条人命和五条人命的选择。"小丑饶有兴趣地看着仅剩的五个人。

"我宁可死都不会吃人肉的。"钱妙惠想了想，第一个表态。

"其实人不人肉都没关系，反正快死了，不过是早死一点晚死一点罢了。我要活下去，当然要吃人肉。"老太太越来越暴露出与她羸弱外表截然不同的一面。

"如果他们抽签决定谁死，然后抽到签的人自己动手自杀，可能会公平些。"卓兰大姐的办法是比较成熟的。

"死得早点又怎样，就算那五个人吃了人肉早晚也得死。我懒得吃，免得将来下地狱。"陈家才抬起头，看起来最贪吃的他反倒说不同的话。

"无论如何这样都是谋杀，为了自己而牺牲他人，和抢劫一样。"老方骨子里还是个警察。

"好，选择吃人肉的我放你们下来。你们够狠，我喜欢。"说完，小丑就动手把卓兰大姐和老太太给放下来了，从萝卜裤里拿出两副手铐，给两个人戴上："好好跳舞吧，希望我们的专业老师会有不一样的表现。"

舞曲再响，气质高雅身材苗条的女老师和老态毕现略显猥琐的老太太，组成一对相当矛盾的搭档。伦巴本是拉丁之魂，舞者风情万种极尽缠绵，可老太太根本不会跳，缩头缩脑畏首畏尾，几乎是被卓兰大姐给拖着走，好在曲子不快，否则她好几次都要摔大跟头。卓兰大姐的表情很难看，一方面这支舞跳得太没水平了，二来她在担心小丑究竟会拿自己怎么样。

歌还没有唱完，就爆发出两声枪响。等到大家回头看小丑时，才发现他早就掏出了枪，依然是一手插在口袋里，单手持枪的潇洒姿态。还没停止舞步的两位一个踉跄，跌跌撞撞地倒在了地上，卓兰大姐先是怒目圆睁，半张的嘴里发出痛苦的呻吟，老太太也哎哟哎哟地叫个不停，可没过几秒钟，她们的眼睛都无奈地闭上了。

"我最恨的就是畜生，不讲良心，不讲人性。"小丑收枪时，不耐烦地说道，"我的耐心被你们用光了。下面我要改变规则，最后一支舞曲，要是还找不出真相的话，你们就一起去见阎王。"

【6】

欢快的桑巴舞曲不合时宜地播放，五具尸体近在眼前，小丑没有再次离开，而是迈着八字步守在舞台上，死死盯着仅剩的三个人。强大的杀气从他身上释放出来，他不再笑，那张故意被画成的笑脸的脸有种无法形容的恐怖。

在这种情况下，没有人能正常思考，一时间，剧院里只有音乐声在回荡。转眼舞曲的演奏进入了第二段，时间过半，小丑见无人出声，便掏出了枪来把玩着。他那种不以为然的姿态，随时可能会走火。

老方决定打破沉默："我想起卓老师说过，洪评委曾经担任过几次比赛评委，而她应该正好也有学生参加比赛。洪评委自己也说过，曾经收过黑钱！一定是他收了黑钱在比赛中做出了对那个姑娘不公平的评论。"

"没错，肯定是这样。姑娘，你们比赛的时候是不是要画浓妆？所以我才没认出你，其实那次我开车去接那个昏迷不醒的女孩时，应该见过你。如果我没猜错，刚才卓老师就要说到她想起你来了，你就是那次表演赛中的另一个女孩。一个人是没法空中飞人的，你们是对姐妹花吧。"陈家才也忽然醒悟，盯着钱妙惠上上下下地打量着。

"看什么看，是我又怎么样，不是我又怎么样。只有你们这么傻，才肯承认。横竖是死，不如死得个性一点，把秘密带进棺材，让疯子后悔去吧。"钱妙惠一改温柔，变得伶牙俐齿。

"你怎么能这样说，就算是我们做错了，临死前承认了，还会得到上帝宽恕的。"老方有些愤怒。

"没错，上帝的工作就是原谅所有人。"陈家才似乎皈依了基督，胸前有枚银色的十字架。

"我也错了，我差点忘了见过陈先生，我还跟他合作调查过一桩理赔案，当时那女孩就是在比赛时高空坠落导致高位截瘫的。可我正好跟一位已婚女同事打得火热，无心工作，陈先生后来在鉴定报告上写着女伤者吃过药，比赛当天也有兴奋剂过量的血检报告，所以事故不是偶然的，保险公司不用赔付。我想起来了；我真的想起来了。那姑娘家里很困难，父母都下岗了，她怎么可能有钱吃药。是我一时糊涂，陈先生请我喝了次酒就任由他在报告里乱写。如果那姑娘有钱做康复治疗的话，说不定可以恢复健康，我真是糊涂啊！"老方追悔莫及，真诚的愧疚写满了他的脸。

就在这时，音乐又停了。整个剧场一下子安静下来，气氛也变得万分紧迫，那个小丑，又要出手了。

"你真的不想坦白？"小丑半眯起眼睛看向钱妙惠，他手里的枪却对准了陈家才二话不说就开了一枪，"有罪的人都得死，你不说的话，下一个死的就是你。"

陈家才还没反应过来，胸前已经开出了一朵血花，他深情地看了地上的欧晓雯一眼，没有挣扎，欣慰地闭上了眼睛。

"你搞这么麻烦抓这么多人来，还不就是不知道真相究竟是怎样的吗？如果你真想听我说那个该死的真相，那就把我放下来，我不要这样说。"钱妙惠摆出难对付的样子。

"有个性，你还不是一般的转，是不是你以前不论想要什么都可以得到？"小丑不怒反笑，"好，反正你死到临头了，我就成全你。"

小丑帮钱妙惠解开绳子，正准备把手铐给她套上，却不想钱妙惠一记犀利的正蹬，揣中小丑的心窝。这突如其来的一脚虽然力度不够大，但已经足够让小丑失去平衡摔了个仰八叉。

钱妙惠扔掉绳子，朝着舞台旁边跑去。小丑受伤不重，很快就爬了起来，拿着手枪在后面追。两人在舞台上猫捉老鼠般跑来跑去，钱妙惠机灵地左躲右闪，始终没有被小丑抓到。追逐了几个回合，钱妙惠累了，见小丑久久不朝自己开枪，便跑到舞台边缘，打算跳下观众席逃跑。

"别跳，你会摔断腿的。"小丑大声喊道。

"少骗人了，根本就不高。"钱妙惠幽幽一笑，还觉得小丑太幼稚，二话不说就朝着舞台下面跳下去。

这一跳，她真的后悔了。她并没有在预计的时间内着地，而是撞破并穿透一张黑色的纸板，整个人出现在半空中，距离地面至少四五层楼高。

随着那张黑色纸板的破掉，刺眼的光线从那个破损的口子钻进来，让还在绳子上吊着的老方目瞪口呆。这里根本就不是剧场，而是一栋快要拆迁的破厂房。所谓的舞台不过是小丑用纸板搭建出来的布景，空空的座位什么的全都是画出来的，灯光集中照在舞台上，舞台下的一切就虚虚实实看起来不那么起眼了，就连木地板也是临时铺的可拆卸的复合板而已。

"没想到这么快就被戳破了，看来是时候结束这个游戏了。"小丑看着损毁的布景，自言自语道。说完，他就开始动手拆除那面已经破损的背景墙。

更让老方吃惊的是，随着光线越来越强，原本已经死去的人们，居然有人开始动弹。

【7】

"诸位，接下来，请你们听我讲完这个故事。"小丑一边把尚未完全恢复神志的人们用绳子固定在椅子上，一边慢悠悠地说。

一次全国性的马戏杂技大赛备受瞩目，一对貌合神离的空中飞人姐妹花成为搭档，经过一次次精心的编排，很有信心夺冠。预赛上，全国各路高手云集此中。热身时，一位德高望重的评委居然对姐妹花中的姐姐说出了很不看好的话，这让她心乱如麻，急于表现给对方看自己的实力，而忘记了每一次的例行调校绳索。

就在她攀上缆绳不久，意外发生了，吊绳忽然脱落，地面上的保护垫又偏移了位置，导致女选手直接坠地，当即昏迷。女搭档急匆匆地冲下去，抢着把自己动过的保护垫移回原位，还要移动搭档的身体。她当然知道，这样做是很危险的，但她还是做了，为的就是要让对方永远站不起来。

教练原本应该守在现场，阻止这一切的发生，可出事当天她跟丈夫吵架，跑出去抓奸。没人主持大局，现场乱作一团。比赛时大家的手机都被放在寄存柜，管柜子的人又正好找不到了，大家忙着找电话打120，打扫卫生的清洁工明明有手机，却不肯拿出来用，出价要挟，要一百块。就在争吵的工夫，耽误了更多的时间，凶手女搭档却暗自高兴。

随后救护车赶到，刚才还在车上打情骂俏的司机和护士根本没把病人放在心上，两人只顾着暗送秋波，以至于司机看到路边有一队小学生要过马路时猛打方向盘，试图避开。车厢里的医生被撞晕，受伤的姑娘从担架床上掉了下来。护士跑下去看有没有伤着小学生，司机担心收到责罚，赶紧把不宜搬动的女伤者拖到了担架床上。小学生没有受伤，护士匆忙赶回救护车时发现，原本在地上的女伤者已经被男友抬回了床上。正好这时医生睁开了眼睛，为了帮男友隐瞒，护士什么也没说，可怜的姑娘，脊椎三度重创。

入院后，医疗费实在高昂，姑娘的家人不得不与保险公司联系，由警方和保险公司的专员负责调查。那个警察因为忙着搞婚外情整天玩忽职守，根本就没有用心调查，保险公司的家伙为给公司省钱，伪造了女伤者曾经吃药的调查报告，保险公司拒绝赔付。

可怜的姑娘高位截瘫，在耗完了家里的积蓄后不得不出院，没有接受过任何康复治疗，从此只能坐在轮椅上，什么也不能干。

听完这番话，在场的七个人已经全都恢复了清醒，他们惊讶地发现自己身上并没有伤口，甚至一点也不痛了。

"看我多么善良，我跟你们不一样，本质上就不一样。我只是吓唬吓唬你们，用的也是强效麻醉枪。在我的裤子口袋里，有个遥控器，在你们的衣服下面，都藏着一个微型自爆血浆包。为了这次的计划，我还特意去剧组干了两个月道具，学会了怎么做中枪的特效。看来我学得还不错，至少你们全都被我唬住了，哈哈。"说到这里，小丑得意地哈哈大笑起来。

"你没杀我们？"卓兰大姐惊讶地摸了摸伤口，很快从衣服下面掏出一串带有电线的微型装置。

"当然没有，我只是吓唬吓唬你们。姓方的，你也看到了，我让那个臭女人别跳，是她自己一定要跳下去的，这可不能怪我。"小丑耸耸肩，指着刚才钱妙惠跳下去的方向，瘪瘪嘴道。

没人说得准他究竟是在开玩笑还是说真的，七个人，全都拧着眉头看着这个古怪的小丑。

【8】

"如果你们中的任何一人不是那么冷漠无情，事情都不会变成现在这样没有挽回余地。一个善良的好姑娘，生无可恋，几度自杀。是我用了整整两年时间才查清真相，又用了一年来安排这次计划。这场戏是我导演给你看的，亲爱的，一来为了还你一个公道，二来为了给你打打气，你看，坏人是没有好结果的。你看到了吗？刚才，那个害你的主谋，那个没有良心也没有人性的家伙，从这里跳了下去，现在你看，她的腿已经断了，也许她受了跟你一样的伤。我会打120，不过不会这么快，我就是要让她尝尝你受过的苦。这不是我干的，是她不肯听我的劝，你听到了吗？为了你，我愿意做一切事情。现在，我已经是可以独立表演节目的小丑了，我可以变魔术，也可以逗每个小孩子笑，已经有人愿意付工资给我了，我可以养活你，咱们可以一起生活。今天，请给我一个答复吧。能不能给我一个机会，接受我的爱，让我永远照顾你。"小丑说得情真意切，只是这些话从那张夸张的大嘴里说出来十分怪诞。

说完这些话，小丑背对着大家蹲了下来，原来在地面上一处被伪装的凸起下面，有一台十寸的笔记本电脑，电脑一直处于开启状态，一个相貌清秀的女孩一直在电脑的另一端观看着实时视频。

"答应我好吗，我是认真的。"小丑忽然很严肃，变魔术般从怀里摸出一支玫瑰花，送到摄像头面前。

"首先，我想谢谢你，为我做了这一切。我很吃惊，这些事情都是我没有想到的。"女孩背靠在床上，背景是白色墙壁和白色的枕头，她的表情相当平淡，"但是，我还是不能接受你。"

"为什么！为什么不能接受我？难道我做得还不够吗？"小丑惊呆了，这不是他想要的答案。

"不，正好相反。你是那种追求快乐的人，天生不喜欢承受压力，有什么就要说出来，发泄出来，在你心里，总是觉得如果不能带来欢乐，就没有人会爱你。我说得对吗？"女孩的眼睛就像不会惊喜也不会悲哀的鱼一样，古井不波。

"没错，你很了解我。难道这样不好吗？我愿意一辈子给你带来欢乐。"小丑激动地捧起了笔记本。

"现在的我就连出去散个步也是件麻烦事，我已经习惯了现在这样安安静静躺在床上的生活，我不想再跟以前那样娱乐别人了。所以，如果你真的爱我，让我安安静静地生活，不要成为任何人的累赘，好吗？"女孩最后淡然一笑，摇了摇头。

又被拒绝了！小丑麻木了一会儿，他真的没想到自己付出了那么多会是这样的结果。他只是想带给她快乐，让她跟自己一样，难道这也不行吗？

他想不通，换成任何人恐怕都想不通。他站起来，看着远处愣一会儿，然后深深地吸了口气，朝天台边缘刚才钱妙惠跳下去的方向，不顾一切地冲了过去。

在场的七个人全都惊呆了！这家伙疯了吗？

小丑的身影消失在天台的边缘，那个夸张的家伙会从这个世界消失吗？

没有人知道，就在他跳下去的一瞬间，洪评委忽然喊出了声："别丢下我们！"这里是市郊，没人来救他们的话，被绑在椅子上的所有人都会活活饿死。

小丑就这样消失了，那七个人不知道他是否在半空中施展魔术已经离开，还是摔在了钱妙惠的身上，安然无恙，抑或被半空中的什么东西挂住。

没有回音，没有呼喊，也没有半点可疑的风声。

那七个人心急如焚，却不能挪到天台边缘，去看上一看。

STORY 故事八　权力的血腥

后天就是她的忌日，很可能也将
是自己的忌日……

青　子

【1】

校对完最后一份广告单，发给客户之后，张勋看了一下电脑上显示的时间：七点半整，比规定下班时间晚了一个半钟头。他有些不敢相信地愣了愣，转头向在办公桌前收拾东西的孙静问道："有七点半了吗？"

"当然，你才发现呀，我都快饿死了。"

"哦，我还以为电脑时间出错了。"张勋伸着懒腰站起来，从"监视窗"里向办公大厅望去，员工们大部分都在收拾东西准备下班，还有几个在朝这边张望，不过窗上装的是单面隐形玻璃，他们的张经理能看到外面，他们却看不进去。

"小孙，你出去通知下班，今天这一个半小时算五十块加班费，跟他们说。"

小孙应了一声开门出去。张勋闭上眼，伸出左手食指和中指捏住鼻梁骨揉按起来，大致就像小学生做的眼保健操的第二节"挤按睛明穴"那样，按了有五六分钟，听见孙静推门进来的声音，便睁开眼来看着她说道："大家都走了吧？"

"走了，"孙静笑着答道，"我刚说出下班两个字，他们便马上跑得不见人影了。"

张勋笑了笑，站起来说："那咱们也走吧。"

两人并肩走出公司大门，向电梯间走去的时候，张勋突然感到一阵内急，便让孙静先去楼下等着（孙静住的地方正好在他回家路上，因此经常搭他的顺风车回家），他自己来到楼层的公共厕所。

下班后，所有员工都走了，厕所里一个人都没有，张勋随便找了一个隔间，蹲下去的时候想起自己好像很久没来过这个公共厕所了——他自己的办公室有私人厕所，如果不是刚刚把公司门给锁上，再开门进去过于麻烦，他是根本不会来这里上厕所的，尤其是在这个整个楼层一个人都没有的时候。

　　四周太安静了，加上厕所过于空旷，连某个隔间里水滴的声音都听得一清二楚，张勋心想大概是哪个水龙头没有关紧。办完正事，他推开隔间门将要迈下台阶的时候，突然听见"啪"的一声，眼前顿时黑了。

　　张勋一愣，随即想到可能是谁把卫生间灯给关了，也许是楼层的清洁工干的？于是冲着外面喊了一声："还有人呢，是谁，快开灯！"

　　除了嗡嗡隆隆的回声，没人理他。

　　这时他才感到事情有点不对劲，但还是抱着希望说道："是哪个在搞恶作剧，适可而止吧。"

　　还是没人搭理。

　　张勋决定不管了，赶紧出去再说，于是摸黑往外走，然而就在他将到门口的时候，身后——好像很远的地方突然响起一串闷闷的笑声，是个女声，也许这笑声本没有刻意伪装得难听或者阴森，但传到张勋耳里却有一种说不出的恐怖，一是这笑声出现的时间地点和气氛完全不对，二是……他听出这笑声是属于谁的了——一个他曾经的下属，刘芳芸。

　　这不可能！张勋在心底冲自己大喊，一定是自己听错了，这笑声怎么可能是刘芳芸的呢？她已经死了一年多了，如果当时没火葬的话，现在骨头都快烂掉了，这时又有一个声音在他心里说：这明明就是刘芳芸的声音，你绝对没有听错。退一步说，不是她又是谁呢？男厕所里怎么会有女人，还无缘无故地发出这种笑声？

　　那熟悉的笑声还在持续着，张勋两条腿已经发软了，他已经隐约听出笑声是从卫生间最里面的一个隔间发出的，想揭开真相的话很简单，过去看看就知道了，但是他不敢，这连续不断的笑声已经把他的胆量剥夺干净了，他连转身都不敢，一步步向后退到几乎听不到笑声的地方为止。

　　这样他心里好受了一点，过道明亮的灯光使他的勇气一点点回复，当然进厕所的勇气还是没有，但他已决定要搞清楚这件事，否则心里势必会留下阴影，他掏出手机，拨通了大厦保安室的电话。很快，三名保安乘电梯上来，张勋陪同他们往厕所方向走，一边跟他们说明自己方才遭遇了怎么离奇的事情。

　　来到厕所门外时，带头的保安指挥大家停下，然后神经分兮地侧耳听了半天，回头问张勋："哪有人在笑？"

"现在没有了。"

"什么时候没有的？"

张勋摇头："我也不知道，我刚才给你们打电话时退到很远，听不见笑声，可能就是那时候消失的，你们快进去看看，主要看最后一个隔间！"

三名保安一起进入了男厕所，张勋听见隔间门板不断被打开的声音，心情又紧张起来，如果他们真的在某个隔间后面抓住了一个搞恶作剧的人或者某个精神病妇女，那么事情就好说了。可如果抓不到呢？张勋潜意识里已经接受了后面这种可能。

果然，不久后三名保安空手出来了，还是那个带头的说道："所有隔间都找遍了，没人，你是不是听错了？"

张勋心往下一沉，还是不死心地问道："最后一个隔间呢？"

"看了，只有几个拖把和扫把，可能是清洁工放的，根本没地方藏人。厕所又没窗户，如果真有人搞鬼，那唯一的可能就是在我们来之前他已经跑了。"

"不可能，我一直盯着厕所大门呢，有人出来我会看不见？"

保安耸了耸肩说道："那我就不知道了。"

【2】

张勋记不起自己是如何下到底楼的了，也许是坐电梯，也许是走楼梯，总之有一点是肯定的：在他下楼的时候心里充满了恐惧。

他努力不去想刚才发生的那件事的真相是什么，也许他潜意识里已经接受了闹鬼这个解释，只是不愿承认罢了。的确，要一个打小就信仰唯物主义思想的人怀疑甚至相信这个世界上有鬼，无论如何也不是件容易的事，除非亲眼见到。但张勋没有见到，他只是听到，虽然此时这听到跟亲眼所见本质上已没什么区别了。

"张总，你怎么了？"孙静睁大眼睛看着他说道。

"什么怎么了？"

"我看……你脸色好像有点儿不对劲儿。"

"是吗，可能是累的，这两天太忙了。"张勋在脸上抹了一把，率先走出了大厦。

外头已经是华灯初上了，城市的夜空看不见月亮，星星也是暗淡无光，一盏盏霓虹灯发出的光联合起来将天空照成红彤彤的，天地间像一个大的火炉，那些霓虹灯就是燃烧的煤块，烧的正旺。

张勋，开着他的奥迪 A6 从街上缓缓驶过，看着街道两边林立的霓虹灯和来往的行人，他心里的恐惧感稍微淡了一些，这才意识到一路上都没有跟他的助理孙静说话，也许聊点什么能让他心里更轻松一点儿，于是他转头看了孙静一眼说："你不是早就说饿了吗，一起去吃饭怎么样？"

"今天怕是不行，"孙静冲他抱歉地笑笑，"我姐最近来我这玩儿，在家做好饭等我回去呢，你要是不忙的话，一起去我家吃饭也行。"

"还是算了，你姐看到说不定会误会我们的关系。"张勋开玩笑说道，他平时极少会开这种玩笑，但眼下急于调节心情，也只好如此试一试了。

孙静笑了笑说："那倒不会，我跟他提过你的，说你是个不错的上司。"

"真的？"

"当然啦，你就在这停吧，我去买点东西再回家。"

车停在了苏果超市门前，张勋说："你去买吧，我等你。"

"不用，我离家不远了，散着步就能回去，你先回去吃饭吧，都八点了。"

"那好吧，明天见。"他有些失望地发动了汽车，实际上他不是舍不得与孙静分开，而是害怕一个人独处，这样免不了又会想起那件事，令他紧张甚至恐惧，仿佛是在逃避这念头似的。他脑子里挨个把在这个城市认识的人想了一遍，居然没有一个可以陪自己吃饭聊天的人。对这个城市来说，他是个外地人，两年前被总公司指派到这里当分公司的总经理。这两年来，他每天都在忙碌工作，连女朋友都没时间交，更别说一般朋友了，除了他的那些下属员工，他在这城市几乎不认识什么人，但那些员工中除了孙静，这个自己办公室的助理之外，几乎都跟他没有私交，他当然不能找他们吃饭聊天。在他记忆中除了公司聚餐外与自己私下吃过饭的员工只有两个人，一个是孙静，另一个是——刘芳芸。

张勋连忙摇了摇头，警惕地想：我这是怎么了，为什么又想起这个人来？刚在厕所遇到的事只是巧合，不可能跟她有关。他一遍遍告诉自己，刘芳芸已经死了，人死如灯灭，鬼魂这种东西是不存在的……可是，事实真是这样吗？一个他不愿承认而真实无疑的事实是：在经过了数小时前的那件事之后，此时此刻，他的唯物主义观点已经开始动摇了。

在小区外的饭馆随便吃点东西，张勋回到家，像往常一样先洗了个澡，然后打开电视，调到中央五套，可惜正在播放的不是他最喜欢的 NBA 或斯诺克比赛，而是一种在他看来无聊至极且实在算不上体育运动的比赛：钓鱼比赛。

他只好换台到别的频道，可这个时间段大凡电视台都在放韩剧或台湾偶像剧，一个大男人当然不会喜欢看这种东西，他找了一圈都没找到一个自己有兴趣的电视节目。他悻悻地关掉电视，来到书房上网——这是对他来说最后一种消遣办法了。不是他不喜欢上网，而是如果一个人每天上班要在电脑前坐上八九个小时，晚上回家即使他还想再看电脑，他的眼睛也不会允许的。

连接上网之后，张勋习惯性地登上 QQ，然后就上新浪网看新闻去了。他很少网聊，QQ 一般都是用来上班时与同事下属交流工作，他在家上网本来没必要打开 QQ，就是这个习惯性的行为，直接导致了继"厕所事件"之后第二件怪事的发生。

当时，张勋正在看一条村民反抗强拆的新闻，看得义愤填膺，完全将之前那件事抛在脑后了，目光不经意扫向屏幕右下角时，看到 QQ 有头像闪动——有人发信息过来。张勋也没有多想便点开信息，内容是很平常的一句话：你还好吧？

字是红色的，QQ 字体中最红的那种，看起来有点儿不舒服，像血的颜色。张勋点开资料看了一下，网名：云，性别：女，年龄：23，真实姓名没填，地址一栏填的是这个城市，这说明此人一定是自己认识的，不过他对这个网名实在没有印象了。于是查看 QQ 分组，想知道她是在同学还是同事一栏里，结果都不在，而是在一栏叫"债主"的分组里，这个组只有"云"这一个好友。张勋一下就愣住了，不用想，他知道自己绝对没有建立过这个分组，那么是谁干的？自己的 QQ 密码可是没有第二个人知道的。他开始往深处去想——这个分组是什么时候建立的？他也不知道，他虽然每天打开 QQ，但从来没有注意过分组的事，不过时间一定不会太长，不然自己平时无意中还是会发现的；至于"债主"二字的意思，他就更搞不懂了，在他印象……不是印象，而是可以肯定地说，自己从未跟任何人借过钱，连买房子贷款也没借过，那么，这个"云"究竟是什么人？

张勋越想越迷糊，后来一想，为何不直接问问她呢？于是在聊天框中输入：你好，请问是哪位？你怎么在我 QQ 里的？

对方很快便回复了：张总，你真的不记得我了？去年今天，我们还在一起吃过饭呢。

去年今天？张勋皱起眉头，出于工作需要，他有时会陪一些重要客户吃饭，也会跟同事们聚餐，不知道她说的"吃饭"是哪一种，不过有一点是确定无疑了，这个人的确认识自己，不然不会叫自己张总。

他又打字问道：那你到底是谁？请直说好吗？

云飞快地回道：你的一个债主。

张勋：什么债主？

云：你欠很多人债吗？

张勋：我不欠任何人债，你真不说就算了，我要下了。

云：那好，让你看看我。

张勋刚看见这行字，就接到了她的视频请求，他犹豫了，潜意识中预感到这人来者不善，还是不要视频的好，但还是耐不住好奇，点了"接受"，不过把自己这边的摄像头转到了一边，他是这么想的，在知道对方身份之前，还是先别让她看到自己的样子为好。

数秒钟之后，视频框中出现了对方的样子，的确是一个女孩，但那边好像没有开灯，只有电脑屏幕光照在她脸上，苍白而模糊。张勋不禁睁大眼睛去看，突然间，他好像触电了一样从椅子上跳了起来。这时视频中的女孩冲他笑了笑，打字说道：知道我是谁了吧，张总，一年不见你还好吗？

张勋上前一把拽掉了电脑电源，而后就那么站着，傻傻地望着已经黑掉的电脑屏幕，他的心也已经是一片漆黑了，嘴里喃喃自语着："怎么会呢，这不可能，绝不可能……"而事实上，视频中的女孩的确是刘芳芸无疑，这个已经死去一年的女孩，她竟然又"活"了过来，并且通过网络找到了自己——也许不止是网络吧，她已经来到自己身边了……

自己坚持了多年的唯物主义信仰仿佛在一瞬间崩塌了，没有别的解释，张勋也记起来了，去年的这个时候——他记不清楚哪一天了，也许就是今天，他的确与刘芳芸吃过一次饭。那是一次私人甚至是秘密的会面，除了他们本人，几乎没有人知道的，之后没过几天，她就死了……

当晚，张勋失眠了，一直到凌晨三点多才睡着，他是开灯睡的。

【3】

早晨，张勋脑袋昏昏沉沉地来到单位，孙静也是刚到，正在开电脑，见他进来忙问道："张总你眼圈这么黑，昨晚没睡好吗？"

"嗯，你去帮我泡杯茶来，要浓一点的。"与一般员工喜欢喝咖啡不同，张勋只喜欢喝绿茶，不过从提神解困的角度来看，这两者作用也差不多。

趁孙静还没有泡好茶的工夫，张勋打电话到技术部，让王筱磊到自己办公室来一趟。王筱磊是从名牌大学网络工程专业毕业的，据张勋所知，他这方面的技术是整个分公司最好的，办事也稳重利索，要不是年纪轻资历浅，张勋早就提他做技术部的头头了，目前可以说正在考察阶段。

很快，门外响起了有节奏的敲门声，得到张勋的许可后，一个相貌俊朗的男青年走了进来，脸上带着谦卑而不失热情的微笑，说道："张总，你找我？"

"筱磊啊，来，坐。"

待王筱磊在沙发上坐下后，张勋又让孙静去泡茶，王筱磊连忙站起来摆手说："不用了，不用了，张总，有什么事需要我做的你吩咐就行。"

"那就不跟你客气了，是这样的，我怀疑我电脑中病毒了，想让你帮我查一下，尤其注意 QQ 密码是不是被盗了，你有办法检查出来的吧？"

他昨晚思考到半夜，觉得还是有必要从科学的角度尝试解释上网遇到的那件事，没准他的 QQ 密码被人盗了，分组信息被人修改了呢？退一步说，即使世上真的有鬼，也未必有办法改自己的 QQ 资料吧？

王筱磊在他电脑前鼓捣了不大一会儿工夫，回头说道：“张总，电脑健康着呢，没有木马病毒。”

张勋“哦”了一声，说道：“那也可能是我家里电脑中毒了，你什么时候有空，去我家里看看怎么样？”

“什么时候都行。”

“是吗，那今晚吧，正好我请你吃饭。”

王筱磊有些不好意思地笑起来。

“我还有一件事情想请教你，怎么说呢，假如我在 QQ 上跟人视频，有没有办法让别人看不见我，而看见的是另一个人视频的样子？有没有这种技术？”

王筱磊想了一下说：“你是说，在视频时放别人的录像是吗？”

“大概就是这个意思，可以做到吗？”

“只要你有别人视频时的录像，就可以的。”

张勋眼睛一亮，这时王筱磊又补充道：“不过这种算是比较复杂的网络技术了，而且需要很专业的设备才能做到。”

“你能做到吗？”

王筱磊挠着后脑勺说道：“我没尝试过这种事，不过……只要有设备支持，应该没有问题。”

“很好，我再问你，有没有办法在与人聊天时查到对方 IP 地址，我记得 QQ 以前好像有这功能，现在没了是吗？”

“也还有，但只要你不加入 IP 计划，QQ 上就不会显示你的 IP。”

“还有别的方法可以查到吧？”

“有很多方法，这个不难的。”

与王筱磊的这次对话令张勋很满意，他已经打算好了，晚上带王筱磊去自己家，不光是让他帮忙扫描自己电脑有没有病毒，更重要的是那个“云”如果再上线的话，他可以让王筱磊试着查出她是在什么地方上的网，起码也算摸到一点对方的头绪。这是第一步，如果真是有人搞鬼，他会一步步把这人从网络那头给揪出来，他相信自己有办法的。可是，如果真的是刘芳芸的鬼魂呢？不，这不可能。

张勋感到后背一阵发寒，他连忙喝了几口热茶，试图把这感觉给压下去。这时孙静从一旁走上前来，盯着他的脸小声问道："张总，你没事吧？是不是生病了？"

张勋摇了摇头。

"要不然你还是回去休息吧，好好睡一觉，你现在这样就是睡眠不足。"

"没关系，死不了的。"张勋心里还是挺高兴的，毕竟还有人关心自己。

孙静耸了耸肩，她大概明白自己无法说服这个固执的上司，再说下去他可能会生气，于是不再说什么，回自己电脑前工作去了。

最近赶上旺季，生意很好，连张勋这个总经理也比平时忙一些，看报告，签合约，一天下来也够累人，但张勋却乐在其中，他觉得只有这样才能体现出自己的领导价值——公司所有项目都要由他拍板才能运作，这公司少某一两个员工，不会影响工作的正常开展，但少了他这个总经理，那就是群龙无首，一切都不灵了。

繁忙的一天很快过去，张勋对今天大家的工作还算满意。然而快要下班的时候，他接到一个大客户的投诉电话，说他们公司日前为他们设计的广告方案上有一处硬伤——广告设计是他们公司在与客户合做生意时提供的免费支持，也算是比较重要的一环，故而张勋一向很重视，如今发生这种事情，他只好一个劲地给客户赔不是，答应重新修改方案，这才总算将客户稳住。挂上电话，张勋松了一口气，怒火却上来了，责问孙静："这方案是哪些人设计的？"

"不知道，我去设计部问问。"

"快去，把参与设计这个方案的人都叫来！"

大概十分钟后，孙静领着两男一女三名设计师过来了，都是二十几岁的年轻人。

一番问责之后，主要责任落在了一个叫吴昕的女员工身上，张勋看着另外两人说："错误虽然不是你们造成的，但你们在参与设计时没有发现这处明显的错误，也有一定责任，扣你们一个月的奖金，有意见吗？"

两人当然说没意见，张勋便让他们出去了，剩下吴昕一个像做错事的学生似的低头站在张勋面前。她本来年龄就不大，才二十几岁，在张勋印象中她是个挺少言寡语的小女孩。

张勋坐在老板椅上，盯着她的脸打量了半天，说道："如果我没记错，你进公司也有一年多了吧？"

吴昕点点头，头垂得更低了。

"那你就不该犯这么低级的错误！"

"我……我马上重做一份。"

"当然得重做！"张勋冷冷说道，"但造成的损失谁来负责？你知不知道，客户那边一切都准备好了，就等广告方案到位项目就能上马，这下倒好，你知道在你重做方案这段时间，耽误人家挣多少钱？这损失还不得公司赔偿给人家？"

面对训斥，吴昕没敢搭腔，眼睛却已经红了，这让张勋觉得有点于心不忍，叹了口气说道："没有规矩不成方圆，如果我这次处罚你轻了，往后别人还会不当回事的，你去财务领三个月工资走人吧，以后再找工作记住一定要细心，有些错是一次都不能犯的……"

他话还没有说完，吴昕已经小声抽泣了起来。孙静在一旁看不过去了，上前小声劝道："张总，小吴平时工作挺认真的，再给她一次机会吧。"

张勋本想说：我给她机会，谁给我机会呢？然而突然间他想起一个人来，一个他无论如何也不愿想起的人——刘芳芸。之所以想起她，是因为一年前的这个时候，当她在工作上犯下大错，有人劝解的时候，他就是说了这么一句话。后来，她被迫辞职，接着发生了那件可怕的事情……

张勋的心顿时软下来，看了看吴昕，用平静下来的声音说："好吧，我给你三天时间，把方案修改出来，这次一定要完好无缺，如果再出现错误谁也保不了你了，怎么样？"

吴昕连连点头："我一定好好做，谢谢张总，谢谢孙助理！"

"别着急谢我，你犯这么大错，处罚肯定还是免不了的，扣你三个月奖金，好了，就这样，你先出去吧。"

吴昕离开办公室之后，张勋深深叹了口气，他为一年前自己对相同的事处理的结果感到愧疚，如果当时自己也能这么大度的话，悲剧就不会发生了，自己昨天也不会连续遭遇那两件怪事——不管对方是人是鬼，总是冲着那件事来的。张勋此刻终于明白了一个道理：给人方便，往往就是给自己方便。只是自己现在明白这一点是不是晚了呢？应该不会晚的，他想，一定不会。

【4】

"张总，你这台电脑也没事，只有一些小病毒，但跟盗号木马无关，我都给杀了。"在检查了张勋家里的电脑后，王筱磊这样说道。这时已经是八点多，他们在外头饭店吃完了晚饭回来。

张勋点了点头，觉得没必要再纠缠这个问题，到电脑前打开自己的QQ，可惜那个"云"没有上线，这样是不可能查到她IP地址的，不过也有可能是隐身了呢。张勋随便给她发了两个字：在吗？

等了一会儿没有回复，张勋决定暂时放弃计划，对王筱磊说："这人今天没上网，算了，等改天再说吧。"

王筱磊有些怯生生地问道："张总，这人是谁，为什么要查她的IP？"

"我也不知道她是谁，昨晚上网骚扰我，所以想通过IP地址查出她是在什么地方上的网，我心里多少有点谱。"

"哦，那这样我就先回去了，不打扰您休息，如果她上网了你就告诉我，然后我登你的QQ，通过软件一样可以查到她的IP。"

"这办法不错。"张勋笑着拍了拍他的肩膀，"那就拜托你了，毕竟这件事只有你能帮上忙。"

王筱磊腼腆地笑了笑："小事一桩。"

送走王筱磊，张勋本想再上会儿网的，结果一阵困意涌来，只好去睡觉，不过在上床之前他检查了室内的每一扇门窗是不是都关好了，他觉得自己这样做有点好笑，但有什么办法呢？为了让自己能安心睡觉，他今晚还是没有关灯。

他实在太困了，困得什么事都没想，刚躺下就睡着了。然而中间不知道几点，反正天还没有亮的时候，他醒了一下，觉得灯光晃眼晃得厉害，就起床关掉了，然后去上厕所，这时候他的意识还是被强大的睡意占据，大脑昏昏沉沉但尽管在这种情况下，他还是听见了细微的脚步声从阳台那屋传来，声音绵软无力，好像有人走在一团棉花上那样。

睡意顿时消失了，张勋站在客厅睁大眼睛朝门厅望去——从他这个位置不能直接看到那屋的情景，但他不敢过去看，就这样直愣愣地站着，听着脚步声一直走近，终于，他看见了一只手从那屋打开的房门里伸出来，抓住了门框。张勋差点就要尖叫起来，但是眨眼工夫这手就不见了，脚步声也随之消失。

难道是幻觉？张勋听着自己怦怦的心跳，实在不敢相信自己眼睛刚才看到的那一幕，那么只好强迫自己相信是幻觉了。他站在那儿回了回神，然后打开灯——将几间屋的灯全部打开，才回到床上，这次他用了很长时间才睡着，不过中间没有再醒，一觉睡到天亮。

【5】

第三件怪事的发生，是在两天后的晚上，八点多钟，张勋在家上网的时候，再一次遇到了那个"云"，她这次发来的消息很直白：后天就是我忌日了，你想见见我吗？

张勋感到自己的心跳又在加快了，突然想起与王筱磊约定的事，连忙打电话给他，正好他也在家上网，张勋便把自己的QQ秘密发给他："你只要查到IP就行，不用跟她说任何话，一切拜托你了。"

退出QQ，张勋开始紧张地等待，王筱磊是在十分钟之后打来的电话，而对于张勋来说好像已经过了十个小时，然而他等到的却是一个意想不到的答复。短暂的错愕之后，他对着手机急匆匆地说道："不会吧，怎么可能没有IP地址呢，是不是你的办法不管用？"

"不可能的，张总，这软件是绝对不会出错的。但我也不知道怎么回事，就是查不到那个人的IP……"

实在查不到IP！张勋突然间明白了——她确实是刘芳芸！她已经死了，她是在阴间上的网，怎么可能有什么IP地址呢？可是鬼魂怎么能上网呢？

张勋没有精力去思考这个问题，他所有意识都已被恐惧占据了，脑海中不断翻来覆去地想着之前她发来的那句话：后天就是我忌日了，你想见见我吗？

她究竟要干什么？这个"见"的涵义是什么？难道她要把自己拉到阴间去见她吗？就在张勋沉湎在恐惧和胡思乱想中不能自拔的时候，手机那头响起王筱磊明显带着紧张的声音："张总，我问句不该问的……这人'云'到底是谁？她怎么说自己是……刘芳芸呢？"

张勋一愣，说道："我不是要你别跟她说话吗？"

"我没说话，是她自己说的，她以为我是你，说后天要找你还债……"

"还债"二字像一把锤子用力砸在张勋心口上，他疼得连着吸了好几口气，才勉强有说话的力气："回头再告诉你吧，就这样，我挂了。"

这一晚张勋是实在没有办法睡着的，他翻来覆去地想着一切自己有可能遇到的恐怖的场景——刘芳芸是鬼。她如果要伤害自己的话，会有什么样的办法呢？会不会像电影中那些鬼怪害人时那般可怕？

光是脑海中的假想，已经让他浑身发冷了，此时他才知道自己并未有之前一直认为的那么坚强，那种坚强只是假象——一种建立在权力之上的假象。平时在单位里他高高在上，说一不二，只要他一个命令，即使是不合理的，大家也只有服从的份。那种感觉让他十分受用，并且自信，然而这一切可能很快就要到头了，他相信刘芳芸一定不会放过自己的，后天就是她的忌日，很可能也将是自己的忌日……

早晨被闹钟叫醒，虽然困意犹在，但张勋还是坚持着起床去上班了，这么做并非因为他是一个以身作则不愿请假在家睡觉的好领导，而是他要把睡眠留到晚上——白天睡太多晚上一定睡不着，连续几晚经历的怪事让他开始对夜晚产生恐惧，而除了睡觉，他实在想不出更好的对抗这种恐惧的办法。

开车上班途中，他还一直纠结着那件事，惴惴不安地想着：后天刘芳芸的忌日究竟会发生什么呢？因为太过投入，差点将车开到路边的水泥柱上。到了单位，工作的时候，他还在想这个问题，差不多一整天都在恍恍惚惚中度过。他的反常状况被细心的孙静发现了，下班后主动提出陪他吃晚饭，张勋也的确想找个人陪自己说说话，说白了是想寻求点安慰，于是就同意了。

下楼的时候，张勋在电梯里意外遇到王筱磊，与他打招呼时，这个小伙子的表情似乎有点紧张。

当张勋邀请他一起去吃饭的时候，王筱磊表现出有些吃惊，但可能是出于不敢拂逆领导要求的心理，他还是点了点头，于是出大厦后三人一起上了张勋那辆奥迪A6，往前开了不多一会儿，依照孙静的提议停在了一家火锅店门前。孙静面带微笑说道："提前说一声啊，这家店是新开的，我也是第一次来，味道不好可别怪我。"

后来事实证明她没有选错地方，火锅的味道还算可以，但王筱磊可能是在两位领导面前有些拘束，没怎么吃东西，张勋就更不用说，只是象征性地吃一点，啤酒倒是喝了不少。只有孙静一个人吃得挺香，不过她没有忘记观察张勋的脸色，终于忍不住问道："张总，你最近到底遇到什么烦心事了，说出来没准我们能帮你出出主意呢。"

张勋想想好像也有道理，出主意不说，能把这件事说出来自己心里也会好受一点，况且他还有自己的目的。于是分别看了看二人说道："你们知道刘芳芸吗？小王应该知道的，当时她出事的时候你已经进公司了是吧？"

王筱磊懵懂地点点头，大概不知道他为什么突然提起她来。

"一年前，她是我们公司市场部的一名员工，因为工作上的重大失误，被责令辞职，可能是一时想不开吧，她从自己家阳台上跳下去自杀了……"他这话主要是说给孙静听的，她大概也许没有听说过这件事。

"本来，事情就这样过去了，我也想不起这个人的，但是就在几天前，我遇到了一连串奇怪的事情……"张勋接着将自己最近的遭遇简单说了一遍，直把二人听得目瞪口呆，尤其是王筱磊，他此时也许终于明白张勋让他做那些事是什么意思了。

孙静睁大眼睛说道："不可能是闹鬼吧？别说这世上没有鬼，就算有，她的鬼魂干吗要缠着你呢？是她自己想不开自杀的，又不怪你。"

"总是跟我有点关系的。"张勋叹了口气，"如果早知道会发生这种悲剧，我当初一定不会开除她的，我应该更大度一点儿。"

孙静没有接着这个话题往下说，而是问："会不会是有人搞鬼呢？"

"如果真是这样还好说了，为了息事宁人，我宁可给他一些好处，可惜事情恐怕没这么简单。"

之后孙静劝他去刘芳芸坟上烧点纸，说点好话。尽管她对闹鬼持怀疑态度，但不怕一万就怕万一，张勋嘴上答应着，心里想这哪是烧纸上香能解决的事，更何况他连刘芳芸死后埋在了什么地方都不知道，现在就算想找怕也无从打听，所以还是算了。

吃得差不多的时候，孙静接到姐姐打来的电话，说有急事找她，得马上回去。张勋问她要不要开车送，她谢绝了。"你们继续吃吧，别管我了，改天我再请你们。"孙静说完冲他们摆摆手走出包间，这样只剩下张勋与王筱磊两人了，张勋边招呼他吃东西边说道："小王，我跟你说的这件事千万不要外传，不然在公司里会产生不好影响，你记住了。"

"放心吧张总，我这人记性差，回去就什么都忘了。"

"很好。我就喜欢你这样的年轻人，实话跟你说吧，我一直很看好你，想提你当技术科科长，考察了也有一段时间了，你们王科长不久就要调去外地工作，所以……我提前给你透个信，最近一段时间你要好好表现，可别犯什么错误，不然我也不能一手遮天，是不是？"

王筱磊听了这话吃惊不小，连忙摆手说："不不，我这水平当不了领导的，张总你太抬举我了。"

"我说你行就行，好好干吧小子。"

王筱磊很不好意思地笑了笑，端起酒杯说道："张总，我这人不太会说话，我还是敬你一杯酒吧，请你放心，我会好好表现的！"

张勋冲他笑了笑，也端起杯子。

【6】

吃完饭，开车回到家已经是八点多钟，张勋连澡都没洗便坐到了电脑桌前，后天就是刘芳芸的忌日了，他可不想这样坐在家里等死，他得抓紧时间干点什么，虽然这样做可能是徒劳无功的，但也要试一试才知道。

网络是他与她交流的唯一途径，虽然她未必在线，但自己可以给她留言，他打开与"云"的聊天窗口输入这么一段话：我不知道你是不是刘芳芸的鬼魂，我只想跟你说，这一年来我一直在为当初那件事后悔，假如再回到从前，我一定不会那么做，你也许不相信我说的，但你能不能给我一个改过的机会呢？不知道你什么时候上网，我希望可以跟你平静地聊一聊。

打完这段话，张勋看了一遍，觉得不像是自己一贯的作风，他几时这样跟人服过软？但是情势所逼，也只有这样了，不过他似乎也没有说错，自从那件事发生后，他一直都在经受着良心上的折磨。虽然不是无时无刻，但也说明他的良知还是存在的，他从来都不觉得自己是坏人，这一点从他当初私人给予刘芳芸父母五万块"抚慰金"这件事上就可以体现出来。的确，自己欠她的已经在她父母身上还了，他不该再接受什么惩罚，他还想继续活下去，活着多好，当一个受人景仰爱戴的领导多好？

张勋深深叹了口气，将这段话发送了出去，他相信在她忌日之前这两天她一定还是会上网的。

看着电脑屏幕发了会儿呆，张勋起身上床了，连续三天没睡好觉，他已经困得够呛，不过睡前他不仅没关电脑，反而把音箱音量调到最大，这样如果"云"回复消息的话，他就会被 QQ 铃声叫醒，从而第一时间过去查看，然后跟她对话。

由于心里惦记着这事，怕自己睡得太死，他就差没有睁着眼睡觉了，一晚上不知道醒来几回，不过他的苦心没有白费——两点半钟左右，他正在一个十分可怕的梦境中挣扎，突然听见 QQ 铃声响起，他几乎是瞬间坐了起来，快步来到电脑前，果然，是"云"的头像在晃，他按捺着激动的心跳打开了聊天窗口。

"云"回复的信息是这样的：有些错是一次都不能犯的，你让我给你机会，谁给我机会再重新活一次？我等了一年就为这一天，所以你别怪我。

看见这段话，张勋的心顿时凉了半截，茫然地望着电脑屏幕，发了会儿呆，终于用颤抖的手指在键盘上输入道：你，想把我怎么样？

那头很快回了一句寒气逼人的话：人要对自己做过的事负责，种豆得豆，血债要血偿。

张勋无力地向后靠在椅背上，身后的貂毛靠垫是他特地为冷天备的，很暖人，但这时他的后背只感到冰凉。不，不止是后背，他整个身子已经从上凉到下，现在已像尸体一般僵硬，动弹不得，只能睁大眼睛看着屏幕上对方接着发过来的信息：我死的那天，你还记得我流了多少血吗？你的血是黑的，而我的血是鲜红的，不信你看看……

张勋很快就明白她要干什么了——屏幕从上方开始一点点发红，鲜红得好像血液从显示器里逐渐往外渗出来，音箱里响起了走了型的女人笑声，已经难以……或者没有工夫分辨是不是刘芳芸的声音了，张勋的注意力已完全放在了屏幕上不断渗出的血液上面，她说得没错，她的血是红的，鲜红鲜红。

也许是这巨大的恐惧激发了他的求生欲望，他忽然站起来跑出了卧室，他本以为房门会像很多鬼片中演的那样怎么都打不开，但是谢天谢地，门打开了，他冲了出去，一口气跑下了楼道。

第二天，张勋打电话订了当天晚上飞往北京的机票，他想要逃离这个城市了，他几乎收拾好了行装。但是当傍晚售票点打来电话要他去提票的时候，他却毫不犹豫地道出退订机票的要求，这个决定是他一番深思熟虑后做出的，一方面是他觉得逃跑不是办法，先别说刘芳芸的鬼魂会不会跨越地域找到自己，而是这件事一天不解决，他就一天没法放下心来过日子，这种每天担心被人报复、惊恐不安的生活不是更加可怕吗？

更重要的是，他舍不下自己的职位，这是他辛苦奋斗了十多年得来的啊！如今快到四十岁的他，不管到哪里，都已经没有了从头再来的勇气和能力。更何况，一年前那件事就是他为了保护自己的职位而做出的，在那种情况下他都没有放弃权力，现在让他放弃当然不可能了，所以也可以说，是权力让他选择留下来，去迎接那极度的危险和不确定的结果。

但夜晚降临的时候，他又不敢一个人在家里待着，加上出于特殊目的，他给王筱磊打去电话，要他过来陪自己吃饭，王筱磊想都没想就答应了。

半小时后，王筱磊赶到了两人约定见面的酒店，这时张勋已经点好菜了，他装作什么事都没有的样子与王筱磊一边喝酒一边聊天，聊的都是一些工作上的杂七杂八的事，对与刘芳芸有关的话题只字不提，今晚张勋酒喝得多了一点儿，到九点多他叫来服务生结账时醉得连掏钱包的手都在发抖。也许这就是借酒浇愁吧，但只有张勋自己知道了。

王筱磊当然不能丢下不能走路的他不管，好在他们吃饭的酒店离张勋家不远，王筱磊硬是将他搀了回去。到家门前，王筱磊又从张勋身上摸出他家的钥匙开门，扶着他进屋，连门都顾不上关，将他扶坐在沙发上之后，自己在旁边坐下，边擦汗边一脸谦卑地说道："张总，总算到家了，我给你泡杯茶醒醒酒吧？"

见张勋点头，他便自己到饮水机前，从下面的消毒柜里找到茶叶和纸杯，泡了杯茶端给张勋，张勋抿了一口，王筱磊又接过来放在茶几上。

醉酒没有影响张勋神志的清醒，他找王筱磊要了一支烟，点着后斜靠在沙发扶手上抽起来，几乎是结结巴巴地说道："今天……是 10 月 12 号吗？"

"对。"王筱磊说。

张勋端起茶又喝了一口，忽然间喃喃说道："刘芳芸就是在去年的这天，跳楼死的……"

王筱磊皱了皱眉，好像不明白他为什么突然说起这个，也许是故意想要转换话题。他从对面电视柜上拿了一张碟片，一边看着上面的字一边说："张总，这是最近的新片吗？"

张勋好像没听见他的话，还在絮絮叨叨地说着："我真后悔当时没对她宽容一点儿，她还那么年轻，而且工作能力很强，只是不小心犯下了那样的错误……"由于他躺的位置背朝着门，而门又开着，不时有凉风吹进来，深秋的风可是很凉的，可王筱磊只是往门外看了看，并没有关门的意思，接着他又把玩起了手中的光碟，淡淡说道："这碟片的边角几乎和刀片一样锋利了，不知道割在脖子上能不能杀人，也许一下肯定不行。"

张勋一下怔了住了，抬了抬上身，似乎想要坐起来，但没成功。

"别费劲了，张总，那种药即使一匹马吃了也只能任人宰割。"他很诡异地笑了一下说道，见张勋面露惊慌不解之色，便伸手指了指那杯他亲手泡的茶，"幸亏你只喝了两口，多的话你已经死了，当然，我不会让你这么简单就死的，人要对自己做过的事负责，种豆得豆，血债要血偿。"

这句话张勋太熟悉了，他瞪大眼睛惊叫起来："是你！"

"是我，一切都是我干的。"王筱磊摊了摊手，脸上已全然没有了平时那副谦卑害羞的样子，而是眼神毒辣地望着他这个高高在上的领导。"我就让你死个明白，"他开始解释自己做下的一切，"你在厕所听到的笑声，是我跟小芸在一起玩儿录音时录下的，没想到会派上这个用场。我用录音笔将笑声翻录下来，藏在公厕最后一个隔间的拖把柱里，没有人会知道的，我调了定时播放，每天下班后将它放到那地方，七点钟它就会自己播放，那时候大家已经下班了，一般人不会听到，即使听到——实际上有人听到，大家都说那厕所闹鬼，上厕所都要结伴去，你不知道吗？哦，对，你是领导，没人敢跟你说这件事，真是可惜。"

张勋像牛一样喘起粗气，用不相信的口吻说道："你撒谎，你怎么知道我一定会下班后去那个厕所？"

"你早晚有一天会去的，我知道你每天都是最后一个离开公司，而只要你去那厕所，你一定能听出那是谁的声音。不过也许是天意吧，就在我等不及打算找机会把你引进厕所的时候，你自己去了，于是我就只好进行后面的计划喽。没想到你竟然找我帮你看电脑，视频里的小芸是她生前留下的影像，是不是把你吓得够呛？还有那个满屏幕都是鲜血的病毒，你当时是不是以为那是真血？哈哈。"

听着他得意忘形的笑声，张勋闭上眼深深吸了一口气，再睁眼时，他似已接受这个现实，看着王筱磊淡淡说道："你是不是早就知道真相了，那为什么还要等到今天才下手？"

"不，一开始我只是怀疑，理由是我相信小芸不会自杀，绝对不会，因为她爱我，就这么简单！我们还没进这破公司前就是情侣了，但就是你那不许员工之间谈恋爱的规定让我们不敢公开关系，发生那件事的时候，她什么都跟我说了——错是你犯的，但却让她来背黑锅，你请她吃饭，给她一笔钱要她辞职离开这地方，是不是？这些我都知道。"

"没错，可惜她不要钱，这是她的错。"张勋瞪着他说道，"你们知不知道我费了多大力气才做到这个职位，可是那个错犯的太大了，整整亏了一千万！总公司的人知道真相一定会开除我的！"他冲王筱磊摊开左掌，挥了挥说道："五十万啊，我答应给她五十万，只是让她离开这里，像这种工作失误造成的损失是不用坐牢的,你们远走高飞了公司也不会追究。何况还有我帮她周旋呢,我想不通你们为什么不干？啊,凭你们那点薪水,你们辛苦几年才能赚到这么多钱？"

王筱磊低下头说道："所以你只好杀了她。"

"对,我只好杀了她。"张勋将目光从王筱磊脸上移开,落在了天花板上,他在回忆,好久才用一种好像在说别人故事的不带感情的语气说道："那天晚上我打电话给她时,她说她在租的房子里,一个人。我说我愿意向总公司自首,不过有重要事情跟她谈谈,要过去找她,让她别跟任何人说,她很单纯地相信了。其实我是去做最后一次努力的,不过她还是太固执了,所以……我只好把她推下阳台……"

"我一直以为自己做得干净利落,没人会知道,我不知道你们的关系,可是我还是想问,你为什么一直等到现在才报复我？"

王筱磊抬起头时,眼眶已经湿了,不过他看向张勋的目光却是恶狠狠的。"我的确不知道你去见她,但我知道她的死一定跟你有关,可我没证据,说出来警察也不会信,我只好忍住悲伤继续工作,暗中调查事情真相,直到我确定凶手就是你,我恨不得当时就杀了你,但是这样对你就太仁慈了不是吗？正好快到小芸的忌日了,我要在这一天用你的血来祭奠她,还要让你慢慢受尽恐惧折磨,就像这几天你所经历的那些,是不是很过瘾呢？不过就差最后一步你就能解脱了——"他说着用光碟锋利的边缘抵在张勋的喉结上,"你一动不能动,只能眼睁睁看着我用这东西一下一下割破你的喉咙,这种感觉不会太好受的,你放心,你要很长时间才能死掉……"

"小区摄像头拍到你了,你逃不掉的。"张勋用干巴巴的声音说道,"小芸已经死了,你还活着,你不想过更好的生活吗？只要你一句话,我的钱你都可以拿走……"

王筱磊笑起来,却已是泪痕满面："你又想来这一套是吗？我实话告诉你,打从小芸出事那天起我就断了活的念头,你不知道我们相爱有多深,你这种人是永远不会知道的,你只在乎权力,为了权力你可以杀人,你不觉得自己很可怜吗？"

张勋叹息道："那是因为你没有拥有过权力，我像你一样是小员工的时候，也一样对权力看的很轻，但是当你真的得到它之后就再也不想失去它了。它不光给你带来金钱，更重要的是能给你骄傲、成功和尊严，没有权力，就没有人喜欢你在乎你。如果你当过领导，你就能理解这一点了。"

"也许吧，我只知道，一个人只要活得坦坦荡荡，不管是不是拥有权力，都会得到别人的喜欢和尊重。"

张勋苍然笑道："所以，你跟你那小芸一样单纯，你还不动手？"

王筱磊没说话，握着光碟那只手的力气却加重了，看来他要杀掉张勋的决心丝毫没有动摇过，也没有受到他言语的干扰。然而就在这时，他突然感到手腕一麻，光碟掉在地上，他的面前多了一个黑漆漆的东西——手枪！一把枪口正对着自己额头的手枪。

张勋左手拿枪从沙发上坐了起来，向他举起右手，慢慢松开。王筱磊看到了一张沾满水的纸巾，顿时他明白了——张勋两次喝茶都是用手掩着杯面，他当时还以为这只是他们这些高雅人士喝茶的礼仪习惯，没想到是手里藏着纸巾，他根本没喝茶，或者喝了但偷偷吐在了纸巾上。然而王筱磊实在想不到这个老狐狸是什么时候识穿自己的，他已经掩饰得够好了啊？他傻了一样直愣愣地瞪着张勋，刚才那副自信、骄傲的表情已然偷跑到了张勋的脸上。

"没想到是吗？"张勋咯咯笑了两声，"你真以为我这些年江湖是白混的？小子，你太嫩了，跟你说实话吧，我早就知道你跟刘芳芸的关系，她出事之后我就想炒你鱿鱼了，但那样做只会让人怀疑，所以我就一直装作什么都不知道。我只是没想到，你真的在怀疑我。"

王筱磊张了张嘴，说道："那你还找我帮你看电脑？"

"我是试探你，我不知道这事是不是你干的，还是真的闹鬼，但既然你是她男朋友，你当然是有嫌疑的，所以我就设法接近你，那天叫你去吃饭，在你面前说起她的名字就是想看你的反应，结果你毫无反应，这才更让我怀疑。我今天找你来，就是想知道究竟是不是你在搞鬼，如果是你，你一定会趁这个机会干点什么，所以我时刻防着你，并且准备了这个。"张勋向他晃了晃手枪，接着说道："但我对你也只是怀疑，毕竟你装鬼装得挺像，但姜还是老的辣，小子，可惜你知道这个道理太晚了。"

王筱磊却也笑了，说道："你自己说的，摄像头拍到我们在一起了，你杀了我，警察一样会抓你，你逃不掉的。"

"是的，我这个总经理是当不了了，但我还有钱，我先到外地藏起来，然后找机会出国，世界这么大没人能找到我，我只是为你惋惜，你辛苦准备了这么久，到头来还是栽在我手上……"他打开了手枪的保险栓，"时间不多，我们就不聊了，你走好。"

王筱磊闭上眼睛，但脸上依旧笑容不改。终于，他听到了一声异常的响声，但不是枪响，而是一声闷喝，他缓缓睁开眼，眼前看见的是期待中的一幕——张勋仰面躺在沙发上，他的那把手枪抵在他的喉咙处，不过已经到了另外一个人手里——孙静。王筱磊不用想也知道刚才发生了什么，孙静在他背后出其不意地打了张勋的手，然后抢了他的枪，现在他又是任人宰割了。

"张总，她在你背后站了有一分钟了，你不该这么注意力不集中的。"

张勋一脸惊诧（这回是真的惊诧了）地望着孙静，嘴唇蠕动着却说不出话来，但眼神却明白无误地表达着一个意思：怎么会是你？

孙静好像看穿了他的心思，很平静地说道："其实你该想到我的，能有机会趁你不在电脑前时更改你QQ信息的人只有我，能提供给王筱磊记载着那次失败策划案的案底的人也只有我，张总，对不起了。"

张勋闭上眼，问道："你为什么这么做。"

"因为，如果你死了，我这个总经理助理就是接替你位置最好的人选，就这么简单。"

她说得对，就是这么简单，至于她是如何跟王筱磊结成同伙的过程，张勋已经不感兴趣了，他苍白地笑了一下，眼睛还是没有睁开，他不想看见她的样子，这个自己最信任的手下，最得力的助手，竟然将是杀害自己的凶手，这是多么讽刺的一件事？但他还是有些不敢相信地叹道："没想到就为了这个，你居然敢杀人……"

"是你自己说的，权力是好东西，我当然也想要了。而且杀你的不是我……我跟他说好了，杀掉你后他就去投案自首说一切都是他干的，绝对不会供出我的名字。而我也一直不想露面的，但我放心不下，担心他杀不了你，所以一直跟踪你们，在你们进来之后，我就从院墙翻了进来——摄像头是拍不到我的。"说到这她将脸转向王筱磊，"幸好你没关门，不然你现在已经死了，给你，拿着。"

王筱磊接过手枪。张勋知道自己今天难逃一劫了，抬头看了看孙静说道："你就这么相信他不会供出你？"

"我相信，因为我对他有恩，他不是你这种混蛋。"

对，我是混蛋，张勋想，这一刻他觉得死亡其实并不那么可怕，唯一的遗憾是自己再也抓不住权力了。他想做个苦笑的表情，突然间胸口一紧，感到有热热的东西流出来，他低下头看到一把匕首扎在自己胸膛上。

"实话跟你说，用光碟杀不死人的，但也不能用枪，被人听见的话你这位助理也没有时间逃走，所以我带了把刀，去地狱找你的权力吧……"王筱磊絮絮叨叨地说，拔出刀子。孙静看都没看尸休一眼，在一旁小心翼翼地用纸巾擦着手枪上自己的指纹，然后塞进了死去的张勋手里，他脸上表情安详，像睡着了一样。也许临终前他真的在幻想自己死后如何继续寻找权力，并且看到了希望，所以笑了，殊不知他正是死在了权力上——死在了对于权力那病态的心理上，可是，权力也真是个好东西。

"你真的要去自首吗？"孙静问。

"是，我要还小芸一个清白。"

孙静耸了一下肩膀，向门外走去，头也不回地说道："别忘了我们的约定，你自首也不会判死刑的，我会去牢里看你的。"

"好，再见。"

"再见——"

她话未落音，突然一声枪响，孙静纤弱的身体软软倒在地上，但未立即死去，她挣扎着用最后一丝力气转过脸来，茫然地看着那个拿枪的男人："你……为什么……"

"你对权力看得太重，我不想让你成为第二个张勋，我也不想有人成为第二个刘芳芸，对不起……"

孙静好像突然懂了什么，轻轻叹了口气，闭上了眼睛。

STORY 故事九　双刃世界

　　"和谐"半生，让自己没了女友，
但一次"自我"却让自己丢了工作，
到底和谐和自我哪样是对？

南　无

【1】

午夜，百无聊赖的风，从街的这一头逡巡到那一头，仿佛不知疲倦，一遍遍丈量着夜的腰围，它们裹挟着凝成冰晶的雨滴，不断地扑打在钟永脸上，冷澈彻骨，一如他此刻的心情。

小钟，你不太合群啊……

临走时副总意味深长的一句话，在钟永脑子里盘旋，寒风袭来，他禁不住打了个寒颤。

他哆嗦着，将大衣领子翻得高高的，同时缩了缩脖子，他觉着，这样身子能好些，可是，糟糕的心情呢？

他开始后悔了。

他停下来，狠狠地给了自己一耳光，脸上火辣辣的，心，却还是冷得慌。

半个小时前，钟永还在城内最大的一家夜总会里，这次的公司聚会貌似有些特别，女同事十分知趣一个都没参加，一大半男同事也没去，大多是有家有室的。

钟永跟着去了，他初来乍到，怕别人说自己不合群。是的，这是他人生最担心的事。

夜总会的时间和空间都显得很混沌，光影斑驳，四处妖异地跃动，像在梦中。二十多个爷们各自搂着个妞儿，上下其手，极尽嬉戏糜浪，淫言荡语伴着一个接一个的荤段子从口中蹦出来，融在酒里，迷幻中觥筹交错，一杯接一杯，灌得钟永头昏脑胀。

那些同事们看来经常出入这种场所，动作熟稔享受得很，钟永却如坐针毡，自始至终手就不知道往哪搁，小姐风骚地腻在他身上，双手勾着他脖子，火辣丰腴的肉体紧紧贴着他的脸，他下面胀鼓鼓的，紧张得浑身冒汗，湿了一身。

接下来该不会是去集体那个了吧？钟永打了个寒颤，他觉得自己快要透不过气来，头晕的毛病似乎又要发作，忍不住想呕吐。

他奋力掀开蟒蛇般缠在身上的小姐，跌跌撞撞地跑到副总跟前告辞。然后，副总眯着细细的眼睛，说了那句让他心神不宁的话。

那时的他头晕得厉害，没有闲暇去思索那句话的隐意，倒像是赶着去投胎，狼狈万状地逃出了夜总会，换来的是同事异样的目光和副总的严重不悦。

奔跑，逃离……那些沉溺在肉欲中的红男绿女早被抛在身后，但当凛冽的夜风从耳边呼啸而过，钟永仿佛听到了同事们啧啧议论自己的声音——这家伙，装什么纯！

要知道，这是个多好的工作啊，环境好，待遇好，稳定，又有前途。这年头，自己能一毕业就找到这样的工作，简直是奇迹，不知让多少同学羡慕，如果因为这样就毁了前途的话……

一想到这，钟永就想哭。

是的，他从来不是个乐天派。

但是现在回去似乎也不成了，该怎么办？怎么办？他像失了魂一样在街头游荡……

钟永不知道自己到底怎么回到家的。如果，这个凌乱阴暗的窝还能称作"家"的话。

打开灯，钟永筋疲力尽地倒在床上，突然又发疯似地扯过被子使劲捂住脑袋，一拳拳朝头上猛击。打得累了，他掀开被子，捂住脸，眼泪从指缝流了出来。

眼角的余光又瞥到书桌上那张皱巴巴的纸，这一周来，上面的内容他看了无数遍。

永：

这一次我真的走了，请原谅我，你是个好得不能再好的人，但是再跟你在一起，我会发疯的。

你什么都顺着我，我说什么你总是说好，一开始我觉得很幸福，很感激你。

但是很快我发现，我的爱好变成了你的爱好，我的习惯变成了你的习惯，我所有的决定都变成了你的决定。总之，你完全失去了自我，而我觉得自己像是跟一面镜子，一个影子生活在一起。

真的，有时候，我甚至根本感觉不到你的存在！对不起，对不起，永，我真的很害怕这种感觉，特别是当我发现你对任何人任何事都是这样，完全没有主张，没有自我。永，我再也没办法忍受下去了，这不是我想要的爱情和生活，对不起对不起……

永远爱你的芸

"自我……个性……我他妈今天就是被这玩意儿害了！"钟永愤怒地吼了起来，将手中的纸揉成一团，重重地仍进了垃圾桶，也许觉得还不够解气，他又疯了似地冲到垃圾桶前，捞起纸团撕了个粉碎！

无边的失落，崩坏成未经剪辑的儿时片段，伴随女友那满言歉疚，绽成冬日里的雪花，在哭泣着的钟永周围片片零落……

"明道中，从先人还家，于舅家见之，十二三矣。令作诗，不能称前时之闻。又七年，还自扬州，复到舅家问焉。曰：'泯然众人矣！'"

整齐划一的朗诵声从脑海深处传来，清晰可闻，仿佛就在昨日……

"同学们，仲永的故事告诉我们，智慧和知识的增长，决不可单纯依靠天资，必须注重后天的教育和学习，再天才的人，如果不学习，长大了也会泯然众人，知道了吗？"

"咦，钟永同学，你有什么问题？"

"老师，泯然众人就是变得和正常人一样的意思，这不是很好的事吗？"

"为什么你会这样想？"

"老师，和别人不一样的话，别人会不喜欢你，排斥你的，我很害怕变成这样。"

"胡闹！没出息！你先看看自己在班上排多少名，还有你害怕的，呵呵……"

"老师，钟永他是吃不到葡萄说葡萄酸，他以为自己是神童仲永呢，哈哈哈哈！"

"哈哈哈哈哈哈……"

我错了吗？不，这个问题钟永到现在依然持否定的回答，有件事，只有钟永自己才知道，他不是仲永，但他的的确确是个神童，他做过智力测试，170。

如果我不融入别人，如果我跟别人不一样，别人就会把我当怪物，他们会疏远我排斥我，没有人会喜欢我……这样的思想不知道是从什么时候起就在小钟永脑子里生根发芽的，甚至连他自己也不清楚，他只知道这样的思想铸成了他处处追求"和谐"的性格和行为。

于是，枪打出头鸟，木秀于林风必摧之，都成了埋在他潜意识里的座右铭。

从中学起，他始终让自己的成绩稳定地在中游徘徊，是的，他故意的。然后考上了一所不好不坏的高中、一所普通大学、选了个不惹眼的专业……兴许是运气，毕业后找到的工作却不错，中型企业，惹来许多羡慕和嫉妒的目光，他为此还惶惶不安了很久。

人际关系上么？他始终是个好好先生，每一个同学和同事似乎都对他有些好感，至少，直到今天，他自己强烈地这么认为。

一周前女友的突然离去让他感到伤心欲绝，他悲愤、不解，女友的留言让他觉得荒谬透顶。今晚公司副总那句意味深长的话，更让他觉得女友对自己的看法是错的——保持自我和个性？那会毁了自己！

钟永忽然觉得脑袋有些晕沉，看东西模糊，他习惯性地吃了片阿司匹林，艰难地爬上床，心里想着明天怎么跟副总和同事们道歉，以后怎么好好表现来挽回这次因冲动犯下的错误……

站在公司门口，钟永心里忐忑不安，他害怕自己一进去就会引来大片异样的目光。

深吸了几口气，钟永在脸上撑起些僵硬的微笑，跨步走了进去，他不敢往两边看，只能用眼角余光悄悄地打探，当发现所有人都埋头干活，并没有人对他进行特别的关注时，他心里的石头落了地。

他放下包，径直进了副总办公室。

"刘总，昨天真不好意思，我……那个……"

"昨天？昨天怎么了？"副总看着他，一脸的疑惑，"你有些面生啊，是本公司的人吗？"

钟永有些发懵，他一开始以为副总是在讽刺他，但注意到副总的眼神，他发现，副总似乎真的是把昨天的事忘了！也对，自己这样一个刚进公司不久，无足轻重的小人物，昨天大家又在温柔乡里喝得酩酊大醉，谁会在意自己提前离开那点破事。

一想到这里，钟永止不住地兴奋，他朝副总点点头，结结巴巴地说自己是这公司的人，产品开发部的，趁副总还在沉吟，他悄悄溜了出去。

一天无事，所有人对钟永的态度还跟以前一样——有些视而不见，钟永对此很是欢喜，甚至有些享受。大中型公司重要的生存之道，就是让别人感觉不到你的存在——这话谁说的？真是说得太好了！钟永喜滋滋地想。

临下班时先是全体开会，为一个大型项目分配任务，接着是各部门再开会拟定详细工作，分工细化到了每个人，甚至包括后勤，却唯独少了钟永。

部门会议已近尾声，项目组长宣布散会，钟永慌了，他站了起来："组长，那……我呢？我做什么？"所有的目光齐刷刷地射到他身上，其中饱含的陌生让他心里发慌。

"哦对了，还有你，你好像是叫……小……小张？哦不，小钟吧，咳咳……"

回家的路上，钟永有些郁闷，他发现自己在公司里好像真成了实质性的隐形人，虽然感觉这是好事，毕竟嘛，无人注意基本就等于不会被人当成竞争对手，不会招人嫉妒，自己的生活也会少很多恶性波澜，这不正是自己想要的吗？但为什么，老觉得心里有些不安？

心绪不宁地走在大街上，钟永隐约觉得街上的景色有些异样，莫名其妙地多了几条街道和一些建筑。而行人，似乎也比往常来得多。他停下脚步，呆呆地发了会儿怔，好不容易才找准了回家的方向。

又回到那个熟悉又陌生的老旧公寓，一阵强烈地孤独袭来，他拿起手机，给母亲打了个电话。

"妈，是我。"

"你是？"

"小永啊！"

"小永？什么小永？你打错了吧？"

钟永皱眉看了看电话号码，没错啊，而且电话那头也分明是母亲的声音，母子相依为命二十多年，这点他能百分之百地肯定！

"妈，你别闹了，我是你儿子钟永啊！"

"我只有个女儿小敏，哪来的儿子，小伙子你打错了！"

"啪！"是挂电话的声音。

钟永拿着电话发呆，听母亲的口气不像是在开玩笑，他的头又晕了起来，咬咬牙忍住，再次拨了过去。

结果和之前一样，并且母亲的口气已有些不耐烦。

这到底是怎么回事？妈怎么会不认我，还说什么只有个女儿？小敏又是谁？钟永慌了神，他按键的手开始哆嗦。

两次、三次、四次……电话那一头从破口大骂到关机，钟永的心凉了半截。

停电了。

周围蓦地伸手不见五指，整个房间像坠入无底深渊，那些黏稠而毫无声息的黑暗，聚汇成一种阴幽诡谲的无力感，像群蚂蚁一样附着在钟永身上，悄悄地沿皮肤攀行，酥麻难忍，它们齐齐地涌进脑袋，疯狂地啃噬钟永的脑神经。

钟永浑身无力，瘫倒在了地上，心里感到一种莫名的、前所未有的害怕，他想喊，喉咙却像被石头堵住难以出声，意识渐渐模糊……

【2】

明晃晃的阳光泼洒在钟永脸上时，钟永醒了。

拿起身旁的手机看了看，钟永发现已经是第二天的早晨，自己在冰冷的地板上就那么躺了一整夜！他心里又想起昨夜那件奇怪的事，心里发忱，有些不敢再给母亲打电话。

肯定是妈埋怨我太久没有回去看望她，在跟我开玩笑哩，他这样安慰自己。

他看了看表，发现已快到上班时间，只得稍作洗漱便匆匆出了门。

今天的大街似乎和昨天下班之前相比又有些变化，许多宽街小巷和耸立的建筑物就像是一夜间拔地而起，出现在原本是空旷一片的地方，然而却又丝毫不显得突兀，仿佛它们原本就在那里，钟永甚至怀疑自己之前对这座城市的记忆出了差错。

实在是很奇怪的感觉，他忽然发现自己生活在一个陌生的城市。

他甩了甩脑袋，抬眼四处张望，发现小孩子比往常多得多，个个脸上洋溢着快乐，立即恍然大悟，今天是六一儿童节啊！

钟永下意识地陷入往昔的追忆中，却发现自己的童年竟然模糊不堪，仿佛从来就不曾经历过。自然，还是有些欢声笑语和哇哇嚎哭的画面，但那些片段如此支离破碎，难以拼凑起，哪怕只是一时一刻的确切回忆。

陌生……

这是自己的童年回忆吗？如果是，为什么又感觉是属于别人的？

重重疑惑困扰下，钟永不知不觉已走到了公司门口，他甩了甩头让自己清醒些，像往常一样走了进去，然后他怔住了，是被吓的。因为公司里每个人都停下手里的工作，用奇怪的眼神看着他。

"大家这是……怎么了？"钟永勉强从脸上挤出一丝笑容，心里觉得莫名其妙。

"请问你有什么事吗？"一个女人的声音从身后传来。他回头，发现是后勤部的张姐。

"张姐，你不认识我了？我小钟啊！"钟永感觉很不对头了，转头四处张望，发现同事们眼中的神色充满陌生和排斥，那显然不是装出来的，他额头开始冒虚汗。

"我们这里没有什么小钟，你走错地方了。"张姐往日的温柔和蔼全然不见，戴上了一张一本正经的面具。

钟永慌了，彻底的慌了，心想着：一定是副总对我不满，想要赶走我，他嘴上没说，但心里记恨我，他要赶走我，他们在演戏，他们在演戏！

恐惧感让他情绪激动了起来："不，我没走错，我是钟永，我就在这个公司上班！"他推开张姐，大声嚷嚷着往副总的办公室跑去，他要去求副总原谅他，他以后再也不会"不合群"了，他会听话，很听话，公司让做什么他就做什么，再不会有丝毫违逆⋯⋯

"保安！"

钟永听到了身后传来张姐尖尖的高音，然后是一阵凌乱的脚步声，再然后，他感觉自己被人扛了起来。

"不⋯⋯不⋯⋯放我下来⋯⋯你们不能这样做⋯⋯我签了合同的⋯⋯签了合同的⋯⋯"他挣扎着，又哭又叫。

钟永最终被扔到了大街上，他感到万念俱灰，怎么会这样？自己无论在生活还是工作中，处处寻求和谐，对人对事都秉承不评论、不拒绝、不反对、不冒尖以及不落后的原则，是个再好不过的老好人，为什么还要受到这样的惩罚？就因为个性、自我、不合群了一次？就那么一次？

"和谐"半生，让自己没了女友，但一次"自我"却让自己丢了工作，到底和谐和自我哪样是对？融入这个社会真的就那么困难吗？

他失魂落魄地在大街上晃荡，眼中的城市至此已陌生得可怕，他不知道自己是什么时候回到"家"的，自女友离开后，自己的记忆就仿佛变得处处破漏，断断续续⋯⋯

又是一个月色朦胧的深夜，万籁俱寂行人稀，钟永却又出现在一条小巷，他手里拎着瓶快要见底的烧酒，三步一踉跄，漫无目的地拖动着身体，两侧斑驳的红墙肃穆地耸立，只在地上留下两排黑色墙影，中间一条细细的白色，是唯一没有被墙影遮盖的地方，钟永踩在上面，像踏上一条不归路。

这个小巷，虽然在家附近，但钟永从没有来过，甚至没有发现过它的存在，此时的他，也根本不会去思虑这些，只是在酒精的牵引下，走到这里罢了。

眼前一片模糊，仿佛有一个人，钟永甩了甩沉甸甸的脑袋，眯起眼睛，视野稍微清醒了些，他发现那是个女人，身姿婀娜，步履摇曳，就像个女鬼一般，踩着轻飘飘的步子，就着月光，无声地，缓缓向前行着⋯⋯

蓦然间，钟永发现那个女人的背影有些像自己的女友芸，他激动地扔掉酒瓶，跌跌撞撞地朝女人跑了过去。然而，一个收势不及，女人被他撞翻了。

朦胧的月光化作轻纱覆在女人面庞，看得出她五官姣好，神情却冷得像冰，钟永失望地发现她并不是芸。

他有点慌乱，酒醒了些，嘴里道着歉，正要伸手去扶，那个女人却像没事人一样从地上爬起来，看也不看他一眼，继续往前走着，就像他这个人完全不存在一样。

一种莫名的愤怒在钟永心里升腾而起，压过了歉意。他追上去，伸手搭上女人的肩膀，用力将她身体扳了过来。

"你什么意思？当我不存在吗！啊？"借着强烈的酒劲，钟永红着眼睛大声吼了起来，这是他生平第一次对别人咆哮显露自己的愤怒，这对平日里的他而言，是想也不敢想的事。

女人没有理睬钟永，虽然她冰冷的目光落在钟永脸上，但眼神空洞没有任何焦点，就像是在看一团空气。

"喂……喂……你看着我，说话啊！"钟永神色里储满了慌乱，就像早上在公司时一样，但那时虽然受到全公司人无情的捉弄，至少还算有人搭理自己。而此时，那种被视若无睹带来的恐惧和愤怒似乎更深了。

"你倒是说话啊！"钟永又急又怒几乎快哭了出来，手上没了气力。

女人麻木地扭过身子，继续往前行着，一步、一步，还是身姿婀娜，步履摇曳。

强烈的莫名的恐惧袭来，伴随着被彻底无视的愤怒，钟永脆弱的心理再也承受不住。在酒精的鼓动下，他终于丧失了理智，像头狮子一样嘶吼着朝女人扑了过去……

"啊啊啊……"钟永骑在女人身上，拳头朝女人头上猛砸，他双眼赤红怒目圆睁，唾沫从嘴里不断喷溅出来，"说话说话说话……"

不知过了多久，钟永没了力气，他从女人身上翻下，气喘吁吁，胸口沸腾的莫名怒火却丝毫没有减轻，而更让他受不了的是，被打得面目全非的女人竟再次巍颤颤地从地上爬起，又往前缓缓行去，还是不看他一眼，还是那么身姿婀娜，步履摇曳。

"你……我杀了你！"钟永声嘶力竭地咆哮着，手里多了块石头，他疯狗一样撵到女人身后，拿起石头，使尽浑身力气朝女人后脑勺狠狠砸了下去！

"砰!"女人应声倒地，身体在地上胡乱地抽搐了几下，终究没有再爬起来。

一股带着腥味的深红从女人乌黑的头发里缓缓溢出，在眉目间分流，染红了大半张脸，最后沿着秀丽的轮廓，一点点滴落在地上，汇成一张红色的镜子，钟永从镜子里看见了刻在自己脸上的狰狞……

他啊地大叫，一屁股坐在地上，身体抖得像筛子。过了会儿，哆嗦着向一动不动的女人伸出手，去探她的鼻息。

结果是显而易见的，当冰冷的手指触到更为阴寒的死亡，钟永精神彻底崩溃了，他突然歇斯底里地叫了起来，手忙脚乱地爬起，往小巷的另一头逃窜……

我杀人了……我杀人了……我杀人了!

钟永蜷缩在被窝里瑟瑟发抖，他几乎丧失了思考能力，只是下意识地想到了逃!

就算要死，我也得去见妈最后一面，在被警察抓到之前!

想到这里，钟永不知哪里来的勇气，掀开被子，手忙脚乱地在抽屉里翻找，那里有一些现金和银行卡，是他全部的积蓄。

今年的冬天似乎特别冷，每晚寒风都在肆虐，钟永却也顾不得这些，他冲下楼，站在街边想要拦一辆出租车，虽然深夜里空车不少，然而它们一辆接一辆地从钟永身前无情地呼啸而过，完全视而不见，似乎当他这个人并不存在，就像小巷里的那个女人。

想到那个被自己杀死的女人，钟永打了个寒颤，他不敢再多做停留，只好将帽檐压低，身子缩在大衣里往火车站的方向跑去，刺骨的寒风吹在他脸上，像刀刃，从耳边掠过，又像在告诉他，这一次回家与母亲的见面，会成永别。

【3】

火车站离钟永住的地方并不远，当他筋疲力尽，气喘吁吁地来到售票窗口时，神情就像个垂死前回光返照的病人，售票员忍不住多看了他几眼，却让他感到前所未有的兴奋——终于，终于有人注意到自己，那种被人认同的存在感让他之前惊恐忐忑的心绪稍微平伏了些。

他拿到火车票，就像拿到张踏上救赎之路的通行证。他在候车室找了个隐蔽的角落蹲下，将头深深地埋进衣服里，只露出两只惊恐的眼睛，警惕地注意着外面的一切。

也许是身心都太过疲累，迷迷糊糊中，钟永睡着了。

他做梦了，是个噩梦，熙攘的候车室突然变得空无一人，一群荷枪实弹的警察冲进来将他抓了起来。他在梦中撕心裂肺地挣扎叫嚷着、哭泣着，鼻涕和眼泪混在一起，丑陋不堪。然后，一把枪抵在了他的心口，"砰"的一声，他死了，身体化为了微尘……

他哇哇大叫着惊醒，发现周围的人都在看他，像是在围观一个疯子，他感到强烈的恐慌，同时又有种莫名的兴奋，就跟买票时售票员多看了他几眼时的心情一样，是种存在感。

他看看表，发现已到上车时间，迅速爬起身，在异样的注目中狼狈逃离。

身心俱疲的钟永总算登上了回乡下老家的火车，听着轰隆隆的火车声，他知道，自己一时半会儿是不会被抓到了，倦意又阵阵袭来，他却不敢再入睡，生怕那可怕的梦境再一次光顾……

火车上似乎是另一个世界，时间在这里显得冗长而缓慢，整整两天两夜的担惊受怕，度日如年。当终于踏上家乡的土地，钟永忽然热泪盈眶，这必定是自己最后一次回家，最后一次与亲人相见了，至于女友芸么？只能永别。

家乡小镇的一切都那么熟悉，仿佛数十年从未变过，那些年久失修的老房子还是那么破旧，斑驳的墙面依然诉说着古老的故事，泥泞不平的马路上，每一处凹陷，甚至是每一条深深的龟裂都带着亲切的味道。

是的，凋残破败，但老家的一切都没变啊！

沿着刻在灵魂深处的脚印前行，钟永的步伐越来越快，他跑了起来，游子急切的归心让他不想再耽搁一分一秒。

他终于看见了自己的家，那个他自己都忘了什么缘故而很久没有回去过的地方。

是因为贫穷么？自己为什么会这么久都没有回来过，哪怕一次？每当这个疑问浮出脑海，钟永的潜意识就会让他的思维转到别处，他发现自己好像从未认真思考过这个问题。

　　算了，不管怎么样，自己今天总算是回来了！虽然这很可能是跟家乡的诀别……

　　被泪花浑浊的视线里，低矮的老式土房静静伫立，屋顶长满青苔的瓦片上错落支横着几根杂草，记忆里从未褪色的篱笆小院，老榆树大了一圈，还在倔强地开枝散叶，水井边的木桶依然摆放在自己熟悉的位置。而最让钟永激动的是，那个坐在院子里晒太阳，面容慈祥的老人，她笑吟吟地看着自己，向自己招着手，嘴里呢喃着什么。

　　"外婆！"钟永再也抑制不住激动的情绪，向老人跑了过去，此时此刻，那因杀人而起的担忧和恐惧被他遗忘到九霄云外，在心里翻涌的，只剩与亲人重聚的兴奋。

　　"乖孙子……"老人对钟永微笑着。

　　外婆的一句轻唤，却让钟永感觉到前所未有的巨大存在感，那久违的亲情让他裹在眼里的泪水瞬间决堤。

　　原来，我还是没有被这个世界抛弃，我终究是真实存在的……

　　他颤抖着拉过老人的手，老人皮肤上的褶皱触动了他童年的记忆，他下意识地陷入往昔的追溯中。但随后他蓦地惊觉，自己的记忆似乎有个断层，有些重要的东西丢失了！

　　他这才意识到，在此之前，每当自己有回忆往昔的意图时，思维总会被一些莫名的事情所左右，似乎大脑在阻止他翻找回忆的抽屉。

　　自己丢失的那部分记忆到底是什么？想到这里，钟永有些呆滞。

　　然后，他看到屋子里有人出来，是个瘦小的中年女人，是母亲！

　　"妈！"钟永的声音带着哭腔，向女人扑了过去，就算世界皆冷漠，至少还有母亲的怀抱是温暖的。

　　然而……让他万万想不到的是，母亲竟然惊叫着推开了自己，那声音又急又尖，透着恐惧，像是遭受到什么突如其来的惊吓。

　　钟永愣住了，他莫名其妙地看着她，声音发颤："妈……你怎么了？是……是我啊……小永啊！"

"你……你想干什么……你别过来！再过来我喊人了！"女人的表情却全然没有记忆中的温柔，只有重重的惊恐和抗拒，而且，那不像是在开玩笑。

怎么回事？怎么妈会不认我？就像那天在电话里一样！一阵寒意袭来，钟永的脑袋又隐隐开始痛了。

扭头看了看坐在椅子上的外婆，发现她还是那么慈祥地在对自己笑着，嘴里轻轻地唤着"乖孙子"，钟永心里恍然大悟，妈这是在跟自己生气呢，装得还真像。

"妈，我知道是我不好，但我这不是回来看你了吗，你就别生气了……"钟永勉强在脸上挤出一些笑容，再次朝女人走过去。

"大海，这里有个疯子，快出来！"女人却转头朝屋里大声尖叫。

很快，一个黑黑的壮实小伙子跑了出来，他看了看受惊的女人，再看着钟永，眼睛瞪得溜圆："你谁啊？想干什么？"

钟永看着眼前被"母亲"唤作大海的黑大个，彻底蒙住了，脑子里嗡嗡的，思维几乎凝滞，成了一团乱麻。

"妈……"钟永好不容易才从干涩的喉咙里挤出一个字。

"谁是你妈，我只有张大海一个儿子，你哪儿跑来的神经病！"有人撑腰，女人终于朝钟永骂了起来。

"妈！"钟永突然爆发性地朝女人吼了起来，不顾一切地向她冲了过去，"什么张大海，我才是你儿子……我是你儿子钟永啊！"

"滚！"叫大海的黑大个突然一脚踹在钟永心口，瘦小的钟永像断线的风筝一样飞了出去，嗵地跌在老人的竹椅旁。

"再来闹事打断你的腿！"

"乖孙子……"老人看着地上的钟永，依然是那样的微笑。

钟永像找到了救命稻草，他手忙脚乱地从地上爬起，趴在老人身前哀求："外婆，妈她到底是怎么了，她怎么不认我了，那个大海又是谁？你帮我说说，帮我说说啊！"

说完又扭头看着绝情的"母亲"："妈，我知道你怪我没回来看你，但你别不认我啊……妈！外婆都叫我乖孙子……我是外婆的外孙，是你的亲儿子啊！"

"疯子，别碰我奶奶！"大海又跑了过来，大手一伸将钟永推开，"我奶奶有老年痴呆，逮谁都叫孙子！"

"我警告你啊，赶紧滚蛋，待会儿出来要是你还没走，看我怎么收拾你！"大海说完，再也不看钟永一眼，将老人扶起往屋里走去。

老人巍巍颤颤地移动着，突然又扭过头看着钟永："乖孙子……"

钟永看着老人有些变质的笑，突然感觉这三个字刺耳得厉害，他失魂落魄地杵在原地，脑海里一片空白。

乖孙子……乖孙子……

奶奶，你别乱叫了，他不是你孙子，大海才是你孙子呢。

他是乖孙子……

都跟你说了他不是，我才是啊！

他是以前住在这里的钟家的娃……也是我的乖孙子……

好好好，他是你孙子……我们都是你孙子……嘿……小心绊着……

【4】

我这样的人，还有生存在这个世界上的必要吗？

不，不是有没有必要，而是……我到底是真实存在的吗？

这些天不断发生让我迷惑的一切，到底是从什么时候开始的？从芸离开我之后？还是那次公司聚会？

不重要了都不重要了……我已经越来越感觉不到自己的存在……虽然我努力想要融入这个世界……但很显然……我被世界……抛弃了……

既然活着不被世界认同，也许在地狱里可以！

简陋的公寓内，冰冷的日光灯下，一个蓬头垢面的瘦小男人熟练地摆弄桌子上散乱的物件，摩托车防盗器、电池、小灯泡、锁、生锈的铁筒、酒瓶、一堆堆颜色各异的粉状物。

男人不时抬起头看着屋顶，眼睛里布满血丝，眼神空洞麻木，似乎在努力回忆什么。

氯化钾、硝酸钾、硫磺、木炭、铝粉……他嘴里每呢喃一个词，便用勺子舀一点粉末，装进铁筒里，在整个过程中，他面上始终不带半点表情，那不单是让人觉得冰冷，确切地说，是毫无生机，就像个死人……

在从老家回来的火车上，钟永彻夜未眠，辗转反侧，他想到了从巨大痛苦中解脱的最终方法——死亡。

于此时的钟永而言，人类对死亡的原始恐惧，早在几天前被母亲无情的目光消融殆尽。而在解脱之前，他觉得有必要去做一件事：让某个人，或者某些人陪着自己去地狱！

"小钟，你不太合群啊……"

是的，就是从那个家伙的那句话开始，噩运开始降临在我的头上。而在此之后，他更是无情地将我从公司除名，公司的每个人，都在配合着他的表演，装作不认识我，那个平日里和蔼可亲的后勤张姐，原来也是那种市侩的嘴脸！

他们觉得我可有可无，甚至根本不存在吗？就跟巷子里那个妖艳女人一样……

很好，我会让他们正视我，让这个世界正视我！

制作简易雷管的方法是钟永读初中时从书上看到的，当初他正对化学入迷，虽然对此非常感兴趣，却也并没有亲手制作，因为他怕同学知道了说他是怪物，这跟他隐瞒自己的高智商，处处追求和谐、保持自身的平凡性和大众性的理念是违背的。

当时，他只是将制作方法一字不漏地记了下来。

和模糊而充满断层的生活经历不同的是，对于这些纯知识类的东西，钟永几乎能够做到过目不忘！

"呜呜……"街道上突然传来尖锐的警笛声，钟永心头颤了颤，表情却没有任何变化，他放下手里的活，走到窗户旁拨开窗帘看了看，正见到警车呼啸而过，他知道，那并不是针对自己的，很奇怪，此时的他心里竟隐隐有些失望。

他木然地回到"实验桌"前，再次组装起简易的燃烧弹和雷管。

墙上的时钟在死寂的深夜里理智地滴答着，似乎在计算着钟永剩余的生命，当时针刚好指向一点时，几颗成品摆在了桌上。

他拿上一颗燃烧弹和摩托车防盗装置改成的遥控器，出了门，来到附近一处废弃的建筑工地，这里不知什么原因，很久都没正式动工，到处可见丛生的衰草荆棘，寒冬的深夜间更是人迹罕至，是个进行"烟花"试验的好地方。

他面无表情地环视一周，没有发现任何路人的踪迹，便将酒瓶做成的燃烧弹仍到草丛里，往回走了几步，按下了遥控器的按钮，瓶口改制过的铁锁发出"咔"的声音……

"轰！"一股热浪猛地袭来，钟永下意识地抬手护住脸，但并没有后退，这是他精确计算出的安全距离。

火势在衰草的助威下极为旺盛，奔腾的火焰像巨蟒一般上下飞蹿，钟永似乎看到了刘副总和那些虚伪的同事们在火海中痛苦挣扎的身影。

熊熊火光映照在他死沉沉的脸上，在黑色背景中诡异得可怕。

他皲干的嘴唇突然抽动了一下……

当清晨的第一缕阳光落进钟永的眼睛，钟永从凳子上站了起来，昨夜"试验"结束后，他没有睡觉，就那么对着窗户坐了一夜。在去死之前，他想用足够长的时间好好感受一下这个不认同他的世界。然而到了最后，眼中的世界是真是伪，却依然模糊不堪难以辨别……他在失望中放弃了。

城市里的景致，似乎一天一个样，真的是自己的记忆出了问题吗？钟永再也懒得去探究，他只是在感觉和习惯的驱使下，缓缓地，往记忆中不远处的公司走去。

不长的一段路，钟永却有走了一辈子的感觉，当进入公司大楼，他并没有乘坐电梯，而是踏上旁边无人问津的楼梯，一是为避开与同事接触。更重要的是，于此时的他而言，每一次迈步，每一次拾阶，都显得那么弥足珍贵。

皮鞋交错落在坚硬的石阶上，发出规律的叮声，在静谧得太久的楼梯间响彻，听上去，带着落寞的诡异。

钟永终于走到了公司门前，门是虚掩着的，跟往日里早上的情形一样，他静静地杵了一会儿，然后，极为野蛮地踢开了门。

踹门声之大可以说震耳欲聋，然而让钟永感到意外和不解的是，这次居然没有人上来为难自己，别说是质问和驱赶了，所有的同事甚至都没有抬眼看一看被突然踢开的大门，他们就像聋了瞎了傻了一样，悠然地做着自己的事，或对着电脑敲打键盘，或三两聚在一起说话，没吃早饭的正就着牛奶啃着手里的面包……总之，大门被人踢开这件事，就像发生在另一个世界一样，没有吸引到任何人的一丁点儿注意。

霎时，一种恐慌和愤怒在钟永心里急速蔓延，他气急败坏地冲进公司，挥舞着双手大声吼了起来，然而回应他的，依然只是同事们自顾自的讨论声、键盘敲击声、啃食声……没有人瞄他哪怕一眼。

于是，他又想起了巷子里那个被自己杀死的女人，当时的她也是完全无视自己的存在，而现在的情况，似乎正是那时的翻版，甚至更严重！

这种感觉，就像伤者被同伴遗弃在沙漠中，那冰冷孤独的绝望，比死亡本身还可怕！

钟永感觉浑身发寒，身上的力气似乎正被抽走，他一阵眩晕，再难站稳，歪歪扭扭地倒在了一个人身上。他撑着那个人站了起来，回头看去，发现是后勤张姐，那个之前叫保安撵走自己的女人。这一次，她并没有再故技重施，只是合着所有人一起，彻底玩儿着无视自己的游戏，甚至当自己倒在她身上的时候，她也没有任何反应，依然专注地对着电脑，玩儿她的网页小游戏。

不！这不可能！不可能会有这种怪事！钟永在心里大叫，慌乱地四顾，突然手碰到了衣服里的"炸弹"，顿时心头一颤，似乎记起了自己来这里的目的，怒火升腾而起，烧去了他先前的恐慌和残余的理智。

他咬咬牙，伸手掏出一颗酒瓶做的燃烧弹，红着双眼咆哮了起来："我知道你们在演戏，你们和姓刘的一起整我害我，今天我要你们跟我一起下地狱！你们听到了吗！"

没有人理睬，还是没有人理睬，在周遭的空气凝结了两秒后，钟永的愤怒终于冲到了顶点，他声嘶力竭地吼叫着，将手中的燃烧弹往一张办公桌扔去！

"轰"一声闷响，大火猛地窜起，相对狭小的室内空间顿时变得灼热难当，而那张被袭击的办公桌连带桌前的人，也一同被包裹在熊熊烈火之中，然而让钟永感到无比恐惧的是，那个同事即使被大火焚烧，却仍然像没事人一般，敲打着快要熔为一团的键盘，面上的肌肉逐渐溃烂熔化，眼球像弹珠一样爆出，恶心地挂在脸上，却丝毫影响不了他对着电脑的专注，而其他人，也一样……没有任何人对爆炸和大火作出人类应有的反应。

钟永的身体又筛子般地抖瑟起来，他的思维已经被眼前发生的一切搞得混乱不堪，眼看着那同事在须臾间连着椅子化为黑黢黢的人形焦炭，眼看着火蛇妖异地蔓延，他再也无法思考，所有多余的想法都在大火中化为灰烬，只剩下最初那个报复的念头！

于是，一个、两个、三个……所有仿佛在地狱中沐浴过的酒瓶飞向了办公室各处，在呼啸和轰隆声中绽放出吞噬一切的焰火，一个接一个曾经的同事化为焦炭飞灰，木质桌椅和活生生的肉体燃烧时竟相发出劈啪声，为这场诡异残忍的火中盛宴奏响噩梦般的序曲。

是的，只是序曲而已，因为还有一个罪魁祸首暂时置身在外，钟永早已丧失了所有思考能力，他只是在潜意识的驱动下，面容狰狞地冲进了总裁办公室……

那个肥胖的、虚伪的、狠心的小人刘副总，他正坐在办公桌前摆弄着笔记本，完全没有受一墙之隔的惨剧影响，他还是那么装模作样的悠闲。

钟永的双眼早已被血水洇得通红，他把牙齿咬得咯咯作响，他像一只疯狗扑向了刘副总！他用手死死地箍住刘副总赘肉丛生的脖子，也不管嘴里的猎物有没有在反抗，他不管，此时的他已完全沉浸在自己的世界里，他从兜里掏出自制的遥控器，狠狠地摁下了按钮！

他听到自己身上发出"咔"的一声，就跟昨夜做引爆试验时听到的一样……

轰！

震耳欲聋的爆炸巨响奔腾进钟永的耳朵，破开他的耳膜，化为一股撕裂一切的破坏力量，在他体内肆意冲荡，把他的身体残忍地分成无数小肉块，和着沸腾的血液，泼撒在地面和墙上，为这场惨烈画上了句点。

钟永在那一瞬间感到剧烈的疼痛，很奇怪，这疼痛并非爆炸带来的撕裂感，却像是被雷劈了……

【5】

青山精神康复中心。

"病人的情况……大概就是这样。"

院长低沉的声音落进芸的耳朵里，将陷入悲伤的她带回现实。

泪水在芸的眼眶里打转，她忍着不让它们掉下来，然后，她轻轻点了点头，继续翻看手里那份钟永的诊断报告：

病人有极度的妄想症，严重暴力倾向，生活在病态的幻想中，他在潜意识里创造了虚构的人物和复杂场景，通过大脑映射，与现实场景重叠，直接导致对现实和虚幻的辨别丧失……

"简单地说，病人已经分不清现实和虚幻了。"院长补充道，"他可能把现实当中的人物场景当成幻想中的，比如把一辆轿车看成一只猛兽，或者把一个不认识的人认作自己的同事、朋友或者亲人之类。他也可能在什么都没有的地方创造出一些场景和人物，并与之进行语言甚至肢体的交流……当然，人的精神世界是极其复杂的，以上都只是一些合理的猜测，具体的情况，只有病人自己才知道。"

芸拿着诊断报告的手不停地颤抖，噙在眼里的泪水终于止不住掉了下来，滴在那些充满无情医学术语的白色纸页上，她再也看不下去，也听不下去了！

联想起刚才院长对钟永病情的介绍，芸的心里一阵绞痛——是自己害了永！

"据我院的调查，九年前的一次严重车祸，让包括病人父母在内的三代直系亲属全部死亡，这对当时还是一个少年的他来说是极大的刺激，虽然病人奇迹般地成为那次车祸的唯一幸存者，但麻烦的是，年幼的他根本无法接受那样的事实，因此，大脑为了维持思维和身体的正常运作，自动掐断了这段痛苦的记忆，并由潜意识创造了一个全新的记忆进行覆盖。这在临床上是有过很多先例的，关键是他的情况似乎特别严重，加上潜在的自我保护意识异于常人的强烈，在这种情况下，一旦受到过分的外界刺激，发病的几率就会大增，病情也会特别严重和复杂，难以治愈。"

怪不得，怪不得每次问起永家里的事，他都会轻描淡写地带过；怪不得他从来都没有回家看望过父母亲人。他受过这样残忍的伤害，自己却还因为对人、对这个世界的太过"顺从"而离开他，这对他来说，是多大的刺激啊，简直，比杀了他还让他难受……

一定是我害了他……是我害了他……是我害了他……

"他现在的情况怎么样？有没有好转？"芸用纸巾擦了擦眼睛，压抑住重重的内疚和悲痛，向院长问询。

院长摊了摊手，神色凝重："情况不太乐观……虽然我们已经采取了国际上最先进的精神治疗手段，但是效果还是比较有限，要知道，钟永的病因很常见，但病症十分罕见，没有任何先例可循，我们只有通过各种方法不断地尝试治疗……目前，也只有这样，好在控制病人病情恶化方面效果不错，他现在发病的间隔时间已经延长了。"

"我能见见他吗？"芸的脸上又滑下一行泪，双眼已有些红肿。

"这个……你知道……外界的任何刺激都有可能成为患者发病的诱因……另外，患者的暴力倾向现在仍然很严重，为安全起见，你最好考虑一下。"

"但是，见到过去亲密的人，也可能会对治疗有帮助不是吗？"

"这……那好吧……"院长点点头，"看在你爸爸的面子上，我破例让你见一见他。"

"小张，你带这位小姐去见 107 号病人。"他朝对面办公室的一个年轻人招了招手。

"107 号……什么？107 号吗？"

一路上，芸发现这个叫小张的年轻医生很健谈，他不停地和自己说话，介绍他自己是医科大学的在读生，即将毕业，通过家里的关系，现在在这家全国知名的精神康复中心实习，目前正负责对钟永的协助治疗……

芸的心情很糟糕，他只觉得小张的声音在耳边嗡嗡嗡的，像苍蝇，但出于礼貌，她并没有表现出抗拒，直到听他说负责对钟永的协助治疗，芸突然想到个问题，停下了脚步："张医生，半年前，是谁把钟永送来这里的？"

　　小张想了想，摇摇头："不是谁送来的，是我们接到举报，说有一个疑似精神病患者的人在公园里纵火，然后我们去强制收治的，当时还从他身上搜出一颗没有引爆成功的雷管，实在是很危险。"

　　"这样么……"芸心里更加难过，眼泪又要夺眶而出。

　　"这个病人，好像没有任何亲人和朋友，真奇怪。"小张自言自语，一脸的不可思议，突然扭头看向芸，"对了，你是他什么人？朋友吗？"

　　"女朋友。"芸淡淡地回答，同时加快了步伐，她不想让外人看见自己眼眶里倾泻不止的伤痛……

　　"病人每隔一段时间便会发作一次，每次发作时他都会重复地作出一样的动作，露出一样的表情，说一样的话，就像在反复表演一场独角戏。在这期间他的暴力倾向会十分严重，所以，你千万不要表现得过于激动，免得刺激到他。"

　　芸对小张的话已经充耳不闻，因为她终于看见了让自己牵挂半年的男友，他穿着白色的病患服，就那么安静地坐在床沿，安静得有些麻木，看上去就像个一无所觉的植物人。

　　"钟永，你朋友……嗯，女朋友来看你了。"小张朝钟永喊道。

　　钟永没有任何反应，连眼睛都没有眨一下，他依然静得像沉入湖底的石头。

　　芸感觉浑身的力气被谁抽去，她软软地倚在门边，紧紧捂住嘴，尽量不让自己哭出声。

　　"如果你能保证别激动，我就在门外等你，否则，我可不敢走开。"

　　芸向小张点点头，从脸上挤出一丝笑，算是感谢他的理解。

　　小张也笑了笑，知趣地走开了。

　　随着房门掩蔽，病房内突然变得针落可闻，芸坐在钟永对面，呆呆地看着他。

　　他瘦了，皮肤毫无光泽，不见一点血色，目光异常呆滞。她心如刀绞，她想伸手去抚摸那熟悉的轮廓，但她不敢，她颤抖的手伸到半空，又缩了回去，她怕面前这具失去灵魂的躯壳会因自己的碰触而崩溃。

　　最终，她只能静静地，跟他说着从前的故事。

　　那时的你……那时的我……那时的我们……

"永，我走了，我会再来看你，等你好了，我们……我们……"看着钟永毫无反应的脸，芸再也说不下去，她含着泪水冲了出去。

她并没有看到，那张之前一直无动于衷的脸，在她转身走后，嘴角有一丝扯动。

她几乎是跑着逃离了医院，她承受不了这份沉重如山的压抑。

距离远了，她隐约听到宁静的医院似乎闹哄哄的。

"快，通知院长，107号又发作了！"小张抵住门，满头大汗，从门里传来猛烈地踹击。

"我知道你们在演戏，你们和姓刘的一起整我害我，今天我要你们跟我一起下地狱！你们听到了吗！"

"听到了吗！"

"啊！"

……

小张即将走出校门，他对自己手里的这份东西被评为优秀论文充满了信心，这可是他在全国知名的精神病院待了半年，并潜心研究一位特殊病患的丰硕成果。

除了协助主治医师进行日常的治疗外，在病人情绪相对稳定，病情有所好转的时候，他甚至经常冒着危险同病人进行单独的、耐心的、长时间的交谈，用心与心的沟通，探索患者发生病变的精神世界。虽然大部分时间都吃了闭门羹，不被理睬，但有时患者偶然的一两句呓语，却让他如获至宝。长久坚持下来，他甚至因此发现了连院长和主治医师都没有发现的，或许是那位患者深层的病因。

于是，他在自己的毕业论文背后写下这段与医学无关的感悟：

无数充满个性的个体组成了我们的世界，无论男女老弱，贫穷富有，即使是身份最卑微的人也独一无二，生命的个性是个体存在的意义，也是世界繁衍和发展的基石，如果一个人连这基本的东西也丢弃了，那他还有存在的必要吗？

当然，个体客观存在着，我们现实的世界无法抹煞一个人事实上的存在，然而当这个人丧失了所有的个性，狂热地追求所谓的"共性"，追求与周遭环境的彻底融合及所谓的"和谐"，陷入其中无法自拔，到最后，这个人必定被精神的世界所遗弃……

2010 年 10 月 6 日